KB113768

북검전기

우각 新무협 판타지 소설

FANTASTIC ORIENTAL HEROES

북검전기 13

우각 新무협 판타지 소설

초판 1쇄 찍은 날 § 2015년 12월 7일
초판 1쇄 펴낸 날 § 2015년 12월 14일

지은이 § 우각
펴낸이 § 서경석

편집책임 § 이창진
디자인 § 신현아

펴낸곳 § 도서출판 청어람
등록번호 § 제387-1999-000006호
등록일자 § 1999. 5. 31
어람번호 § 제2-2617호

주소 § 경기도 부천시 원미구 부일로 483번길 40 서경B/D 3F (우) 14640
전화 § 032-656-4452 팩스 § 032-656-4453
http://www.chungeoram.com
E-mail § chungeorambook@daum.net

ISBN 979-11-04-90548-3 04810
ISBN 979-11-316-9283-7 (세트)

北劍傳記

13
북검전기

우각 新무협 판타지 소설

FANTASTIC ORIENTAL HEROES

도서출판 청어람

目次

1장

군림하는 자,
타인의 도전을 용납하지 않는다

그들은 항상 말한다.

의문을 갖지 말라고.

그 시간에 무공 한 초식이라도 더 익히라고.

머리 쓰는 것은 더 잘하는 사람에게 맡겨놓으라 했다.

무인들은 그들의 말을 따랐다.

어떠한 의심도 없이.

그 결과가 지금의 강호다.

　현현소의 두 눈은 타오르는 용광로 같았다. 이글거리는 두 눈에서는 가공할 패기가 폭사되어 나오고 있었다.

　무공이 정점에 이른 무인은 잘 익은 벼가 고개를 숙이듯 자신의 기세를 절로 갈무리하게 된다. 그것이 일반적인 무인들의 모습이었다. 하지만 현현소는 달랐다.

　그는 이제까지 단 한 번도 자신의 기세를 갈무리하거나 숨긴 적이 없었다. 오히려 가공할 기세를 대놓고 드러냈다. 그만큼 많은 적들에게 자신의 모습을 노출한 것이나 다름없었다.

　수많은 적들이 달려들었다. 그리고 현현소는 도전해 오는 자들을 모조리 물리쳤다. 그의 손속에 자비 따위는 존재하지 않았다. 죽이고, 또 죽이고, 모조리 죽였다.

그렇게 수십 년의 세월이 흐른 후 어느 순간부터 더 이상 그에게 도전해 오는 자는 존재하지 않았다. 그 이후 그의 이름을 함부로 부르는 자는 존재하지 않았다.

마령제(魔靈帝)라는 별호는 수십 년 투쟁의 결과물이다. 그래서 그는 자신의 별호에 매우 커다란 자부심을 가지고 있었다.

현현소의 시선이 진무원을 향했다. 순간 진무원은 안구가 타들어가는 듯한 통증을 느꼈다. 이제까지 그가 만났던 무인들 중 그 누구도 현현소만큼 강렬한 눈빛을 가진 자는 존재하지 않았다.

일반적인 무인이라면 현현소의 눈빛을 감히 감당하지 못하고 시선을 피했겠지만, 진무원은 달랐다. 그는 현현소의 시선을 피하지 않았다. 그런 진무원의 모습에 현현소가 미소를 지었다.

"귀제갈의 말대로 제법 강단이 있는 놈이구나. 노부의 눈빛을 받고도 그리 당당할 수 있다니. 네놈은 노부와 함께할 자격이 있다."

"감사합니다."

"공작문 출신이라고 했더냐?"

"그렇습니다."

"개천에서 용이 나왔군. 쉽지 않은 일인데."

"다행히 개천이 제법 크고 깊었습니다."

"흐흐! 말을 참 재밌게 하는 녀석이군. 마음에 들어."

현현소가 진무원의 어깨를 탁탁 두어 번 두들겼다. 순간 진무원의 몸이 휘청거렸다. 그만큼 강력한 힘이 담겨 있었다.

진무원의 안색이 살짝 변했다. 어깨를 통해 몸속으로 들어온 이질적인 기운이 느껴졌기 때문이다.

"너희가 할 일은 거의 없을 것이다. 싸우는 것은 내가 할 테니까. 너희들은 그냥 나를 따라오면 될 것이다."

현현소는 담담하게 이야기했지만, 진무원은 자신에게 선택지가 없다는 사실을 깨달았다. 이미 답은 정해져 있었고, 이 자리는 단순히 통보를 하기 위해 마련되었을 뿐이다.

진무원은 습관적으로 고개를 끄덕였다.

"알겠습니다."

"나와 함께하는 것만으로도 너희에게 적잖은 영광과 명예가 돌아갈 것이다. 그것만으로도 보상은 충분할 터. 더 물어볼 것이 있느냐?"

"없습니다."

"흐흐! 눈치가 빠른 녀석이군."

현현소가 히죽 웃었다. 하지만 진무원은 웃지 않았다.

곁에 있던 서문화가 입을 열었다.

"의문이 많을 거라 생각하네. 하지만 의문을 갖지 말게. 우린 꽤나 많은 준비를 했고, 그 덕에 결점이 없는 계획을 세울 수 있었으니까. 자네는 우리를 믿고 따라오면 되네."

"음!"

"밀야의 야주를 죽이는 일일세. 이 계획에 참여했다는 사실

하나만으로도 자네의 명성은 하늘을 찌르게 될 걸세. 그리고 순식간에 담수천과 같은 반열에 오를 걸세."

서문화의 말은 거부할 수 없는 유혹이었다.

"영광으로 알겠습니다."

"잘 생각했네. 결코 후회하지 않을 걸세."

진무원은 그 후로도 몇 마디 더 대화를 나눴다. 하지만 그다지 기억에 남는 것은 없었다.

진무원이 나가자 서문화가 현현소를 바라봤다.

"어떤가?"

"쓸 만한 녀석이야. 공력이 제법 깊어."

"위험하진 않겠나?"

"발전 가능성은 충분하더군,"

현현소의 얼굴에 미소가 어렸다. 명백한 비웃음이었다.

진무원의 수준은 어깨를 두들길 때 이미 알아봤다. 젊은 나이에 비해 공력이 뛰어나긴 하지만 그뿐이었다. 자신이나 아홉 하늘에 비하면 한없이 초라한 수준이었다. 하지만 아직 젊으니 어떤 미래가 기다릴지는 알 수 없었다.

젊음이란 때로 예상치 못한 가능성을 개화시키곤 했다. 현현소나 서문화 모두 그런 예측 불가의 가능성을 그다지 좋아하지 않았다.

"그 아이, 아까도 말했다시피 이미 망한 공작문 출신이네."

"그래서?"

"배경이 없다는 것은 부담 없이 쓰고 버릴 수 있다는 뜻과

일맥상통하지. 자네 뜻대로 사용하게."

"큭!"

현현소의 콧잔등에 주름이 잡혔다.

수십 년의 세월을 보아온 서문화였다. 서문화의 성향을 그만큼 잘 아는 사람도 드물었다.

서문화만큼 후대에 잔혹한 사람도 드물었다. 그는 미래의 경쟁자가 될 만한 자를 용납하지 않았다. 쓸 만해 보이는 싹수가 있는 자라면 어떠한 수를 써서라도 짓밟았다. 특히나 서문세가에 위협이 될 것 같은 대상이라면 수단과 방법을 가리지 않았다.

'불쌍한 녀석이군. 하필이면 귀제갈의 눈에 들어서.'

늘 있어왔던 일이기에 현현소는 놀라지 않았다. 단지 그만큼 진무원을 높게 평가했다는 것이 의외일 뿐이었다.

"그나저나 그놈 하나만 데려가라는 것은 아니겠지?"

"칠소천 중 셋이 따라갈 걸세. 소림사에선 설공을 내뒀고."

"그들에 대한 처우는? 설마 놈처럼 쓰고 버리는 패는 아니겠지?"

"물론일세. 하지만 어쩔 수 없는 상황이 발생했을 때는 얼마든지 버려도 좋네."

"그거 마음에 드는군."

현현소가 술잔을 입안에 털어 넣었다.

그에게 칠소천이라는 허명 따윈 하등의 영향을 끼칠 수 없었다. 그가 신경을 쓰는 것은 오직 같은 아홉 하늘뿐이다.

"단 설공은 각별히 챙겼으면 좋겠군."

"설공?"

"소림의 기갤세. 불영이 각별히 아끼는 아이기도 하고."

"그 땡중이 아끼는 아이란 말인가?"

순간 현현소의 눈에 패도적인 기운이 넘실거렸다.

불영신승, 소림에서 내놓은 아홉 하늘 중 하나였다.

당연한 말이지만 정을 표방하는 불영신승과 마도 지향적인 현현소의 사이는 그리 좋지 않았다. 하지만 대놓고 싸우거나 대립하지는 않았다. 어쨌거나 같은 배에 올라탄 운명 공동체였기 때문이다.

"재미없군."

"불영이 설공을 강하게 키울 모양이야. 그러니 배려 좀 해주게."

"흥!"

현현소가 코웃음을 쳤다. 하지만 서문화는 알고 있었다. 그가 나름의 방법으로 설공을 보살펴 줄 거란 사실을. 그 정도면 충분했다.

진무원은 숙소로 돌아왔다. 그곳에서 설공, 남수련, 연소소, 우태천 등이 차례로 서문화에게 불려 가는 모습을 지켜봤다. 잠시 후 돌아온 그들의 얼굴은 붉게 상기되어 있었다.

아마도 진무원이 들었던 말과 똑같은 말을 들었을 것이다. 밀야의 야주를 척살하는 영광스러운 임무에 선발되었다는 사실 자체가 무한한 영광이었다.

그때부터 그들은 각자 흩어져 무공을 수련하기 시작했다. 짧은 수련으로 성취를 높이는 것은 불가능했지만, 그래도 자신의 무공을 점검하기엔 충분했다.

'밀야의 야주를 암살한다? 그것도 현현소 혼자만의 힘으로? 과연 그게 가능한 일인가?'

진무원은 고개를 저었다.

야주의 무공 수위는 미지수였다.

사대마장을 수하로 부리는 야주의 무공이 현현소보다 아래라고는 생각할 수 없었다. 그런데도 야주를 암살하기 위해 현현소 혼자만을 보낸다는 것은 확실한 약점을 파악했거나, 절대적인 자신이 있기 때문일 것이다.

'서문화, 아주 족쇄를 제대로 채웠군.'

주위에 감시하는 시선이 느껴졌다.

서문화와 현현소를 만나고 난 직후 감시가 따라붙은 것이다. 이제부터는 외출을 함부로 할 수도, 청인과 접촉할 수도 없었다. 그러나 진무원은 걱정하지 않았다. 청인이라면 어떻게든 자신과 접촉할 방법을 찾아낼 것이다.

그렇게 진무원이 생각을 정리할 때였다. 남수련이 그에게 다가왔다.

"단 소협."

진무원이 눈을 뜨고 남수련을 올려다봤다. 남수련의 안색은 벌겋게 달아올라 있었다. 방금 전까지 무공을 펼치며 점검했기 때문이다.

"남 소저."

진무원이 몸을 일으켰다.

"단 소협도 이야기를 들으셨죠?"

"예!"

"이번 임무에 대해 어떻게 생각하시나요? 정말 저희와 현대협만으로 성공할 수 있다고 보나요?"

"글쎄요."

"솔직히 대답해 줬으면 해요. 단 소협은 이번 임무를 어떻게 보나요?"

"쉽진 않을 겁니다."

"단 소협도 그렇게 생각하나 보군요."

남수련의 눈빛이 깊이 가라앉았다.

무산파의 장문제자로 산전수전 다 겪은 남수련이었다. 그녀는 이 영광스러운 임무의 이면에 존재하는 위험성을 인지하고 있었다.

"하필 왜 우리일까요? 분명 운중천에는 우리보다 이일에 적합한 사람들이 있을 텐데요."

"글쎄요."

"그렇게 말을 돌리지 말아주세요. 전 단 소협의 생각을 듣고 싶어요."

"자신 있으니까 하는 일이 아닐까요? 귀제갈 서문화는 심모원려한 사람이니까요."

"음!"

"제가 아는 그는 칠 할 이상의 확률이 없으면 결코 나서지 않는 사람입니다."

"그렇다는 것은 칠 할 이상의 승산을 보고 있단 말이군요."

"아마도 그럴 겁니다."

진무원의 대답에 남수련의 표정이 한결 가벼워졌다. 칠 할 이상의 승산이 있다는 말에 어느 정도 마음의 여유가 생긴 것이다.

"고마워요. 덕분에 마음이 편해졌어요."

"저도 그렇습니다."

"앞으로도 많은 도움 부탁드릴게요."

남수련이 포권을 취하고는 물러갔다. 멀어지는 남수련의 뒷모습을 바라보는 진무원의 표정은 펴질 줄 몰랐다.

"겨우 칠 할의 승산이라……."

커다란 황소가 관도를 터덜터덜 걷고 있었다. 황소의 뒤에는 달구지가 매달려 있었다. 달구지 위에는 두 사람이 편히 앉아 있었다.

조그만 소년 한 명과 커다란 방립을 눌러쓴 여인이었다.

소년은 연신 주변 풍경을 둘러보며 감탄사를 터뜨리고 있었고, 여인은 무심히 앉아 있었다. 누구도 고삐를 쥐고 있지 않음에도 커다란 황소는 길을 벗어나지 않고 똑바로 걸었다.

"와! 저거 보셨어요? 햇볕을 받아 강이 온통 황금빛으로 빛나고 있어요."

"그렇구나!"

"아름답지 않으세요?"

"아름다워!"

"저기 암석 좀 보세요. 마치 거대한 호랑이 같아요."

"그렇구나!"

"멋있지 않아요?"

"멋있구나!"

여인은 소년의 감탄사에 착실히 추임새를 넣어줬다.

소년의 이름은 한선우, 하진월의 제자였다. 방립의 여인은
바로 은한설이었다.

방립 속에 가려진 은한설의 입꼬리는 살짝 말려 올라가 있
었다.

천재라고 불리는 한선우였다. 하지만 알고 보면 아직 어린
아이에 불과했다. 그동안 제법 의젓한 모습을 보였지만, 여행
을 시작하자 본래의 성격을 드러냈다.

은한설은 그런 한선우의 모습이 싫지 않았다. 그녀에겐 존
재하지 않았던 어린 시절의 순수한 모습을 볼 수 있어 오히려
좋았다.

생각해 보면 그녀에게는 이런 추억이 없었다. 사물을 인지
하면서부터 무공을 익히는 것만이 그녀의 모든 일과였다.

밀야에 반란이 일어나지 않았다면, 그래서 진무원을 만나지
못했다면 그 조그만 추억마저도 없었을 것이다. 그래서 진무

원과의 추억이 소중했다.

그녀는 단순히 진무원의 안위를 걱정해서 나서는 것이 아니었다. 가슴에 남아 있는 조그만 추억을 지키기 위해서 먼 길을 떠나는 것이다.

'무원.'

진무원을 떠올리자 가슴이 두근거렸다. 진무원은 그녀를 두근거리게 만드는 유일한 남자였다.

"저기 좀 보세요."

그때 또다시 한선우의 호들갑스러운 목소리가 그녀의 고막을 파고들었다.

"무슨 일이냐?"

"저기……"

한선우가 손으로 왼쪽 방향을 가리켰다. 조그만 강이었다.

방립 속에 가려진 은한설의 미간이 찌푸려졌다. 강을 따라 수많은 시신이 떠내려오고 있었기 때문이다. 얼마나 많은 이가 죽었는지 모르지만, 강물 전체가 시뻘겋게 변해 있었다.

"이건?"

"상류에서 무림인들 간의 싸움이 있었나 봐요."

"그런가 보구나."

"어떻게 할까요?"

이대로 강을 따라가면 상류에 도착하게 된다. 그리 되면 분명 무인들과 조우하게 될 것이다.

은한설이 고개를 저었다.

"돌아가자. 괜한 시비에 휘말릴 필요는 없으니까."

"알았어요. 황아야, 오른쪽으로 가자."

한선우의 말에 커다란 황소가 알아들었다는 듯이 오른쪽으로 방향을 틀었다. 하지만 은한설의 표정은 펴질 줄 몰랐다. 바람에 실려 오는 짙은 혈향 때문이었다.

혈향이 어찌나 짙은지 머리가 다 지끈지끈거렸다. 일단 발을 디디면 빠져나갈 수 없는 것이 강호의 생리라지만, 사천성을 빠져나온 첫날부터 무인들 간의 분쟁에 휩쓸리는 일은 사양하고 싶었다.

한선우가 조심스럽게 은한설을 바라보았다.

"도대체 무슨 일이 벌어지고 있는 걸까요?"

"글쎄다."

은한설이 고개를 저었다.

그녀도 현재의 상황을 알 수 없었다. 단지 바라는 것은 쓸데없는 분쟁에 휩쓸리지 않는 것뿐이었다. 하지만 하늘은 그런 소박한 바람마저도 용납하지 않는 듯했다.

쾅!

굉음과 함께 숲을 뚫고 누군가 그들이 있는 방향으로 튕겨져 나왔다.

*　　*　　*

"으으!"

피투성이가 된 무인이 황아의 발치에 나뒹굴었다. 무인의 가슴은 움푹 함몰되어 있었고, 팔다리는 기형적으로 꺾여 있었다. 한눈에 봐도 회생하기 힘든 치명상이었다.

　은한설과 무인의 시선이 마주쳤다. 무인의 눈에서는 이미 초점이 사라졌다. 흐려지는 동공과 함께 그의 생명의 불 역시 꺼지고 있었다.

　은한설은 그의 시선을 피하지 않았다. 그가 이 세상에서 마지막으로 보는 풍경이 바로 자신의 얼굴이었다. 최소한 자신만큼은 그를 외면하고 싶지 않았다.

　무인이 은한설을 향해 손을 뻗었다. 은한설을 잡기라도 하듯이 허우적거리던 손이 이내 툭 떨어졌다.

　"휴!"

　은한설의 입술을 비집고 한숨이 흘러나왔다.

　아무리 죽음이 가까운 무림에 적을 두고 살아가는 그녀일지라도 타인의 죽음을 보는 것은 달가운 일이 아니었다.

　한선우는 아예 고개를 돌려 무인을 외면했다. 아직 어린 한선우에게는 감당하기 힘든 시련이었다. 하지만 하진월의 제자가 된 이상 필연적으로 수많은 이의 죽음을 보게 될 것이다. 어쩌면 수많은 사람이 그의 계획과 말 한마디 때문에 죽게 될지도 몰랐다.

　무림에서 군사의 운명이란 그렇게 가혹하며 무서운 것이었다. 은한설은 이번 기회에 한선우가 그런 진실을 똑바로 응시하길 바랐다.

"분명 이곳으로 들어갔는데."

그 순간 걸걸한 목소리가 들리더니 거친 마의를 입은 장한이 모습이 드러냈다. 보통 사람보다 머리 하나는 더 큰 거구였다. 장한의 뒤에는 수하로 보이는 남자 다섯 명이 따르고 있었다.

장한이 황아의 발치에 쓰러진 남자의 시신을 보고 눈을 빛냈다.

"흐흐! 놈, 여기서 뒈져 있었군."

시신을 잠시 바라보던 장한의 시선이 곧 황아를 지나 은한설에게 옮겨갔다.

"호!"

장한의 눈이 빛났다.

비록 방립을 쓰고 있어 얼굴을 확인할 수는 없었지만, 굴곡진 몸매만으로도 대단한 미인이라는 것을 짐작할 수 있었다.

"흐흐! 이게 웬 떡이냐?"

장한이 입을 떡 벌렸다. 그러자 누런 이빨이 드러났다.

"알고 보니 이놈이 복을 몰고 왔구나. 죽어서도 이런 미인의 곁으로 인도하다니."

"흐흐! 이게 다 형님의 복이 아니겠습니까? 표국을 털었는데, 이런 어여쁜 계집이 나타나다니."

장한의 뒤에 있던 뱁새눈의 사내가 두 손바닥을 비비며 아부를 했다. 그도 은한설을 보고 입을 떡 벌리기는 마찬가지였다.

장한이 은한설을 향해 성큼성큼 걸어왔다.

"계집아, 어서 방립을 벗고 이 어르신의 품에 안겨라. 그러면 세상의 모든 부귀영화를 안겨주마. 흐흐!"

"어서 달구지에 내리지 못하겠느냐? 탁탑천마(擢塔天魔)님께서 하시는 말씀이 들리지 않느냐?"

장한과 뱁새눈의 사내 말에 은한설이 미간을 찌푸렸다.

"탁탑천마?"

무척이나 광오한 별호다.

당금 강호에 마도를 표방하는 수많은 무인이 있었지만, 그 누구도 감히 천마라는 별호는 사용하지 않았다. 마찬가지로 밀야에도 감히 천마라는 별호를 사용하는 무인은 존재하지 않았다.

그런데 천만뜻밖에도 이런 이름 모를 관도에서 천마라는 별호를 사용하는 무인을 만났다. 하지만 그의 몸에서 느껴지는 기운은 매우 형편없었다. 물론 은한설의 기준에서였다.

은한설이 한선우를 바라봤다. 들어본 적 있냐는 눈빛이었다. 당연히 한선우는 고개를 저었다.

"도적들 같네요. 이 근처에 자리 잡은 녹림도가 있다는 이야기는 못 들어봤는데, 아마 최근에 유입된 것 같아요."

"도적들?"

"녹림에 제대로 된 산채가 자리를 잡으면 필연적으로 소문이 나니까 그것은 아닌 것 같아요. 아마 군문의 탈영병이나 여느 문파의 낙오된 자들이 모여 약탈을 자행하는 것이 아닐까

싶네요."

한선우의 말에 탁탑천마라 불린 장한의 눈썹이 꿈틀거렸다. 한선우가 정확히 그의 정체를 꿰뚫어 봤기 때문이다.

장한의 이름은 소원광. 본래는 운중천 외당의 제칠당주였다. 하지만 계속되는 전쟁에 목숨의 위협을 느끼고 운중천을 무단 탈퇴하여 도적이 되었다.

한때 운중천에 몸을 담았기에 그는 누구보다 강호의 동향에 해박했다. 그가 이곳에 자리를 잡은 것은 결코 우연이 아니었다.

이곳엔 흔한 무관이나 방파들이 존재하지 않았다. 먼저 자리를 잡은 녹림도도 없었다. 그런데 묘하게도 관도를 이용하는 표국들이 많았다.

그야말로 무주공산이었고, 선점하기만 하면 무조건 약탈을 할 수 있는 최고의 입지 조건이었다.

소원광은 덩치가 큰 표국이나 강해 보이는 자들은 철저히 피했다. 그의 목표는 규모가 작은 표국이나 서너 명씩 몰려다니는 영세 상인들이었다.

소원광은 그들을 대상으로 무자비한 약탈을 했고, 모든 이를 죽여 철저히 증거를 인멸했다. 그렇게 그의 손에 죽은 이들의 수만 거의 오십여 명이 넘어갔다.

오늘도 그는 이곳을 지나는 조그만 상단을 약탈했다. 물론 증인은 남겨두지 않을 생각이었다.

소원광이 한선우와 은한설을 노려봤다. 순식간에 자신의 정체를 추리해 내는 한선우에게 심상치 않은 분위기를 감지했기 때문이다.

"너희들은 누구냐? 설마 운중천에서 보낸 추격자들이냐?"

"운중천 출신인가 보군요. 요즘 심심치 않게 운중천의 무인들이 도적으로 돌변했다는 이야기가 들려오는데 사실인 것 같네요."

한선우의 말에 은한설이 고개를 끄덕였다. 순식간에 소원광의 정체를 추측해 내는 그의 말에 감탄을 했다.

'역시 군사가 택한 아이답구나.'

괜히 북천문의 미래를 이끌어갈 동량이라고 불리는 게 아니었다.

"감히 이것들이……."

자신을 무시하는 듯한 두 사람의 대화에 소원광의 화가 폭발했다. 그는 앞뒤 가리지 않고 두 사람에게 달려들었다. 그의 눈이 욕망으로 번들거렸다.

그의 눈에는 오직 은한설만이 들어왔다. 어서 빨리 은한설을 제압해 그녀와 뒹굴고 싶다는 생각밖에 들지 않았다. 욕념에 눈이 먼 것이다. 하지만 그 대가는 처참했다.

사악!

은한설이 가볍게 손을 흔드는 순간 소원광의 몸이 멈칫했다. 그런 소원광의 모습에 부하들이 흠칫했다.

"대장, 왜?"

그 순간 그들은 보았다. 소원광이 칠공에서 피를 흘리며 쓰러지는 모습을.

"크헉!"

소원광의 처절한 비명성이 관도에 울려 퍼졌다. 은한설의
내가중수법에 내부의 장기가 모조리 터져 버린 것이다.

"대장? 제길! 튀어!"

그제야 상황을 파악한 부하들이 도주하려 했다. 하지만 은
한설은 그들이 도주하게 내버려 두지 않았다. 그녀가 양손을
활짝 펼쳤다. 그러자 무형의 경기가 일어나 해일처럼 그들을
덮쳤다.

"우와악!"

"크악!"

해일에 휩쓸린 개미처럼 부하들이 처절한 비명과 함께 날아
갔다. 나무와 바위에 부딪친 후에야 그들의 몸이 멈춰 섰다.

"아!"

그 광경을 지켜본 한선우가 자신도 모르게 침음을 흘렸다.

순식간에 여섯 명의 남자가 목숨을 잃었다. 비록 그들이 도
적이라 할지라도 너무한 처사가 아닌가 하는 생각이 들었다.
하지만 은한설은 그런 한선우의 생각을 꿰뚫어 본 듯 담담히
말을 이었다.

"내가 너무한 것 같아?"

"솔직히 모두 죽일 필요까지는……."

"그냥 내버려 두었으면 그들은 이곳을 지나가는 사람들을
계속 약탈했을 거야. 그럼 더 많은 사람이 죽었겠지."

"음!"

"저들이 단순한 도적들이었다면 나도 굳이 그들의 목숨을 빼앗지는 않았을 거야. 하지만 저들은 이미 운중천에서 피 맛을 알아버렸어. 더군다나 무공까지 강하고 판세를 보는 눈이 있으니 곧 커다란 세력을 형성했을 거야. 그러면 그 후환이 끝이 없었을 거야."

"그렇군요."

그제야 한선우는 은한설의 행동을 납득했다. 하지만 완전히 이해한 것은 아니었다. 은한설도 한선우가 완전히 이해하길 바라지 않았다.

'무림의 은원은 끝이 없는 법. 끊을 수 있을 때 끊어둬야지, 안 그러면 훗날 어떤 형태로 자신에게 돌아올지 알 수 없지.'

한때 마녀라 불렸기에 그 사실을 누구보다 뼈저리게 체험했던 은한설이었다. 결국 그녀가 깨달은 것은 은원은 만들지 않는 게 가장 좋은 것이고, 어쩔 수 없이 만들었다면 최소한으로 여파를 줄이는 것이 차선이었다.

은한설은 도적들에게 죽은 사람들의 시신을 수습해 근처에 안장한 후 길을 떠났다. 그들이 떠난 자리엔 도적들의 시신만이 널브러져 있었다.

진무원이 고개를 들었다. 이곳에 들어온 이후 외부와 접촉할 일이 없어서 상황이 어떻게 돌아가는지 알 수가 없었다. 하지만 장내의 공기가 변했다는 것쯤은 느낄 수 있었다.

한쪽에서 우태천이 그를 노려보고 있었다. 아직도 패배의 굴욕감을 떨쳐 버리지 못한 얼굴이었다. 하지만 노려보기만 할 뿐 아직까지 진무원에게 그 어떤 행동도 하지 않았다.

우태천은 아직까지는 정면으로 부딪칠 때가 아니라고 생각하고 있었다.

'하지만 분명 기회가 올 것이다. 내 자존심을 회복할 기회가.'

참고 또 참는다.

그렇게 생각했지만, 진무원을 보면 화가 울컥 치밀어 오르는 것은 어쩔 수가 없었다. 그래서 그는 진무원을 노려보며 설욕할 기회만 노렸다.

그와 반대로 연소소는 진무원에게 호의적으로 변했다.

'강한 남자는 어디서나 대접을 받을 자격이 있지.'

진무원은 잠룡이었다. 그녀가 보기엔 그랬다.

아직까진 진흙투성이 연못에 머물고 있지만, 밀야의 야주를 제거하면 그 명성이 천하를 울릴 것이다.

그녀의 아비가 막주로 있는 용린살막은 오직 강한 자만이 모든 것을 가질 자격이 있었다. 그녀의 아비 역시 전대의 막주를 쓰러뜨리고 지금의 자리를 쟁취했다.

그런 광경을 어려서부터 보고 자랐기에 그녀 역시 언젠가는 막주 자리를 쟁취할 수 있을 거라 믿었다. 문제는 그녀를 도와줄 사람이었다. 타인은 믿을 수 없었다. 결국 가장 좋은 방법은 믿을 만한 배우자를 얻는 것이다.

연소소는 진무원을 자신의 배우자 후보 중 한 명으로 올렸다. 물론 진무원의 허락은 필요하지 않았다. 그가 결코 자신을 거부하지 않을 거라 자신했기 때문이다. 그만큼 그녀의 자부심은 대단했다.

'아직 지켜볼 기회는 많으니까.'

그녀는 임무가 실패할 거라고 생각하지 않았다.

칠소천 중 세 명이 함께하고, 소림의 기재인 설공도 동행한다. 무엇보다 이들을 이끄는 이는 무려 아홉 하늘 중 하나인 현현소였다. 이 구성으로 두려워하는 게 있다면 오히려 이상한 일이었다.

연소소는 조용히 물러났다. 그제야 진무원이 고개를 들었다. 감시자는 밖에만 있는 게 아니었다. 이 공간에 있는 모두가 감시자였다. 서로가 서로의 동향에 촉각을 곤두세우고 있었다.

이제부터는 아무리 사소한 행동을 하더라도 서문화의 귀에 전해질 것이다. 그러니 더욱 조심해야 했다.

진무원은 생각을 정리했다.

'아직은 야주가 죽어서는 안 된다. 그가 죽으면 밀야는 구심점을 잃고 흩어질 것이고, 경쟁자가 없는 운중천은 흔들리지 않는 철옹성을 구축하게 될 것이다.'

반드시 그들의 전쟁을 끝내야 하지만, 적어도 지금은 아니었다. 아직은 야주가 살아 있어야 했다. 그래서 운중천의 전력을 소진시켜야 했다.

'서문화는 분명 야주가 있는 곳을 알고 있다. 그렇지 않다면 현현소와 같은 거물을 불러오지도 않았을 것이다. 야주의 무력은 미지수. 현현소가 강하다고 하지만 그 혼자만으로 감당할 수 있을지 확신할 수 없다.'

여우 같은 서문화가 그런 사실을 계산하지 않았을 리 없었다. 그는 이중 삼중의 안전장치를 해놔야만 안심을 하는 성격을 가지고 있었다.

현현소가 움직이면 필연적으로 밀야의 경계망에 포착될 것이다. 그는 이미 이곳에 오기 전에 모습을 드러냄으로써 만천하에 존재를 알렸다.

진무원의 미간에 깊은 골이 파였다.

'일부러 모습을 드러냈군. 왜? 미끼, 그렇군. 그는 미끼군. 밀야의 이목을 집중시킬 미끼. 그렇다는 것은 야주를 암살하려는 자는 따로 있다는 이야기.'

그제야 의문이 풀렸다.

서문화가 군이 왜 자신과 기재들을 현현소에게 붙였는지도. 저들의 시선을 최대한 분산시키려는 것이다.

'진짜 암살자는 따로 있군.'

문제는 누가 진짜 암살자냐 하는 것이다.

그것만큼은 진무원도 알 수 없었다. 그의 머리로 추리할 수 있는 한계는 여기까지였다.

진무원이 몸을 일으켰다.

이 이상 머리를 써봐야 나올 수 있는 것이 없다면 직접 움직여야 했다. 그가 자리에서 일어나자 우태천이 다가왔다.

"어디 가려는 것인가?"

"외출 좀 하려고 합니다."

"지금 이 시기에?"

우태천의 눈썹이 꿈틀거렸다. 가뜩이나 진무원에 대한 감정이 좋지 않은 우태천이었다. 자연 그의 말투엔 가시가 돋쳐 있었다.

"무슨 문제가 됩니까?"

"밀야의 야주를 암살하는 영광스러운 임무를 맡았다. 자연 보안에 신경을 써야 하지 않겠는가? 당연히 외출을 자제해야지."

"지금 내가 비밀을 유출할지도 모른단 말입니까?"

"흥! 세상일은 아무도 모르는 거지."

우태천이 콧방귀를 꼈다.

누가 봐도 말이 안 되는 억지였다. 하지만 질시에 눈이 먼 우태천에겐 잘잘못을 가릴 이성이 없었다.

"중요한 임무를 맡았으니 공방에 가서 봉을 손질하려고 합니다. 내친김에 몇 가지 준비도 더 하구요. 그런 것을 일일이 우 소협에게 허락받을 이유는 없다고 보는데요?"

우태천의 눈매가 가늘어졌다.

진무원의 말이 옳다는 것은 알고 있었다. 하지만 꺼림칙한 마음은 사라지지 않았다.

"흥!"

결국 우태천은 콧방귀를 다시 한 번 끼는 것으로 불편한 심기를 드러냈다. 진무원은 그런 우태천을 지나쳐 밖으로 나갔다.

우태천의 볼이 씰룩거렸다.

"건방진 자식!"

"아미타불! 이제 같은 길을 가야 할 동료입니다. 우 소협, 그만 노여움을 푸시지요."

"흥! 저자 편을 드는 것이오?"

"누구 편을 들겠다는 게 아니잖습니까?"

"놈은 이미 망한 문파의 후인, 누가 당신에게 도움이 될지 잘 생각해 보시오."

우태천의 노골적인 발언에 설공이 난감한 표정을 지었다. 우태천의 성격이나 옹졸함이 마음에 들지 않았지만, 칠소천이라는 위명과 그의 배경까지 무시할 수는 없었다.

"아미타불!"

결국 설공은 애꿎은 염불만 외며 뒤로 물러났다.

*   *   *

진무원은 부현 지부를 빠져나와 거리를 걸었다.

우태천은 떼어냈지만, 여전히 그를 감시하는 시선은 남아 있었다. 서문화가 붙인 감시가 따라다니는 것이다.

감시자의 추적술은 꽤나 대단했다. 그는 주변 풍경에 자연스럽게 동화되어 진무원의 일거수일투족을 감시했다. 그러면서도 자신의 존재감을 전혀 드러내지 않았다.

진무원이 전방위 감각을 익히지 않았다면 느낄 수 없을 만큼 그는 은밀했다. 서문화가 믿고 맡길 만큼의 능력을 가지고 있는 것이다.

찾아내서 제거하자고 한다면 못할 것도 없다. 하지만 진무원은 그러지 않았다. 괜히 지금 감시자를 제거했다가는 오히려 서문화의 의심을 사게 될 것이다.

감시자의 눈을 피해 청인과 접촉해야 했다. 진무원은 공방이 있는 거리로 향했다. 청인의 안가가 있는 곳이다. 하지만 청인의 공방으로 들어가지는 않았다. 대신 근처에 있는 다른 공방으로 들어갔다.

공방의 장인이 진무원을 맞이했다.

"어서 오십시오. 무기를 사러 오셨습니까?"

"무기 손질도 해줍니까?"

"물론입니다."

장인의 대답에 진무원이 단봉 두 자루를 내밀었다. 단봉을 받아 살피던 장인의 얼굴에 감탄의 빛이 떠올랐다.

"정말 대단하군요. 누구의 솜씬지는 모르지만 제대로 쇠를 다룰 줄 아는 분이 만들었군요. 이 정도라면 굳이 손질을 하지 않아도 될 텐데요?"

"연결 부위가 헐거운 것 같습니다. 그 부분만 손봐주십시오."

"알겠습니다. 그 정도라면야."

장인이 고개를 끄덕였다.

"언제까지 가능하겠습니까?"

"오늘은 힘들 것 같고, 내일 오후까지는 가능할 것 같습니다."

"그럼 부탁드리겠습니다."

진무원이 장인에게 선금으로 은 한 냥을 지불할 때였다.

"휴우! 여긴 아주 용광로구만. 푹푹 찌네, 쪄!"

왜소한 체구의 중년인이 손으로 부채질을 하며 공방 안으로 들어왔다. 순간 진무원의 입가에 미소가 어렸다.

중년인이 장인에게 다가와 물었다.

"유엽도를 구하려고 하는데 쓸 만한 물건 좀 있소?"

"안에 몇 개가 있긴 합니다만."

"그럼 가져다주시오."

"알겠습니다."

장인이 진무원의 단봉을 들고 공방 안쪽으로 들어갔다. 그러자 진무원이 입을 열었다.

"역시 왔군요."

"무슨 일입니까, 문주님?"

중년인은 바로 청인이었다. 청인은 진무원이 안가가 아닌 근처에 있는 공방으로 들어가는 것을 보고 무슨 일이 생겼다고 직감했다. 그렇지 않고선 그가 안가가 아닌 다른 공방에 들를 이유가 없기 때문이다.

그가 제일 먼저 한 일은 감시자가 없는지 알아보는 것이었다. 그는 얼마 지나지 않아 진무원을 감시하는 자가 있다는 것을 알아차렸다. 그래서 무기를 사려는 것으로 위장하고 은밀하게 진무원에게 접근한 것이다.

"서문화가 밀야의 야주를 암살하려고 합니다."

"야주를?"

"아무래도 마령제를 미끼로 던지려는 것 같습니다."

"그 말은 진짜 암살자는 따로 있다는 거군요?"

"아직은 밀야의 야주가 죽어서는 안 됩니다. 야주를 암살하려는 진짜 암살자를 찾아내야 합니다. 아마 지금쯤 이곳 부현에 들어왔을 겁니다."

"무슨 말씀인지 알겠습니다. 흑월과 은류를 움직이겠습니다."

오랫동안 정보를 다뤄온 청인이었기에 진무원의 말뜻을 단박에 알아차렸다.

"가경의에게도 자연스럽게 이 사실을 알려야 합니다."

"방법을 찾아보겠습니다."

"흑익신창과 만났던 국숫집이 있습니다. 그곳의 주인이 예사 인물이 아니었습니다. 그곳에서부터 시작하십시오."

"알겠습니다."

그때 공방의 장인이 유엽도 몇 자루를 들고 밖으로 나왔다. 진무원은 지체하지 않고 밖으로 나왔다.

그가 청인과 함께 있던 시간은 극히 짧았기에 장인은 이상하다는 생각을 하지 못했다. 밖에서 진무원을 감시하고 있던 자 역시 마찬가지였다.

밖으로 나온 진무원은 아무렇지 않은 듯 자연스럽게 걸음을 옮겼다. 그의 입가에 미소가 어렸다.

원했던 목적을 이뤘다. 나머지는 청인이 알아서 진행할 것이다. 이제부터 그가 한 일은 청인이 결과를 가져올 때까지 진득하게 기다리는 것뿐이었다.

진무원은 지체하지 않고 거처로 돌아왔다.

"그래서 별다른 특이점은 없다?"

"그렇습니다. 공방에 들른 것을 빼면 거의 숙소에서 두문불출하는 편입니다."

"공방?"

"무기를 손질한 모양입니다. 공방 주인한테 확인했습니다."

"음!"

서문화가 한손으로 턱을 괴었다. 그의 앞에는 회색 무복을 입은 남자가 부복해 있었다.

서문화의 심복 중 한 명인 암혼이었다. 현재 부현에 들어온 서문세가의 정보 조직을 총괄하는 이가 바로 암혼이었다.

그는 수하들을 이용해 진무원과 기재들의 동향을 감시했다. 밀야의 야주를 암살하는 중요한 임무였다. 때문에 만전을 기해야 했다.

무엇보다 그는 아직 기재들을 완전히 믿지 않았다. 아니, 그는 누구도 완전히 믿지 않았다. 그가 믿는 것은 오직 자신뿐이었다. 모든 상황을 직접 확인하고 통제해야만 직성이 풀렸다.

"제일 실력 좋은 아이들을 붙여놓았으니 이상 징후가 발견되면 바로 보고가 올라올 겁니다."

"그쪽은 너에게 맡기겠다."

"걱정하지 마십시오. 그들은 결코 가주님의 눈에서 벗어나지 못할 겁니다."

"운경은?"

"오늘 저녁에 들어올 겁니다."

"잘 처리했겠지?"

"보급 물자와 함께 들어오도록 조치했습니다. 누구도 의심하지 않을 겁니다."

"제물은?"

"충분히 준비했습니다."

"수고했구나."

서문화가 고개를 끄덕이며 손을 저었다. 그러자 암혼이 고개를 숙인 후 물러났다.

혼자 남은 서문화가 창문가로 다가갔다.

부현 지부가 분주하게 돌아가고 있었다. 수많은 사람이 쳇바퀴처럼 돌아가며 자신의 할 일을 하고 있었다.

그들에게 일을 지정해 주는 이는 바로 서문화였다.

생각하는 일은 서문화가 하면 됐다. 그들은 그의 결정에 아무런 의심도 없이 따르기만 하면 됐다. 그것이 그들의 역할이었고, 태생적인 한계였다.

서문화의 얼굴에 조소가 떠올랐다.

"이제 곧 세상이 변할 것이다."

* * *

"휴!"

아소는 지친 얼굴로 자리에 앉았다.

온몸에서 비지땀이 흐르고 있었다. 최근 탕마군이 동원되는
일이 부쩍 많아졌다. 차라리 전투에 동원된 것이라면 나았다.
그들이 주로 동원되는 곳은 바로 노역장이었다.

무너진 성벽을 보수하거나 운중천에 들어온 물자를 창고로
나르는 일도 탕마군의 역할이었다. 그 외에도 힘을 쓸 일이 있
는 곳이면 수없이 불려 갔다.

사정이 그렇다 보니 아소는 자신이 밀야와 싸우기 위해 이
곳에 온 것인지, 짐꾼이 되기 위해 온 것인지 분간이 되지 않을
정도였다.

아소는 차라리 지금이 낫다고 생각됐다. 몸은 힘들지언정
목숨이 위험하지는 않기 때문이다.

'이 시간이 오래 지속되었으면.'

하지만 아소는 알고 있었다. 자신의 바람이 결코 이뤄질 수
없는 소원이라는 것을.

하루가 멀다 하고 엄청난 양의 물자가 부현 지부로 들어오

고 있었다. 대부분이 전쟁을 치르는 데 필요한 것들이었다. 이 정도의 물자가 들어온다는 것 자체가 전쟁이 머지않았다는 뜻이었다.

그때 노역 책임자가 다가왔다.

"아소는 제사(第四)창고로 가거라."

"사창고요?"

아소의 얼굴에 의혹의 빛이 떠올랐다.

부현 지부에는 모두 세 개의 창고가 있다. 모두 보급 물자를 보관하는 곳들이었다. 하지만 네 번째 창고가 있다는 이야기는 듣지 못했다.

노역 책임자가 인상을 썼다.

"얼마 전에 만든 곳이다. 삼창고 뒤쪽 산으로 삼백여 장 정도 올라가면 있으니까 얼른 올라가거라."

"알겠습니다."

노역 책임자가 손을 휘저었다. 빨리 올라가는 뜻이었다. 아소는 그에게 고개를 꾸벅 숙인 후 서둘러 걸음을 옮겼다.

솔직히 아소 입장에서는 전쟁에 동원 되서 칼을 휘두르는 것보다 노역을 하는 것이 훨씬 나았다.

제삼창고는 부현 지부에서도 가장 외진 곳에 위치하고 있었다. 중요 물자를 보관하는 곳이라 경계가 삼엄해 일반인은 존재조차 알지 못했다. 제사창고로 가기 위해선 반드시 제삼창고를 지나야 했다.

아소는 제삼창고의 검문을 통과해 산 쪽으로 올라갔다. 외진 길을 따라 올라가니 정말 근래에 지어진 듯한 커다란 창고가 보였다.

"정말이네."

아소가 고개를 갸웃거렸다. 하루아침에 못 보던 창고가 새로이 지어졌으니 신기할 만도 했다.

창고 앞에는 익숙한 얼굴 몇 명이 보였다. 아소와 같이 탕마대에 있던 친구들이다. 아소까지 더하면 모두 스무 명이 넘었다.

"너희들도?"

"여기서 다들 얼굴을 보네."

다 같은 탕마군에 속해 있었지만, 평소 볼 일이 드문 사이였다. 각각 다른 대(隊)에 속해 있기 때문이다.

아소는 그들과 창고 앞에서 담소를 나눴다. 같이 차출되어 온 친구들도 제사창고가 있다는 사실을 까마득하게 몰랐다고 했다.

그들이 두런두런 이야기를 나눌 때 몇 대의 수레가 올라왔다. 순간 아소의 표정이 굳었다. 수레를 호송해 오는 무인들의 기도가 범상치 않았기 때문이다.

'무슨?'

비록 나이는 어리지만 만만치 않은 인생 역경을 겪은 아소였다. 당연히 눈치가 빠를 수밖에 없었다.

보통 이런 보급 물자를 호송해 오는 무인들은 아무래도 최일선에서 전쟁을 수행하는 무인들보다 수준이 떨어질 수밖에 없었다. 그런데 수레를 호송해 오는 무인들은 그 어떤 정예 무인들보다 더 뛰어나 보였다.

더구나 보통 이런 일에 동원되게 마련인 일꾼들도 보이지 않았다. 그만큼 기밀을 요해야 하는 물건이란 뜻이다.

아소는 본능적으로 자신이 기밀을 요해야 하는 일에 동원되었단 사실을 깨달았다. 다른 소년들 역시 그런 사실을 알았는지 아소와 비슷한 표정을 짓고 있었다.

"일꾼들인가?"

무인들의 우두머리로 보이는 앞으로 나섰다.

이제 사십 대 후반으로 보이는 중년인의 몸에서는 사나운 기도가 느껴졌다. 한눈에 봐도 자신들과는 비교할 수 없는 고수라는 것을 알 수 있었다.

이런 무인들이 겨우 수레를 지키는 일에 동원되다니. 아소는 생각보다 수레에 실린 물건이 중요한 것일지도 모른다고 추측했다.

우두머리 무인이 수레를 가리키며 말했다.

"물건을 창고 안으로 옮겨라. 귀중한 물건이니 각별히 주의하도록."

"예!"

아소를 비롯한 소년들이 급히 움직였다.

십여 대의 수레에는 나무 상자가 가득 실려 있었다. 폭은 좁지만, 대신 길이가 제법 된다. 그 모습이 꼭 관을 연상시켰다.

"이인 일조로 상자를 나르거라. 절대로 떨어뜨려서는 안

된다."

"알겠습니다."

소년들은 상자를 앞뒤로 잡고 날랐다. 생각보다 무게는 그리 많이 나가지 않았다. 굳이 따진다면 어른 한 명 정도의 무게다. 아소와 같이 무공을 익힌 소년들에게는 그리 부담되지 않는 무게였다. 더군다나 이인 일조로 힘을 쓰고 있으니 무게가 느껴지지도 않았다.

그래도 조심했다. 반드시 이인 일조로 움직이라고 했으니 그만큼 귀한 물건일 터였다. 자칫 잘못해서 물건을 상하게 했다가는 목숨을 보장하기 힘들었다.

창고 안은 무척이나 어두웠다. 빛 한 점 들지 않는 창고 안에 들어서자마자 아소는 자신도 모르게 전신에 소름이 돋는 것을 느꼈다. 마치 냉굴에 들어온 것처럼 지독한 한기가 느껴졌기 때문이다.

'무슨?'

허연 입김이 절로 흘러나왔다. 하마터면 상자를 놓칠 뻔했을 만큼 등골이 오싹했다. 하지만 아소는 절대로 고개를 돌리거나 두리번거리는 우를 범하지 않았다.

눈이 있어도 봐서는 안 되는 것이 있고, 귀가 있어도 들어서는 안 되는 이야기가 있다.

아소는 지금이 그럴 때라고 생각했다.

아소는 상자를 옮기는 것을 십여 번을 반복했다. 그리고 마침내 할당량이 끝나고 밖으로 나왔다.

"후아아!"

이제껏 참았던 숨이 터져 나왔다.

그와 함께 상자를 날랐던 소년도 마찬가지로 후련한 표정을 짓고 있었다. 어찌나 긴장을 했었는지 손바닥이 땀으로 흥건히 젖어 있었다.

다행히 상자를 떨어뜨리거나 하는 사고는 일어나지 않았다. 덕분에 하루 일과를 무사히 마치는 듯했다.

그때 우두머리 무인이 아소를 비롯한 소년들에게 다가왔다.

"너희는 돌아가지 말고, 이곳에서 지내거라."

"예? 하지만……."

"앞으로 며칠 동안 계속해서 물건이 들어올 것이다. 너희가 계속 나르거라. 숙소는 따로 잡아줄 것이다."

"알겠습니다."

반론 따윈 용납하지 않겠다는 단호한 음성에 소년들은 급히 고개를 숙이며 대답했다.

우두머리 무인이 수하들에게 손짓을 했다. 그러자 수하들 세 명이 아소와 소년들을 데리고 이동했다.

우두머리 무인이 슬쩍 창고를 바라봤다. 창고 안에서 느껴지던 냉기가 이젠 이곳까지 흘러나오고 있었다.

문득 그가 중얼거렸다.

"괴물."

2장

괴물은 혼자 탄생하지 않는다

　아소와 소년들은 제사창고 뒤쪽에 있는 조그만 모옥에 머물
렀다. 식사는 외부에서 배달되었고, 타인과의 만남은 용납되
지 않았다. 마치 우리에 갇힌 짐승 같았다.

　그들에게 허용된 외출 시간은 오직 제사창고에 물건을 옮기
러 갈 때뿐이었다. 물건은 똑같은 상자였다. 이틀에 한 번 십
여 개의 수레가 들어왔다.

　아소는 상자를 창고에 옮길 때마다 냉기가 강해지는 것을
느꼈다. 어떤 때는 마치 설원 한복판에 알몸으로 서 있는 듯한
착각이 느껴질 정도였다.

　아소는 냉기의 근원이 창고의 깊은 곳이란 사실을 깨달았
다. 아무리 눈치가 둔한 자라도 이 정도로 드나들었으면 눈치

챌 만했다.

아소뿐만이 아니었다. 다른 아이들도 모두 그 같은 사실을 알아차렸다. 단지 겉으로 드러내지 않았을 뿐이다. 짧게는 몇 달에서 길게는 삼 년까지 이곳에서 굴러먹은 아이들이다. 당연히 눈치가 비상할 수밖에 없었다.

그들은 돌아가는 상황이 심상치 않다는 것을 느꼈다.

감시의 눈길이 뜸한 어느 날 밤 소년들은 모두 한자리에 모였다. 그들의 표정은 더할 수 없이 심각했다.

소년들 중 가장 나이가 많은 육선호가 굳은 표정으로 입을 열었다.

"모두 돌아가는 분위기가 심상치 않다는 것쯤은 눈치챘겠지?"

소년들이 일제히 고개를 끄덕였다.

육선호가 말을 이었다.

"며칠 전부터 창고로 들어가는 상자의 양이 줄었다. 그 말은 곧 이 작업이 머지않았음을 뜻한다. 그럼 우리의 일도 끝나겠지. 그렇다고 과연 우리가 탕마군으로 돌아갈 수 있을까?"

"형?"

"모두 짐작하고 있잖아. 하루아침에 없던 창고가 생겨났어. 또한 각 대(隊)에서 표도 나지 않을 만큼 소수의 인원이 차출되어 왔어. 별것도 아니고 겨우 상자 나르는 일 따위에."

육선호의 말이 이어질수록 소년들의 표정 역시 점점 더 심각하게 변해갔다. 아소 역시 마찬가지였다.

"그리고 우리와는 비교도 할 수 없는 엄청난 무인들이 이곳을 지키고 있어. 그만큼 비밀을 요하는 일이란 뜻이야."

"으음!"

"이젠 알잖아, 비밀을 지키는 가장 좋은 방법이 무언지."

"살인멸구."

누군가 힘겹게 입을 열었다. 모두가 짐작하면서도 두려워 감히 하지 못한 말이 흘러나왔다.

"맞아! 지금 상황으로 생각해 볼 수 있는 것은 살인멸구 단한 가지뿐이야."

"으음!"

"이제 얼마 후면 일이 끝나. 그러면 저들은 비밀을 지키기 위해 반드시 살인멸구를 할 거야. 난 그렇게 확신해."

아소가 이를 악물었다.

그 역시 육선호와 똑같은 생각을 하고 있었다.

"그…… 럼 우리 죽는 거야?"

"제기랄!"

아이들의 눈이 벌게졌다.

밖에 지키고 있는 무인들은 그들과 비교도 할 수 없는 고수들이었다. 그런 고수들이 지키고 있는 이상 탈출은 불가능했다.

"대체 창고 안에 있는 것이 뭐기에?"

"무언지 몰라도 절대 외부에 알려져서는 안 되는 것이 분명할 거야. 애초 여기에 끌려올 때부터 우리의 운명은 정해져 있던 거야."

아이들은 분노하고 절망했다. 하지만 현실적으로 그들이 어떻게 할 수 있는 방법이 없었다.

"가장 현실적인 방법은 우리가 탈출하는 거야."

"어떻게?"

"저들은 분명 우리를 경계하지 않을 거야. 저들 입장에서는 손가락 하나만 움직여도 죽일 수 있는 하찮은 존재니까."

"하지만…… 금방 잡힐 텐데."

"그 외 다른 방법이 있으면 말해봐."

"……."

누구도 대답하지 않았다. 아니, 못 했다.

침묵을 깬 이는 아소였다.

"언제?"

"마지막 날. 저들이 방심할 때."

"방법은?"

"도주."

"어디로?"

육선호는 대답하지 못했다. 아니, 할 수 없었다.

아이들 중 가장 나이가 많았지만, 그 역시 아직 어린 소년에 불과했다.

도주한다는 것까지는 생각했지만, 어디로 도주할지는 결정하지 못했다. 부현 전체가 운중천의 영역이었다. 목숨을 구하려면 부현 밖으로 탈출해야 하는데 그것 역시 쉬운 일이 아니었다. 결국 임기응변에 의존해야 했다.

아소가 고개를 숙였다.

'결국 스스로의 목숨은 알아서 챙기라는 거구나.'

잠깐이나마 육선호에게 의지하려고 했던 자신을 후회했다.

육선호의 생각은 간단했다.

스무 명이나 되는 아이들이 일제히 탈출한다. 스무 명이 각자 다른 방향으로 튄다면 저들도 분명 당황할 것이다. 어떤 아이들은 잡히겠지만, 어떤 아이들은 탈출할 수도 있을 것이다.

육선호는 가장 탈출할 가능성이 높은 사람이 자신이라고 생각했다. 나이도 제일 많은 데다가 무공도 강하고, 무엇보다 경공에는 자신이 있었기 때문이다.

이기적이고 무책임한 생각이었지만, 아이들에게 딱히 다른 선택의 여지가 있는 것도 아니었다. 결국 선택지는 하나였고, 아이들은 자기가 행운의 주인공이 되길 바랐다.

'여기서 이렇게 허무하게 죽을 수는 없어. 내가 어떻게 살았는데.'

아소가 입술을 지그시 깨물었다.

살고 싶었다. 정말 살고 싶었다. 그래서 다 같이 힘을 모아 탈출하자고 말하려고 했다. 하지만 이미 다른 아이들은 각자의 자리로 흩어졌다.

애초부터 다른 대(隊)에서 차출되어 온 아이들이었다. 얼굴이 익숙하다고 해도 겨우 몇 번 본 사이였다. 결국 남이나 마찬가지였다. 아직 어린아이들이었다. 협력이라는 단어는 그들과 어울리지 않았다.

아소는 그렇게 다른 대에서 차출한 것 자체가 이런 상황을 염두에 둔 것이 아닐까 하는 생각을 했다. 그렇게 생각하자 전신이 오싹해졌다.

'탈출은 불가능해. 분명 실패할 거야.'

저들은 산전수전 다 겪은 무인들이었다. 그런 이들이 한낱 어린아이들의 생각 하나 꿰뚫어 보지 못할 리 없었다. 눈빛만 봐도 알 수 있을 것이다.

'저들과 다른 방법을 찾아야 해.'

아소가 입술을 질근 깨물었다.

다시 며칠이 지났다.

이번에 들어온 상자는 겨우 한 수레뿐이었다.

아이들은 직감했다. 오늘을 마지막으로 수레는 더 이상 들어오지 않을 거란 사실을.

이제 창고 주위엔 냉기뿐 아니라 살기가 넘실거리고 있었다. 짙은 혈향이 코를 자극하고 있었다. 얼마 전부터 흘러나오기 시작한 혈향 때문에 머리가 다 지끈지끈 아파왔다. 그 때문에 절로 표정이 굳었다.

아이들은 상자를 옮기면서 눈빛을 주고받았다. 그 중심에 육선호가 있었다.

그들은 감시가 소홀해지기만 기다렸다. 그리고 마침내 절호의 기회가 왔다. 최소한 그들이 보기엔 그랬다.

잠시 서로의 눈치를 살피던 아이들이 누가 먼저랄 것이 없이 사방으로 튀었다.

무인들은 아이들이 사방으로 튀어감에도 불구하고 누구 한 명 놀라지 않았다. 오히려 그들의 얼굴에 떠오른 것은 비웃음이었다.

"큭! 깜찍한 녀석들이군."

우두머리 무인의 눈이 살기로 번들거렸다.

아무리 똑똑해 봐야 결국 아직 어린 소년들이었다. 딴에는 숨긴다고 했지만, 그들이 도주할 계획을 세우고 있다는 것쯤은 진작 눈치챘다.

그래도 이제까지 두고 본 것은 그들이 필요했기 때문이다. 그리고 그들이 도주해도 언제든지 잡아서 처단할 수 있는 자신이 있었다.

"처리해!"

"존명!"

우두머리의 명령이 떨어지자 무인들이 사방으로 섬전처럼 쏟아져 갔다.

"아악!"

가장 뒤에 처져 있던 아이의 처절한 비명성이 산속에 울려 퍼졌다. 어느새 아이의 상하체가 분리되어 바닥을 나뒹굴고 있었다.

그것이 시작이었다.

쉬가악!

검이 허공을 가르고 또 누군가 죽음을 맞이했다. 비명은 이

어지다가 육선호를 마지막으로 끝이 났다.

우두머리 무인의 입가에 만족스러운 미소가 어렸다.

"어차피 죽을 운명이었으니 그리 억울해할 필요 없을 것이다."

아이들의 짐작대로 어차피 짐을 옮기는 일이 끝나면 죽일 생각이었다. 그만큼 비밀을 요하는 일이었기 때문이다.

그때였다.

"하나가 모자랍니다."

"뭣?"

"모두 스무 명이어야 하는데 여기엔 열아홉 명밖에 없습니다."

"한 놈이 도망갔어?"

전혀 예상치 못했던 상황이었다.

우두머리 무인이 급히 주위를 둘러봤다. 하지만 아무리 둘러봐도 나머지 한 명의 모습이 보이지 않았다. 탕마군 따위가 애초에 그의 이목을 피한다는 것 자체가 불가능했다. 그때 열린 창고의 문이 보였다.

우두머리 무인이 급히 안으로 뛰어 들어가 주위를 둘러봤다. 창고 안은 여전히 처음과 똑같은 모습이었다.

"설마?"

우두머리 무인이 창고의 안쪽으로 다가가 벽을 어루만졌다. 그러자 문이 열리면서 비밀스러운 공간이 드러났다.

우두머리 무인이 급히 창고 안 또 다른 공간으로 들어갔다.

그곳에 들어가자 짙은 혈향이 훅 풍겨 나왔다. 우두머리 무인은 치밀어 오르는 욕지기를 참고 안으로 들어갔다.

지하로 십여 장 정도 들어가자 널찍한 공간이 나타났다. 순간 끔찍한 풍경이 펼쳐졌다.

방원 오 장 정도 넓이의 연못에 한 남자가 앉아 있었다. 남자가 들어가 있는 연못은 피처럼 붉었고, 그 주위에는 수많은 시신이 널브러져 있었다.

시신들은 정혈을 빨려죽은 듯 목내이가 되어 있었다. 그리고 목내이의 목과 손목에는 십자 모양의 상처가 나 있었다. 목내이의 몸에서 흘러나온 피가 연못을 가득 채우고 있는 것이다.

피로 가득 찬 연못 안에서 남자는 운공을 하고 있었다. 남자는 가사 상태로 운공을 하고 있었다. 그가 호흡을 할 때마다 연못의 피가 그의 피부를 통해 흡수되고 있었다.

우두머리 무인의 얼굴에 처음으로 안도의 표정이 떠올랐다. 지금 남자의 운공은 중요한 단계에 와 있었다. 만일 방해를 받았다면 깨어나는 것이 훨씬 더 늦어졌을 것이다.

"그런데 놈은 어디로?"

급히 주위를 둘러봤다. 하지만 어디에도 도망친 자의 흔적은 보이지 않았다.

"여기가 아니란 말인가?"

우두머리 무인이 급히 밖으로 뛰어 나갔다. 그가 떠나고 한참의 시간이 지난 후 피의 연못에서 누군가 조심스럽게 고개를 내밀었다.

온통 피로 물들어 있는 소년은 바로 아소였다. 이제껏 피가 가득 찬 연못 안에 숨어 있었던 것이다.

"흐억!"

그가 겨우 연못을 빠져나와 참았던 숨을 토해냈다.

아소가 두려운 눈으로 운공을 하고 있는 남자를 바라보았다. 온몸이 피로 물들어 있어 정확한 얼굴은 알아볼 수 없었지만, 남자의 몸에서는 알 수 없는 위압감이 흘러나오고 있었다.

마치 거대한 뱀이 동면을 취하고 있는 것 같았다. 그가 눈을 뜨는 그 순간 자신의 조그만 몸 따위는 단숨에 집어삼켜질 것 같았다.

온몸이 벌벌 떨려왔다. 그제야 주위에 널브러진 시신들이 눈에 들어왔다.

"우웨엑!"

아소는 더 이상 참지 못하고 속에 있는 것을 게워냈다. 노란 물이 나올 때까지 욕지기를 하던 아소가 힘겹게 몸을 일으켰다.

"도망가야 해."

다른 아이들이 무작정 도주만 생각하고 있을 때 아소는 창고 안을 면밀히 관찰하고 있었다.

그는 창고 안에 갖다놓은 상자가 다음 날이면 흔적도 없이 사라진다는 사실에 주목했다. 외부로 옮겨진 흔적은 없었다. 그 말은 곧 창고 안에 또 다른 비밀 공간이 있다는 뜻이었다.

그는 상자를 옮기면서 비밀 공간이 있을 법한 곳을 찾았고 엊그제 겨우 목적을 이뤘다. 어두운 창고 안에서 유달리 맨질맨질한 부분을 발견한 것이다.

아소는 그곳에 또 다른 공간이 있을 거라고 짐작했다. 그래서 다른 아이들이 일제히 밖으로 튀어나갈 때 그만 이곳으로 뛰어 들어왔다.

주위에 널브러진 시신들을 보고 나서야 깨달았다. 자신이 옮긴 상자 안에 들었던 물건들이 바로 저 시신, 아니, 사람들이란 사실을.

죽은 자의 몸에서는 피가 흐르지 않는다. 당연히 상처를 내도 피가 흐르지 않는다. 연못을 피로 가득 채우는 것은 불가능한 일이다.

그 말은 곧 상자 안에 담겨 있을 때만 하더라도 살아 있었단 뜻이었다.

"크윽!"

갑자기 온몸이 벌벌 떨려왔다. 핏속에 가려진 얼굴은 새하얗게 질려가고, 입술은 시커멓게 죽어갔다. 몸 안을 휘돌고 있는 이질적인 기운에 온몸이 얼음장처럼 차가워졌다.

감당할 수 없는 사기(邪氣)가 온몸을 침습했다. 아소는 머릿속이 혼미해지는 것을 느꼈다. 살심이 솟구쳐 오르고, 눈에 보이는 모든 것을 파괴하고 싶다는 욕구가 전신을 지배했다.

아소가 입술을 깨물었다. 입술이 찢어지고 피가 흘러나왔다. 그러자 잠시나마 이성이 돌아왔다.

"아저씨에게로 가야 해."

지금쯤 저들도 혼란에 빠져 있을 것이다. 지금 이 순간을 이용하지 못하면 탈출할 기회는 영원히 없을 것이다.

자꾸만 혼미해지는 정신 속에서도 아소는 급히 밖으로 걸음을 옮겼다.

*   *   *

가경의는 찻잔을 들었다.

은침차라고 불리는 고급 차였다. 오직 동정호에서만 나기에 이런 척박한 북방에서는 도저히 구할 수 없는 그런 귀물이었다.

가경의 앞에는 검은 피풍의를 입은 노인이 앉아 있었다. 그가 문득 입을 열었다.

"어떤가?"

"좋군요. 은침차가 좋다는 이야기는 들었지만, 직접 맛보니 상상 이상이군요. 머리가 맑아지는 느낌입니다."

"자네를 위해 특별히 구해 왔네."

"감사합니다."

"마음에 든다니 다행이군."

고개를 끄덕이는 노인은 바로 흑익신창 우문천이었다.

우문천은 부현에 하루를 머문 후 바로 밀야의 진영으로 넘어왔다. 가경의는 그런 우문천을 극진히 대접했다.

"얼굴이 많이 상했군. 근심이 많은 모양일세."

"그런가요? 저는 잘 모르겠는데."

"군사가 흔들리면 밑야도 흔들리네. 부디 보중하시게."

"죄송합니다. 제가 부족해 근심을 끼쳐 드렸군요."

"아닐세. 오히려 내가 미안하지. 내가 능력만 좀 더 있었어도 자네가 이리 노심초사하지 않았을 텐데."

"신창께서는 하실 만큼 하셨습니다. 제게 미안해할 필요 없습니다."

"자네도 그렇다네. 그러니 자책할 필요 없다네."

"혹시 마영좌 소식은 들으셨습니까?"

순간 우문천의 얼굴에 짙은 그늘이 드리워졌다.

"정말인가? 천명, 그 친구의 소식이 끊긴 것이."

"사실입니다."

"으음!"

우문천의 입술을 비집고 침음이 흘러나왔다.

청풍마영 남천명은 그의 오랜 친우였다. 같은 사대마장이라는 이유도 있었지만, 그와는 유달리 마음이 잘 맞았다. 덕분에 술잔도 많이 기울였고, 이야기도 많이 나눴다.

같은 사대마장이었지만 파산마부 만추산은 성격이 열화와 같아서 그와는 맞지 않았고, 백야마녀 소금향은 여자라서 가까워지기 힘들었다.

오직 남천명만이 그의 지기라 불릴 만했다. 그런 남천명이 사천성에서 죽었다는 소식을 들었을 때는 정말 하늘이 무너지는 줄 알았다.

"어떻게 된 건가?"

"사천성에 새로운 세력이 태동하고 있습니다. 그들은 무척이나 강하고 은밀합니다. 어쩌면 그들이야말로 당금 천하의 정세를 좌우할 가장 큰 변수가 될 확률이 높습니다."

"어찌 그럴 수가! 아미와 당문, 청성이 확고히 자리를 잡은 사천성에 새로운 세력이 발붙일 틈이 어찌 있단 말인가?"

우문천이 믿기 힘들다는 표정을 지었다.

사천성의 폐쇄성을 누구보다 잘 알고 있는 우문천이었다. 아미, 당문, 청성이 자리를 잡은 사천무림은 중원의 그 어떤 지역보다 폐쇄적이었고, 텃새가 심했다. 그 때문에 신흥 문파가 사천성에 자리를 잡는 것은 거의 불가능했다.

"세 문파가 어찌할 수 없을 만큼 강대한 문파가 태동했거나, 혹은 세 문파의 연합이 출범한 것일 수도 있습니다."

"어찌 그럴 수가?"

"아직 확실한 것은 아닙니다."

"그러면 당장 전력을 파견해서 그들의 실체를 밝혀야 하지 않는가? 자칫 그들이 배후를 치면 우린 앞뒤로 대적을 맞이하게 되네."

"그런 일은 없을 겁니다."

"어찌 그리 자신하는가?"

"실은……."

가경의는 진무원과의 만남을 담담히 풀어놨다. 그의 이야기가 길어질수록 우문천의 표정은 점점 심각해졌다.

"단천운이라니."

"그를 아십니까?"

"실은 부현에 잠깐 들렀을 때 그자를 만났네. 단순히 후기지수 중 제법 강한 아이라고 생각했네만."

"어쩌면 마영좌의 죽음에 관계되어 있을지도 모릅니다."

"으음!"

가경의의 말은 추측이 아니라 확신에 가까웠다.

우문천의 눈빛이 차가워졌다.

'그렇다면 차라리 그때 제거했어야 했는데.'

첫 만남부터 범상치 않았다고 생각했던 진무원이었다. 하지만 설마 그가 친우인 남진명의 죽음과 관계가 있을 줄은 몰랐다.

가슴속 밑바닥에서부터 살기가 치밀어 올랐다. 때문에 살기를 가라앉히느라 애를 써야 했다.

"차라리 지금이라도 그를 제거해야지 않겠는가? 명만 내리게. 나 홀로 부현에 들어가 그의 목을 따 오겠네."

"신창의 마음은 이해하지만, 지금은 그럴 때가 아닙니다."

"하나……."

"운중천이 먼저입니다. 사천성에서 태동하고 있는 제삼세력은 그다음입니다."

가경의는 의지는 확고했다. 그의 의지는 곧 밀야의 의지였다. 우문천은 애써 고개를 끄덕였다.

"알겠네! 자네의 뜻대로 하지."

"감사합니다."

"그래서 이제 어떻게 할 생각인가? 정말 그가 약속을 이행할 것이라 보는가?"

"전 그렇게 봅니다."

"자네의 생각이 맞겠지. 이제까지 자네의 결정이 틀린 적은 없었으니. 하나 한 가지만 약조해 주게."

"말씀하십시오."

"운중천과의 전쟁, 반드시 승리로 이끌어주게."

"물론입니다."

"그럼 됐네."

우문천의 대답에 가경의가 내심 안도의 한숨을 내쉬었다. 만일 우문천이 남천명의 복수를 고집했으면 그의 모든 계획이 어그러지기 때문이다.

"참, 야주께서는?"

"조만간 이곳으로 오실 겁니다."

"그럼?"

"대공을 이루기 직전이라 합니다."

"오오!"

우문천의 얼굴에 격동의 빛이 떠올랐다. 그는 흥분된 마음을 전혀 감추지 않았다.

"대공을 이루는 대로 바로 이곳으로 달려오실 겁니다."

"다행이군. 아니, 전화위복이라고 해야 하나? 결국은 부야주의 배신이 야주의 대성을 도와준 셈이니."

부야주 장무경의 배신은 밀야 내부에 커다란 변화를 불러왔다. 그중 하나가 바로 야주였다.

당시 야주는 밀야의 총화가 집약된 무공을 익히고 있었으나, 장무경의 배신으로 인해 극심한 내상을 입었다. 그 때문에 외부 활동을 거의 하지 못하고 사대마장과 육마존에게 전권을 위임하고 내상을 치료하는 데 집중해야 했다.

처음엔 운신하는 것조차 힘이 들었다. 그만큼 그의 내상은 심각했다. 하지만 그는 포기하지 않고 꾸준히 운공을 했다. 육신을 움직일 수 없기에 더욱 운공과 심상의 수련에 몰두했고, 어느 순간 커다란 깨달음을 얻었다.

깨달음은 너무 커서 한 번에 소화할 수 없었다. 그 때문에 야주는 깨달음을 온전히 자신의 것으로 만드는 데 시간을 투자해야 했고, 이제는 그 결실을 이룰 날이 머지않았다.

그야말로 밀야의 모든 이가 원하는 순간이 코앞으로 다가온 것이다. 그 사실을 알고 있는 자는 밀야 내에서도 극소수에 불과했다.

"야주를 뵐 날이 기다려지는군."

"머지않았으니 조금만 참으십시오. 야주가 합류하기 전까지 저들에게 타격을 최대한 줘야 합니다."

"여부가 있겠는가? 군사를 전적으로 믿고 있으니 명령만 내리게. 내 군사의 수족이 되어 명을 따를 터이니."

"감사합니다. 조만간 다른 사대마장들도 합류를 할 겁니다.

그때까지 신창께서 고생해 주서야겠습니다."

"물론일세."

우문천이 고개를 주억거릴 때였다. 갑자기 밖에서 누군가 문을 두들겼다.

"군사, 급보입니다."

다급한 목소리에 가경의의 안색이 굳었다. 그가 급히 말했다.

"급보? 들어와요."

그의 말이 끝나기 무섭게 문사 차림의 중년인이 문을 벌컥 열고 들어왔다. 밀야의 정보를 담당하는 진무당(眞武堂) 소속의 무인이었다. 그의 손에는 한 장의 서신이 들려 있었다.

중년인이 들고 있던 서신을 급히 가경의에게 바쳤다. 서신을 펼쳐 읽어 내리는 가경의의 안색이 딱딱하게 굳었다.

"무슨 일인가?"

심상치 않은 분위기를 읽은 우문천이 물었다.

"서 장로님의 전언입니다."

"서곽? 부현에 있는 서곽 말인가?"

"그렇습니다. 누군가 은밀히 그에게 접근을 해 이런 서신을 전했다는군요."

"그럼 서곽의 정체가 탄로 났단 말인가?"

"그런 것 같습니다만."

가경의가 곤혹스러운 표정을 지으며 우문천에게 서신을 건넸다. 우문천이 급히 서신을 읽었다.

"두 마리 새가 날아오를지니. 어둠의 령은 이목을 끌고, 암전(暗箭)은 밤의 주인을 노릴 것이다. 이게 무슨?"

서신 안에는 의미 모를 글귀가 쓰여 있었다. 한참을 들여다보았지만 우문천은 내용을 해독할 수가 없었다.

가경의가 물었다.

"혹시 서 장로님이 외부에 노출될 일이 있었습니까?"

"그런 일이…… 아, 그 친구의 국숫집에서 단천운을 만났네."

"그럼 이 서신은 그가 보내는 전언이겠군요."

가경의의 눈이 번뜩였다. 하지만 우문천은 그의 말을 이해하지 못했다.

"전언? 그가 우리에게 전언을 해서 얻을 게 뭐가 있다고?"

"그가 정말 제삼세력과 연관이 있다면 우리와 운중천이 최대한 오래 싸우는 것을 원할 겁니다. 만일 야주께서 암습을 당해 죽는다면 밀야가 가장 먼저 멸문을 당할 것이고, 그다음은 제삼세력 차례일 테니까요."

"하지만……."

"두 마리 새가 날아오른다? 하나는 어둠의 령이고, 다른 하나는 암전. 즉 몰래 쏘아진 화살. 어둠의 령? 마령제를 말함인가? 그렇다면 암전은?"

가경의의 두뇌가 무섭게 돌아갔다. 우문천은 입을 다물고 그런 가경의를 지켜보았다. 이럴 때는 오히려 침묵을 지키는 것이 낫다는 것을 경험으로 알고 있기 때문이다.

한참의 시간이 지난 후 가경의가 결론을 도출해 냈다.

"두 마리 새는 야주를 암살하기 위한 양동작전을 의미한다. 마령제는 이목을 끄는 미끼. 그렇다면 암전은 진정한 암살자를 뜻하는 건가?"

"그럼 이 전언이 야주를 암살하려는 계획을 뜻한다는 건가?"

"그렇습니다."

우문천의 표정이 딱딱하게 굳었다.

"단천운의 전언을 믿을 수 있겠는가?"

"확실히 믿을 수는 없지만, 대비해서 나쁠 것은 없을 겁니다."

"음!"

"정말 이 전언이 사실이라면 오히려 이를 이용해 운중천에 한 방 먹일 수도 있을 겁니다."

"어떻게?"

"제가 단천운의 입장이라면……."

*　　*　　*

진무원은 자신의 거처에 앉아 생각을 정리하고 있었다. 지금 그는 본의 아니게 감금 생활을 하고 있었다. 그가 외부에 나설 때마다 감시의 시선이 따라붙었다. 그 때문에 될 수 있으면 외출을 자제하고 있는 형편이었다.

그때 밖에서 앳된 목소리가 들려왔다.

"식사를 가져왔습니다."

"들어오세요."

진무원의 허락이 떨어지자 시비가 문을 열고 들어왔다. 시비의 손에는 음식이 담긴 쟁반이 들려 있었다.

시비가 진무원이 탁자에 가져온 음식을 내려놓으며 말했다.

"숙수가 전하길 오늘은 사람이 없는 개울가에서 잡은 송어가 좋다네요."

순간 진무원의 눈에 이채가 떠올랐다 사라졌다. 그는 담담히 말했다.

"그거 기대되는군요."

"식으면 맛이 없으니 얼른 드시라고 하네요. 그럼 저는……."

시비가 고개를 조아린 후 밖으로 나갔다.

혼자 남은 진무원이 젓가락을 들어 송어를 헤집었다. 그러자 뱃속에 숨겨진 조그만 쪽지가 보였다.

'사람이 없는 개울'은 은류(隱流)를 의미했다. 즉 이 쪽지는 은류의 수장인 청인이 그에게 보낸 것이었다.

진무원이 급히 쪽지를 읽었다.

"창고 쪽에서 소요. 어린 탕마군이 도주 중. 정체를 알 수 없는 고수들이 추적 중."

진무원의 눈동자가 흔들렸다.

＊　　　＊　　　＊

"헉헉!"

아소는 거친 숨을 토해내며 커다란 나무에 잠시 몸을 기댔다. 숨이 턱 끝에 차오르고, 머리는 어질어질했다. 두 눈의 초점이 잡히지 않아 세상이 온통 뿌옇게 보였다.

머릿속에서 계속해서 잡음이 들렸다. 유혹하는 것 같기도 하고, 화를 내는 것 같기도 한 이상한 소리에 아소가 양귀를 막았다.

"놈의 흔적이 이쪽으로 이어져 있다."

그 순간 숲 저편에서 추적하는 자들의 목소리가 들렸다.

아소가 고개를 흔들었다. 그러자 머릿속을 가득 채웠던 잡음이 조금은 잦아들었다.

'움직여야 해.'

몰래 창고를 빠져나왔지만, 무인들은 기어코 그의 흔적을 찾아내 추적하고 있었다. 그들에게 잡히면 죽음뿐이라는 사실을 아소는 알고 있었다.

두 눈의 실핏줄이 터져 붉게 충혈되어 있었다. 그로 인해 세상이 온통 붉게 보였다. 하늘이 돌고 땅이 일어나는 것 같았다. 그래도 아소는 이를 악물고 움직였다.

그는 간신히 이성의 끈을 잡고 있었다. 이성을 잃는 순간 더 이상 원래의 자신이 아닐 것 같은 불길한 느낌이 머릿속을 지배하고 있었다.

그나마 그에게 유리한 점이라면 이곳의 지리에 무척이나 밝다는 것이다. 그렇지 않았다면 벌써 오래전에 추적해 오는 무인들에게 잡혔을 것이다. 하지만 시간이 흐를수록 불리한 이는 아소였다.

문득 아소가 걸음을 멈췄다. 저 멀리 길을 막고 있는 무인들이 보였다. 운중천의 무인들이었다.

"제길!"

아소는 급히 방향을 바꿨다.

불길한 예감이 들었다. 어쩌면 밖으로 나가는 길 대부분이 막혀 있을지도 모른다는 생각이 들었다. 그리고 그의 예감은 곧 현실로 다가왔다.

외부로 통하는 길 전체에 무인들이 깔려 있었다. 그 어디에도 아소가 빠져나갈 만한 곳은 보이지 않았다.

아소는 절망했다.

'여기가 끝인가?'

그 순간 수풀을 헤치며 일단의 남자들이 나타났다. 그들은 바로 아소를 추적해 온 무인들이었다.

"놈! 이리 애를 먹이다니."

아소를 바라보는 우두머리 무인의 눈에 살기가 어려 있었다. 아소 때문에 많은 시간을 허비했기 때문이다.

'어떡하지?'

아소가 급히 주위를 둘러봤다. 하지만 어디서도 그가 빠져나갈 만한 구멍은 보이지 않았다.

우주머리 무인이 부하들에게 말했다.

"놈의 숨통을 끊어라."

"예!"

부하들이 아소에게 다가왔다.

아소가 피가 나도록 입술을 깨물었다.

'그래도 그냥 이대로 죽을 수는 없어.'

상대가 되지 않는다는 것은 이미 알고 있었다. 그래도 이대로 삶을 포기할 수는 없었다.

아소가 근처에 있던 나무를 주워 들었다.

"흐흐! 요 녀석 보게."

"주제에 살고 싶단 말이군."

그 모습을 본 무인들이 아소를 비웃었다. 탕마군이 무공을 익혔어야 얼마나 익혔을까? 속성으로 무공을 익힌 탕마군 따위가 자신들에게 대항하려 하니 웃음밖에 나오지 않았다.

"하앗!"

무인들이 아소를 향해 검을 휘둘렀다. 아소는 나무를 휘두르며 최대한 방어했지만 소용이 없었다. 진검으로 대적해도 몇 초 버티지 못할 텐데, 겨우 나뭇가지로 그들의 공격을 막는다는 것은 애초부터 불가능했다.

상대의 검격 몇 차례에 아소의 나뭇가지가 성둥 잘려 나갔다.

무인들은 결코 서두르지 않았다. 그들은 먹이를 가지고 노는 맹수처럼 아소를 희롱했다.

쉬각!

아소의 어깨에 피분수가 치솟아 올랐다.

고통을 줄 만큼 충분히 깊다. 하지만 목숨을 빼앗기에는 모자랄 만큼의 상처.

아소의 얼굴이 고통으로 일그러졌다.

"흐흐!"

"그놈 선불 맞은 멧돼지 같구만. 흐흐!"

무인들이 아소를 조롱했다.

아소의 몸 곳곳에 상처가 늘었다. 피가 점점 더 많이 흘렀고, 정신은 아득해져 갔다.

'이젠 틀렸어. 나는……'

아소는 저항하는 것을 포기하려 했다.

이젠 너무 고통스럽고 지쳤다. 손가락 하나 움직일 힘도 남아 있지 않았다.

순간 마음속 깊은 곳에서부터 분노가 치솟아 올랐다.

'왜 나만 이런 꼴을 당해야 하는 건가? 왜……'

그렇지 않아도 충혈되었던 눈동자가 더욱 붉게 변했다. 절망의 순간에 심마(心魔)가 찾아온 것이다.

"이제 슬슬 지겨워지는군. 끝내도록."

우두머리 무인의 명령이 떨어졌다.

아소를 희롱하던 무인들의 검에 아지랑이가 피어오르더니 뚜렷한 형체를 갖췄다. 검기였다.

"끝이다."

검기가 맺힌 검이 아소의 목덜미를 향해 내리꽂혔다.

그때였다.

쉬악!

갑자기 바람이 불어왔다.

순간 숲이 침묵에 잠겼다.

"어?"

우두머리 무인이 고개를 갸웃거렸다. 무언가 이상했기 때문
이다.

고요했다.

마치 모든 것이 멈춰 있는 듯했다.

그러고 보니 나뭇가지도, 풀잎도 더 이상 흔들리지 않았다.
그리고 아소를 향해 검을 내려치던 무인들의 움직임도 멈춰
있었다.

"무슨?"

투두둑!

순간 묘한 소성이 울려 퍼졌다.

아소를 향해 검을 내려치던 무인들의 얼굴과 몸에 사선이
그어졌다. 근육과 살이 분리되고 피가 터져 나왔다. 그리고 그
들의 몸이 무너져 내렸다.

"저, 적?"

우두머리 무인이 그제야 변고를 깨닫고 검을 뽑아 들었다.
하지만 그의 육신은 의지를 따르지 않았다. 그제야 우두머리
무인이 이상함을 느끼고 자신의 몸을 내려다보았다.

방금 전까지 그의 일부였던 팔이 잘려 나가 바닥에 나뒹굴고 있었다. 비현실적인 풍경에 그가 비명을 지르려 했다. 하지만 그의 목소리는 결코 입 밖으로 새어 나오지 않았다.

주르륵!

목 주위에 검붉은 선이 그어지더니 머리가 몸에서 분리되어 바닥에 떨어졌다.

그것이 무인들의 최후였다.

스륵!

죽음이 지배하는 공간에 사신이 내려앉았다.

소리도 없이 숲속에 나타난 남자는 바로 진무원이었다. 그가 위기의 순간에 아소를 구한 것이다.

"끄으!"

아소는 그런 사실도 모른 채 바닥을 나뒹굴고 있었다. 심마에 완전히 잡아먹힌 것이다.

진무원이 미간을 찌푸렸다.

"아소야!"

그는 한눈에 아소의 상태를 알아차렸다. 그는 급히 아소의 마혈을 제압한 후 자리를 떴다.

그가 떠나고 잠시의 시간이 지난 후 일단의 무리가 다시 숲속에 모습을 드러냈다. 그들은 무인들의 주검을 보고 경악했다.

"이럴 수가!"

"본 가의 무인들이 모조리 몰살을 당하다니."

그들은 몰살당한 무인들의 동료들이었다. 그들 중 우두머리가 당혹스러운 표정으로 입을 열었다.

"목표는?"

"흔적도 보이지 않습니다."

"겨우 탕마군이라고 하지 않았나? 탕마군이 본 가의 무인들을 죽이고 도주한다고?"

"아무래도 방조자가 있는 듯합니다. 이 상처는……."

시신의 상처를 살피던 무인들이 몸을 부르르 떨었다.

고수는 상처만 봐도 상대의 수준을 알 수 있는 법이었다. 하지만 그런 이들도 감히 짐작하기 힘든 때가 있다. 너무 큰 수준 차가 나면 그랬다. 지금 그들은 자신들의 수준을 아득히 뛰어넘은 검공의 흔적을 보고 있었다.

"이건 말도 안 되는……."

숲속에 그들의 곤혹스러운 음성이 울려 퍼졌다.

진무원은 아소를 안고 공방으로 들어왔다.

제일 먼저 그를 맞이한 이는 바로 청인이었다.

"문주님, 이 아이는?"

"쫓기던 그 아이입니다."

"아!"

청인이 탄성을 내뱉었다.

심상치 않은 분위기를 느끼고 진무원에게 보고를 했지만, 설마 진무원이 그 소년을 구해 올 줄은 몰랐다.

"인연이 있는 아이입니다. 심마에 든 것 같으니 잠시 치료를 해야겠습니다."

"안쪽에 있는 빈방으로 가십시오. 철저히 경계하겠습니다."

"알겠습니다."

진무원은 급히 아소를 안고 빈방으로 들어갔다.

처음 소년이 운중천의 무인들에게 쫓긴다는 이야기를 들었을 때 어쩌면 그 아이가 아소일지도 모른다는 느낌이 들었다.

그 어떤 근거도 없었다. 그냥 그런 예감이 들었고, 자신의 예감이 맞을 거라고 확신했다. 그래서 감시자들의 시선을 피해 은밀히 빠져나와 이곳으로 향했다.

남들이 보면 미쳤다고 하겠지만, 진무원은 자신의 직관력을 믿었다. 그의 직관력은 이미 예지력의 수준까지 넘보고 있었기에.

진무원이 이해할 수 없는 것은 단 한 가지였다.

"이 아이가 왜 심마에?"

아소는 특별히 무공이 강한 아이가 아니었다.

심마에 빠지려면 무공이 어느 정도 수준에 올라야 했다. 복잡한 깨달음과 여러 가지 장벽을 맞닥뜨릴 때야 겨우 대면하게 되는 것이 심미였다.

아소는 아직 심마를 대면할 정도의 수준이 아니었다. 그런 아이가 심마에 빠졌다?

진무원은 아소의 맥문을 잡고 그림자 내력을 집어넣었다.

"으으!"

그림자 내력이 들어가자 아소가 몸을 부르르 떨었다. 그렇지 않아도 피 칠갑이 된 얼굴이 더욱 벌겋게 달아올랐다.

지독한 고통에 아소가 두 눈을 치떴다. 눈꼬리가 뜯어져 나가며 핏물이 흘러내렸다.

아소의 몸에서 반발력이 느껴졌다. 사이하면서도 음습한 기운이 아소의 내부를 스멀스멀 잠식해 가고 있었다.

진무원의 미간에 깊은 골이 파였다. 실제로 그럴 리는 없겠지만, 지독한 피비린내가 풍기는 것 같았다. 기운 자체가 이렇게 지독한 혈향을 풍기는 무공은 그리 많지 않았다.

문제는 아소가 그런 무공을 익힐 리 없다는 것이다. 그 말은 곧 외부의 어디선가 사기의 침습을 받았다는 것이다.

이와 비슷한 기운을 어디선가 느껴본 적이 있었다. 잠시 기억을 더듬던 진무원은 곧 그때의 기억을 떠올렸다.

"십자혈마공."

진무원의 얼굴이 딱딱하게 굳었다.

그가 알기로 십자혈마공을 익힌 자는 단 한 명뿐이었다.

"조운경, 그때 죽은 것이 아니었나?"

삼 년 전 진무원은 운중천을 탈출하면서 조운경에게 치명적인 상처를 입혔다. 그런데 죽지 않고 살아 있는 모양이었다.

그 순간 머릿속에 한 가지 가정이 퍼뜩 떠올랐다.

"설마 야주를 암살하려는 자가 조운경인가?"

그렇게 생각하면 그림이 얼추 맞는다.

조운경이 익힌 십자혈마공은 천인공노할 마공이었다. 또한 사람의 피, 특히 여인의 피를 많이 흡수하면 할수록 위력이 기하급수적으로 는다는 장점이 있었다.

문제는 아소가 어디서 조운경과 만났냐는 것이었다. 그 사실을 알아내기 위해서는 일단 아소의 몸에 침투한 사기와 심마를 몰아내야 했다.

진무원은 아소의 몸에 주입하는 그림자 내력의 양을 늘렸다.

"끄으!"

순간 아소의 입술을 비집고 고통스러운 신음이 흘러나왔다. 그림자 내력이 십자혈마공의 기운을 제압하면서 전신의 신경을 자극했기 때문이다.

전신의 신경과 혈맥을 개미가 갉아먹는 것 같았다. 지독한 고통에 전신의 핏줄이 모조리 불거져 나왔다. 꿈에 보기 두려울 정도로 끔찍한 모습이었다.

차라리 죽고 싶다는 생각이 들 정도로 끔찍한 고통에 아소가 이빨을 딱딱 부딪치며 고개를 흔들었다. 진무원의 내력이 거세질수록 아소가 느끼는 고통도 배가됐다.

진무원도 그 사실을 알고 있었다. 하지만 그림자 내력의 주입을 멈추지 않았다. 지금 사기를 완벽하게 몰아내지 않으면 아소가 심마의 그림자에서 절대 벗어나지 못할 것을 알기 때문이다.

그림자 내력이 마침내 십자혈마공의 사기를 완벽하게 제압했을 때 아소가 피를 토하며 바닥에 쓰러졌다. 검붉은 핏물 속에서 잠시 꿈틀거리던 아소가 한참의 시간이 지난 후 겨우 정신을 차렸다.

진무원이 물었다.

"괜찮느냐?"

"여긴? 아저씨? 아저씨가 절 구해주신 건가요?"

아소가 겨우 진무원을 알아봤다.

"그렇다. 어떻게 된 일이냐?"

"사실은……."

아소는 온전치 않은 정신 속에서도 자신이 경험했던 이야기를 했다. 진무원의 표정이 더할 수 없이 굳었다.

"제사창고? 위치가 어떻게 되냐?"

"삼창고 뒤쪽에 있는데 정확히는……."

아소의 이야기가 끝나자마자 진무원은 제사창고로 갔다. 하지만 그가 도착했을 때 제사창고는 텅 비어 있었다. 저들이 이미 모든 흔적을 지운 것이다.

3장

혼돈의 시대,
모두가 진흙탕에 발을 딛고 있다

　서문화의 눈이 차갑게 빛났다. 그의 앞에는 각진 턱에 호목(虎目)을 한 인상적인 남자가 고개를 숙이고 있었다.

　이제 삼십 대 후반으로 보이는 남자는 무척이나 강한 무력의 소유자였지만, 감히 서문화에 비할 수는 없었다. 더군다나 남자는 커다란 실수를 저질렀다.

　"그러니까 탕마군의 꼬마 하나가 도주했단 말이군. 그것도 무적세가 기환대(奇幻隊)의 추적을 뿌리치고."

　"죄송합니다. 변수가 발생했습니다."

　"변수?"

　서문화의 눈썹이 꿈틀거렸다.

　그의 눈앞에 있는 남자는 기환대주 강위산이었다.

기환대는 무적세가에서 특별한 물건을 호송하거나, 주요 인사들을 보호할 때 주로 이용하는 조직이었다. 개개인이 일류이상의 고수들로 이뤄져 있고, 각 조장은 절정의 무공을 익히고 있었다.

기환대주인 강위산의 이름은 강호에 전혀 알려지지 않았다. 그만큼 은밀하게 활동했고, 세상에 모습을 드러낼 일이 극히 적었다.

강위산이 고갯짓을 하자 한쪽에 서 있던 남자들이 밖에서 서너 구의 시신을 들고 왔다.

"이게 뭔가?"

"탕마군의 꼬마를 잡으러 움직였던 사조의 무인들입니다. 꼬마를 잡기 직전 정체불명의 무인에게 습격을 당해 모조리 절명했습니다."

"정체불명의 무인?"

"시신을 한번 보시겠습니까?"

강위산의 말에 서문화가 시신 앞에 무릎을 꿇고 자세히 살폈다. 순간 서문화의 눈가가 파르르 떨렸다. 시신의 절단된 면에서 강한 예기가 느껴졌다.

"이건?"

"저희로서는 감히 상상할 수 없는 고수의 솜씨입니다."

"죽은 지 얼마나 됐나?"

"두 시진이 지났습니다. 그런데도 상흔에서 예기가 느껴집니다."

"검인가?"

서문화의 눈빛이 깊이 침잠됐다.

비록 귀제갈이라는 별호로 더 많이 알려졌지만, 그 역시 절대의 경지를 넘어선 무인이었다. 상처만 봐도 무기의 종류를 알 수 있었다.

"검이라. 적엽진인과 비사원 정도만이 이런 검공을 사용할 수 있을 터. 그들이 죽은 지금 이 정도의 성취를 이룬 검객이 존재했던가?"

문득 그의 눈이 빛났다. 가능성이 있는 자를 떠올렸기 때문이다.

"살천랑."

무당산에서 적엽진인을 죽인 자. 그 역시 검을 쓴다고 했다.

이름도 얼굴도 알려지지 않은 정체불명의 검객. 적엽진인을 죽인 그의 검술이라면 능히 이 정도의 흔적을 남길 수 있을 것이다.

강위산의 눈이 빛났다.

"살천랑이라면 적엽진인을 죽인……."

"지금으로서는 그밖에 생각이 나지 않는군."

"살천랑이라니. 그가 왜 이들을 죽였을까요?"

서문화는 대답하지 않았다. 아니, 할 수 없었다. 그도 마땅한 이유가 생각나지 않았기 때문이다. 게다가 살천랑이 나타났다는 사실 자체가 아직 확실한 것은 아니었다. 아직까진 그의 짐작일 뿐이었다.

서문화의 시선이 강위산을 향했다.

"그는?"

"탕마군 꼬마가 도주한 직후 옮겼습니다."

"안전한가?"

"운 좋게도 운공이 절정을 지난 후라 큰 문제는 없었습니다."

"그나마 다행이군."

서문화가 안도의 한숨을 내쉬었다.

조운경은 삼 년 전 엄청난 중상을 입었다. 십자혈마공으로도 치유하기 힘들 만큼의 상처를 입은 그를 살리기 위해 무적세가와 서문화는 천인공노할 짓을 저질렀다.

수많은 여인을 납치해 와 그녀들의 생혈을 공급했다. 그렇게 조운경을 살리기 위해 죽어간 여인들의 수만 수천 명이 넘어갔다. 하지만 워낙 은밀하게 이뤄지고, 조직적으로 은폐되었기에 중원인들 중 누구도 그런 사실을 눈치채지 못했다.

그만큼 큰 희생을 치르고 회복시킨 조운경이었다. 이제 그가 깨어날 일이 멀지 않았다. 그가 깨어나면 활용도는 무궁무진했다. 모용율천은 진무원에게 죽은 혼마 대신 조운경을 활용할 생각이었다.

그 첫 번째 임무가 바로 밀야의 야주를 암살하는 것이었다. 그래서 최근까지 여인들의 생혈을 듬뿍 공급했는데, 하마터면 전혀 예상치 못했던 탕마군의 꼬마 때문에 대계가 망가질 뻔했다.

"언제 깨어나지?"

"오늘이 지나기 전에 깨어날 겁니다."

"그가 깨어나는 대로 작전에 투입하겠다."

"허면 살천랑은?"

"물론 제거해야겠지."

"하지만 그의 정체도 알지 못합니다."

"당장 알지 못한다는 것뿐이지, 앞으로도 알 수 없다는 것은 아니지. 시신을 두고 나가라. 이제부터 상흔을 분석할 테니. 놈이 사용한 검초를 알아낼 수 있다면, 진정한 정체도 유추해낼 수 있을 터."

"알겠습니다."

강위산이 대답과 함께 물러났다.

혼자 남은 서문화가 전뇌호천공을 운용하기 시작했다.

평상시 사용하지 않던 두뇌가 깨어나면서 지력(知力)이 비약적으로 상승했다.

"누구냐, 살천랑."

그의 눈은 진실을 찾아내기 위해 빛나고 있었다.

진무원은 거처로 돌아왔다. 감시자들은 진무원이 밖에 다녀온 사실을 까마득하게 모르고 있었다. 그만큼 은밀하게 움직였기에 그들의 수준으로는 진무원의 은신술을 파악할 수 없었다.

아소는 청인에게 맡겨두었으니 당분간 안전할 것이다. 몸이 많이 상하긴 했지만, 다행히 거동하는 데 지장은 없었다. 심마가 문제였지만, 시간을 두고 천천히 해결해야 할 일이었다. 몸이 완전히 나으면 부헌에서 빼내 사천성으로 보낼 예정이었다.

"현현소와 십자혈마공을 익힌 조운경. 서문화가 제대로 작정했구나."

현시점에서 서문화가 동원할 수 있는 최상의 패를 빼어 든 셈이었다. 조운경이 야주를 죽일 수 있을지는 미지수였다. 하지만 설령 실패하더라도 밀야에 큰 타격은 줄 수 있을 것이다.

상황이 복잡하게 돌아가고 있었다. 진무원은 이런 상황이 싫었다. 아니, 두고 볼 수 없었다. 이 모든 것이 모용율천과 서문화의 의도대로 진행되는 것이라고 생각하니 더욱 가만있을 수 없었다.

"결코 당신들의 뜻대로 돌아가게 내버려 두지 않을 것이다."

가슴속에 용암 같은 열화가 들끓었다. 하지만 진무원의 표정엔 변함이 없었다. 냉철한 이성이 강렬한 본능을 억제하고 있는 것이다.

가슴속엔 화산과 같은 불을 담고, 머릿속에는 북해의 차가운 설원을 그리며 살아간다.

지금의 진무원이 그랬다.

그는 생각했다.

자신이 할 수 있는 것과 없는 것을.

제일 먼저 할 수 없는 일들을 분류했다.

"전체적인 상황 통제, 병력 운용 등은 내가 어찌할 수 없는 부분이다."

반대로 할 수 있는 일들도 있었다.

"저들이 예상치 못한 돌발 변수를 만드는 일. 그리고 야주를 암살하려는 시도를 이용하는 일 정도는 얼마든지 가능하다."

그의 생사대적은 운중천이었다. 그렇다고 해서 밀야와 은원이 없는 것도 아니었다. 밀야 역시 그에겐 적이었다. 그렇다면 남은 결론은 하나로 귀결됐다.

"상잔(相殘)."

서로를 상하게 만든다.

그것도 서로에게 치명상을 입힐 만큼 잔인하게.

생각을 정리한 진무원이 밖으로 나왔다. 그러자 연무장에 모여 있는 우태천, 설공 등의 모습이 보였다. 두 사람은 무언가 심각한 대화를 나누는 듯 표정이 사뭇 딱딱하게 굳어 있었다.

한쪽에는 남수련과 연소소가 가벼운 담소를 나누고 있었다. 그들은 우태천이나 설공과 달리 옅은 미소를 짓고 있었다.

진무원이 나오자 우태천이 적의를 담은 시선으로 노려봤다. 그는 이제 진무원을 생사대적으로 인식하는 듯했다. 그 때문인지 몰라도 설공 역시 어정쩡한 표정으로 진무원을 바라봤다.

두 사람 사이에서 노선을 확실히 정하지 못한 것이 분명했다. 진무원이 새로이 등장한 신성임이 분명하고, 찬란한 미래가 기다리고 있다는 것 역시 명백한 사실이었다. 하지만 우태천이 가진 배경은 그런 진무원의 장점을 상쇄하고도 남음이 있었다. 적어도 지금 당장은 말이다.

많은 이가 강호인이 되길 꿈꾼다. 강력한 힘을 갖게 되면 그만큼 자유로울 수 있으리라 생각하면서. 하지만 그것은 어디까지나 겉으로 보이는 모습뿐이다.

실제로 강호를 살아가는 자들 중에 은원이 엮이지 않은 사람은 거의 존재하지 않는다. 무공이 강할수록 더욱 많은 은원 관계에 엮이게 되고, 하루하루가 살얼음을 걷는 것처럼 위태해진다.

그래서 굳건한 마음이 없는 자는 감히 정상에 서지 못하며, 정상에 군림하는 자치고 독심이 없는 자는 존재하지 않는다. 그것이 설령 도문이나 불문에 속해 있는 자라 할지라도.

운중천의 아홉 하늘만 해도 그랬다.

이미 세상사의 모든 것을 다 이룬 그들이었다. 세상사에 탈속해질 만도 하지만 그들은 괴물 같은 탐욕과 욕망으로 범벅이 되어 있었다. 물론 그 배후에 모용율천이란 진정한 괴물이 존재하지만, 그렇다고 그들의 정체성이 희석되는 것은 아니었다.

진무원이 싸워야 할 자들은 그렇게 강호 정상에서 군림하는 괴물들이었다. 그들을 상대하기 위해선 진무원 역시 괴물이 되어야 했다. 하지만 그런 사실을 알지 못하는 우태천은 자신의 감정이 상했다는 이유 하나만으로 진무원을 적대시하고 있었다.

"단 소협."

남수련이 다가왔다.

"남 소저."

"간밤에 푹 주무셨나 봐요?"

"네! 어쩌다 보니……. 그런데 무슨 일 있습니까? 분위기가 심상치 않아 보이네요."

"사실은 방금 전 서문화 대협께서 저희 모두를 소집했어요. 그래서 단 소협이 나오길 기다리던 참이었어요."

"그렇군요."

진무원이 고개를 주억거렸다.

그 순간 우태천이 말했다.

"모두 모였으면 이제 가지. 누구 때문에 많이 지체되었으니."

그는 다른 사람의 대답을 듣지도 않고 몸을 돌려 밖으로 나갔다. 그에 설공이 진무원을 향해 미안한 표정을 지었다. 하지만 그는 이내 우태천의 뒤를 따랐다.

"우리도 가죠."

연소소가 미소를 지으며 말했다. 그녀는 우태천과 달리 진무원에게 적의를 드러내지 않았다. 여전히 의미 모를 미소를 지은 채 앞장을 섰다.

진무원과 남수련은 조용히 그들의 뒤를 따랐다.

진무원과 어깨를 나란히 한 채 걸어가며 남수련이 입을 열었다.

"조심하세요."

"예?"

"우 공자가 단 소협을 보는 눈빛이 심상치 않아요. 조심하는 게 좋을 거예요."

"알겠습니다."

이미 진무원도 충분히 인지하고 있었던 일이었다. 그래도 사심 없이 충고해 주는 남수련에게 고마움을 표했다.

잠시 후 그들은 서문화의 거처에 도착했다.

서문화의 거처는 무척이나 단출해서 평범해 보였다. 하지만 진무원은 보이지 않는 경계망이 그물망처럼 펼쳐진 것을 알아차렸다. 그 한가운데 서문화가 있었다.

"칠소천의 우태천이 위대한 하늘 서문화 대협을 뵙습니다."

"소림의 설공이 인사드립니다."

"용린살막의 연소소가……."

우태천을 필두로 기재들이 서문화에게 분분히 인사를 했다. 그 뒤를 이어 남수련과 진무원도 간단히 인사를 했다.

서문화가 미소를 지었다.

"모두 그동안 잘 쉬었는가? 다들 내가 부른 이유를 짐작했을 것이네."

모두의 표정이 벌겋게 달아올랐다. 서문화의 말처럼 그들은 오늘 모이는 이유를 짐작하고 있었다. 흥분이 조금씩 고조되고 있었다.

"오늘 밤 자네들은 모처로 떠날 걸세. 그곳에서 마령제를 비롯해 안내인과 합류할 걸세."

"으음!"

누군가의 입술을 비집고 침음이 흘러나왔다. 이미 예상은 했던 바이지만 서문화에게 직접 듣는 것은 또 달랐다.

흥분으로 인해 혈류가 몸 안을 휘도는 속도가 빨라졌다. 자연 얼굴도 붉게 달아올랐고, 심장도 거세게 뛰었다.

'야주를 암살하는 일에 동참하다니. 나는 정말 대단한 행운아가 분명하다. 이날 이후 나의 이름은 역사에 올라갈 것이다.'

우태천이 주먹을 꽉 쥐었다.

설공 역시 두근거리는 심장이 쉽게 진정이 되지 않는지 연신 '아미타불' 하면서 애꿎은 염주만 손안에서 굴렸다.

남수련과 연소소도 표정이 상기된 것은 마찬가지였다. 이들 중 유일하게 예외인 사람이 있다면 진무원뿐이었다.

진무원은 서문화의 달콤한 사탕발림에 넘어가지 않았다. 하지만 적어도 겉모습만큼은 넘어간 척해야 한다는 사실을 알고 있기에 일부러 혈류를 빠르게 해 얼굴을 붉게 만들었다.

서문화가 그런 기재들의 모습을 보면서 만족스러운 표정을 지었다.

"지금 당장 필요한 물건만 챙겨서 부현 지부 동문으로 가게. 그곳에서 대기하고 있다가 밤이 되면 움직이게."

"알겠습니다."

"부디 무사히 돌아오길 빌겠네. 자네들이 돌아오면 강호의 영웅이 될 걸세."

"그럼 다녀와서 뵙겠습니다."

기재들이 서문화를 향해 일제히 포권을 취한 후 밖으로 나갔다. 서문화는 그들이 나가는 모습을 묵묵히 지켜봤다.

마침내 기재들이 모두 사라졌을 때 서문화의 거처 쪽에서 두 사람이 걸어 나왔다. 담수천과 서문혜령이었다.

서문혜령이 서문화의 옆에 섰다.

"이것이었군요. 할아버님이 준비한 것이."

"야주를 없애지 않고서는 이 전쟁을 끝낼 수 없으니까."

"저들 중 과연 몇이나 살아 올까요?"

"글쎄다."

서문화가 마치 남의 일인 것처럼 무심히 대답했다. 서문혜령은 그런 서문화의 모습을 물끄러미 바라보았다.

문득 팔 위로 소름이 올라왔다.

어떤 때는 과연 서문화에게 진정 인간의 피가 흐르고 있는지 의심이 갈 정도의 냉철함을 보여줬다. 그에게 인간이란 이용 가치가 있는 인물과 없는 인물, 딱 두 가지 부류로 나뉘는 것 같았다.

'할아버지의 눈에는 내가 어떻게 보일까? 언젠가 나에게 이용 가치가 떨어지면 나 역시 저들과 같은 취급을 받을까?'

그녀가 입술에 피가 날 정도로 질근 깨물었다.

서문화가 담수천을 바라봤다.

"이젠 자네 차례일세. 알고 있겠지?"

"물론입니다."

"잔혹한 죽음을 뿌리게. 저들의 이목이 자네에게 집중되도록."

"그리하겠습니다."

담수천이 담담히 대답했다.

이미 진흙탕에 발을 디뎠다. 흙이 덜 튀고, 더 튀고의 차이는 있을지언정 더러워졌다는 사실엔 변함이 없었다.

이미 더러워졌기에 담수천은 망설이지 않고 더욱 깊은 진창을 향해 전진할 수 있었다.

'끝까지 가보자. 이 끝에 무엇이 있을지 모르지만, 난 반드시 그곳까지 도달하고 말겠다.'

*　　　*　　　*

밤이 깊어가고 있었다.

모두가 잠이 들 시간, 부현 지부는 오히려 더욱 분주하게 움직이고 있었다. 횃불 따윈 들지도 않았다. 그래서 평소보다 더 어두웠다. 하지만 이곳에 있는 무인들에게 이 정도의 어둠 따윈 어떤 장애도 될 수 없었다.

수많은 무인이 거대한 연무장에 모여 있었음에도 불구하고 숨소리 하나 흘러나오지 않았다. 그만큼 지대한 긴장감이 장내를 지배하고 있었다.

모두의 시선이 향한 곳, 커다란 단상이 있었다. 그 위에 홀로 서 있는 젊은 무인. 단지 조용히 서 있을 뿐이지만, 그의 존재감은 천지를 덮은 어둠만큼이나 무겁게 주위를 내리누르고 있었다.

　창천무제(蒼天武帝) 담수천이었다.

　오직 천지간에 그 혼자만이 존재하는 듯한 착각이 들었다. 그만큼 담수천은 강렬한 존재감을 발산하고 있었다.

　모두의 시선이 모아진 가운데 담수천이 마침내 입을 열었다.

　"오늘 우리는 감천에 자리를 잡은 밀야를 공격합니다."

　"……."

　담수천의 선언에 모두가 숨을 죽였다.

　그렇지 않아도 오후부터 서문혜령에 의해 각 조직의 수뇌부가 모조리 소집되었다. 눈치가 빠른 자들은 조만간 대공세가 있을 거라고 짐작했고, 그들의 짐작은 사실이 되었다.

　"선두는 나 담수천이 설 겁니다. 나는 절대 물러서지도 않을 것이고, 그 어떤 위험도 회피하지 않을 겁니다."

　"……."

　"겁이 나는 분들은 지금이라도 빠지십시오. 누구도 잡지 않을 겁니다."

　"……."

　담수천의 선언에도 불구하고 누구 한 명 뒤로 빠지지 않았다.

담수천의 음성엔 기이한 힘이 담겨 있었다. 그의 목소리를
듣는 것만으로도 용기가 백배하고, 투지가 들끓어 올랐다.

'창천무제와 함께라면……'

'저 남자와 같이 싸우고 싶다.'

연무장 전체가 기이한 열기에 휩싸였다. 그 근원에 담수천
이 있었다. 그런 담수천을 바라보며 서문혜령이 눈을 빛냈다.

'그래! 이거다. 무공만 따지면 아직 수천이 천하제일이 아닐
지도 모른다. 하지만 사람들을 움직이게 하고, 저 밑바닥부터
충성을 이끌어내는 힘은 수천이 천하제일이다. 수천이야말로
천하제일인이 될 자격이 있는 유일한 사람이다. 근자에 등장
한 살천랑이나 단천운이 무공은 강할지 모르지만, 수천과 같
은 존재감이나 장악력은 없다.'

혼자서는 아무것도 할 수 없는 세상이었다.

무공으로만 따지자면 적엽진인을 죽이면서 세상에 큰 충격
을 던져 준 살천랑이 가장 큰 위협이었다. 하지만 그는 혼자였
다. 무공은 강할지 모르지만 강호의 그 누구도 그를 존경하지
않았다. 두려움의 대상일지언정 존경의 대상은 아닌 것이다.

단천운 역시 마찬가지였다. 위기에 처한 척마대를 구함으로
써 이름을 널리 알렸지만 그뿐이었다. 그 이후 행보를 보면 너
무나 평이해서 전혀 위협이 되지 않았다.

서문혜령이 내린 결론은 결국 하나로 귀결됐다.

담수천. 오직 그만이 지금의 난세를 끝낼 자격이 있었고, 모
용율천에게 도전할 자격이 있었다.

눈앞의 광경을 보며 그녀의 확신은 더욱 공고해졌다.

수천 명이 담수천 일개인에게 집중하고 있었다. 그의 말 한 마디에 열광하고, 투지를 불태웠다. 천하의 그 누구도 이런 광경을 연출할 수는 없었다. 오직 담수천이기에 가능한 광경이었다.

잠시 오연하게 주위를 둘러보던 담수천이 마침내 사자후를 터뜨렸다.

"전군, 출진한다."

"우와아아!"

순간 군웅들의 입에서 이제까지 겨우 억누르고 참았던 환호성이 터져 나왔다. 그들의 환호는 뇌성이 되어 천지를 흔들었다.

잠자고 있던 새들이 깨어나 일제히 하늘로 날아올랐고, 밤이 요동쳤다. 그리고 수천 명의 무인이 부현 지부를 나섰다. 그 선두에 담수천이 있었다.

부현 지부를 나선 무인들은 다시 세 갈래로 갈라졌다.

담수천이 이끄는 중군과 좌우 날개. 각 날개는 구대문파에서 파견 나온 장로들이 주축이 되어 이끌고 있었다. 그들의 역할은 담수천이 이끄는 중군을 보좌하는 것이었다.

이 모든 진용을 짜고 인원을 배치한 이는 바로 서문혜령이었다. 언뜻 복잡하게 보이는 진용이지만 그 의도는 의외로 간단했다.

담수천의 무력을 최대한 효율적으로 발휘할 수 있게 하는 진영. 그러니까 오직 담수천을 돋보이게 만드는 진용인 셈이다.

담수천의 뒤를 심원의가 이끄는 척마대가 따르고 있다. 그 뒤를 부현 지부의 정예와 현무대의 무인들이 든든하게 받치는 진용. 자잘한 반항 따윈 힘으로 제압하겠다는 의도가 명백했다.

이번엔 서문혜령도 출진했다. 직접 전장을 지휘하기 위해서였다. 서문혜령이 세상의 전면에 나서는 순간이었다.

그녀의 주위에 서문세가의 책사들이 포진했다. 중군과 날개에도 서문세가의 책사들이 파견됐다.

'이번 전쟁에 실패는 있을 수 없다. 이 서문혜령이 지휘하는 이상 오직 승리만이 있을 뿐이다.'

이 순간을 위해 그녀는 현무대를 적진에 밀어 넣어 쭉정이를 걸러냈다.

그녀는 승리를 확신한 듯 미소를 지었다.

담수천이 이끄는 중군은 거침없이 밀야의 진영이 자리를 잡은 감천을 향해 내달렸다.

서문혜령이 손을 내저었다. 그러자 곁에 있던 책사가 붉은색 깃발을 들어 올렸다.

순간 중군에서 일부 무리가 떨어져 나왔다. 그들은 중군보다 빨리 내달렸다. 적의 척후를 공략하기 위함이었다.

이미 현무대를 투입해 척후의 배치를 알아냈기에 그들의 움직임엔 거침이 없었다.

"습격이다."

휴식을 취하고 있던 밀야의 척후들이 뒤늦게 습격을 눈치채고 소리쳤다. 하지만 그들의 반응은 너무 늦었다.

"컥!"

운중천의 무인들은 가차 없이 그들에게 검을 휘둘렀다.

피가 사방으로 흩뿌리고, 죽음이 난무했다. 그렇게 피 보라가 몰아쳤다.

수많은 척후들을 제거했지만, 살아남은 자들도 있었다. 그들에 의해 운중천의 기습 사실이 알려졌다. 감천에 있는 밀야의 진영에서도 급히 병력이 출진했다.

그 중심에 가경의가 있었다. 그가 입술을 질근 깨물었다.

"생각보다 빨리 움직였군."

그 역시 천재라는 부류였다.

진무원에게 야주의 습격을 경고받은 이후 항상 운중천의 동향에 촉각을 곤두세웠다. 다른 것도 아니고 밀야의 야주를 암살하는 일이었다. 분명 시선을 돌리기 위한 대규모 도발이 있을 거라고 생각했고, 그의 예상은 현실이 되었다.

가경의가 미처 예상치 못한 것은 시기였다. 그래도 시간이 조금 더 걸릴 거라고 생각했는데, 서문혜령은 그의 예상을 뛰어넘는 짧은 시간 동안 준비를 갖추고 도발을 해왔다는 것이다.

그 때문에 초반의 피해가 예상보다 커졌다. 하지만 기선이 제압당했다고 해서 싸움이 일방적으로 흘러가는 것은 아니다.

가경의가 천무대주 궁상화를 바라보았다.

"이미 말한 대로 움직여 주셔야겠습니다, 궁 대주님."

"걱정하지 마십시오, 군사."

궁상화가 자신 있는 미소를 지은 채 출병했다.

가경의에 미치지 못하지만, 그 역시 병법에 일가견이 있었다. 그는 자신과 천무대의 역할을 정확히 이해하고 있었다.

천무대가 움직이고, 이어서 밀야의 각 조직들이 움직였다.

"승부다, 서문혜령."

가경의가 적진 한복판을 노려보았다.

수많은 무인들이 철옹성을 쌓은 그곳 어딘가에 서문혜령이 있을 것이다. 이번 전쟁은 그녀와 자신의 두뇌 싸움에 의해 결정될 것이다. 그렇게 생각하니 어쩐지 전신의 근육이 움찔거리는 것 같았다.

그때 검은 피풍의를 입은 노인이 그의 어깨를 잡았다.

"냉정을 유지하게."

"신창 어르신."

노인은 바로 흑익신창 우문천이었다.

우문천은 전장을 주시할 뿐 어떤 움직임도 보이지 않았다. 아직은 그가 나설 때가 아니었기 때문이다.

전쟁은 이제 겨우 시작이었다. 이쪽이 비장의 패를 감추고 있는 만큼 운중천 역시 비장의 패들을 감추고 있을 것이다. 저들의 패를 보며 이쪽 역시 대응해야 했다.

"어쩌면 이곳에서 전쟁의 향방이 갈릴지 모르겠군."

겉으론 냉철함을 유지하고 있지만, 그의 가슴속 깊은 곳에서는 투지가 들끓어 오르고 있었다.

문득 그가 가경의를 돌아보았다.

"야주는 위험하지 않으시겠는가?"

"그럴 일은 없을 겁니다."

가경의의 입가에 미소가 그어졌다.

거대한 함성과 살의가 천지를 뒤덮고 있었다. 꽤나 먼 거리를 두고 떨어져 있는데도 가공할 살기에 피부가 다 저릿저릿했다.

'시작했군.'

진무원의 눈이 차갑게 가라앉았다.

굳이 눈으로 확인하지 않아도 전쟁이 재개되었다는 사실을 알 수 있었다. 이 정도로 진득하면서도 가공할 살기는 오직 전쟁을 통해서만 발산이 가능했다.

다른 기재들도 전쟁이 시작되었음을 직감하고 표정이 굳었다. 이미 짐작하고 있는 사실이었고, 그렇게 전개될 거란 것도 알고 있었지만, 막상 천하의 운명을 건 전쟁이 시작되었다고 생각하자 가슴이 절로 답답해졌다.

그들은 현재 서문화가 알려준 거점으로 향하고 있었다. 평상시라면 이곳 역시 삼엄한 경계가 세워져 있을 테지만, 전쟁이 재개되면서 대부분의 전력이 빠져 곳곳에 구멍이 뚫렸다.

덕분에 진무원과 기재들은 별 어려움 없이 수월하게 감천

쪽으로 넘어갈 수 있었다. 그렇게 도착한 거점에는 마령제 현현소와 수염이 덥수룩한 중년이 기다리고 있었다.

"왔군."

현현소의 입가에 차가운 미소가 어렸다.

그의 전신에서는 엄청난 위압감이 흘러나오고 있었다. 마령제라는 별호가 부끄럽지 않은 모습이었다.

기재들은 그런 현현소를 경외 어린 시선으로 바라보았다. 그들이 그렇게 원하고, 오르고자 하는 정상에 선 자의 모습이었다.

'언젠가는 나도 반드시……'

그들의 가슴속에 비슷한 열망이 생겨났다.

그렇게 모두가 현현소를 바라보고 있을 때 진무원은 그의 곁에 있는 중년인에 집중했다.

'저자가 안내자인가?'

서문화는 안내자가 어떤 사람이라고 설명하지 않았다. 단지 그가 야주에게 자신들을 안내할 거라고 말했을 뿐이다.

겉으로 보기엔 평범해 보였다. 하지만 진무원은 평범함 속에 숨겨진 비범함을 보았다.

언뜻 마른 듯 보였지만, 그건 불필요한 근육이 하나도 없기 때문이다.

'불필요한 가지를 모두 쳐내고 속도에 치중한 것인가?'

무기라고는 허리에 찬 뾰족한 쇠꼬챙이뿐이다. 쇠꼬챙이 표면에 새겨져 있는 미세한 홈이 보였다. 회오리를 그리며 파인

홈은 쇠꼬챙이를 타고 올라가고 있었다.

'빠른 속도에 가장 적합한 형태. 역시 이자는 쾌검을 익혔군.'

단순히 쇠꼬챙이만 보고 내린 판단이 아니다. 그의 체형과 손의 모양, 그리고 근육의 발달 정도까지 파악해서 내린 결론이었다.

'그 역시 경계해야 할 자.'

하지만 진무원은 절대 자신의 생각을 드러내지 않았다.

기재들은 현현소에게만 정신이 팔려 안내자에겐 신경도 쓰지 않았다. 그저 단순한 길잡이로만 생각하는 것이다.

그때 안내자가 현현소와 시선을 교환하더니 미리 준비한 무복을 건네줬다.

"다들 지금 입고 있는 옷을 벗으시고, 이 옷으로 갈아입으십시오."

"지금 이걸 입으라는 것인가?"

우태천이 인상을 썼다.

볼품없는 청의 무복이었다. 싸구려 재질로 만든 듯 무복 곳곳에 구멍이 뚫려 있었다. 항상 질 좋은 비단옷만 입는 우태천이었다. 이제껏 단 한 번도 이런 싸구려 무복을 입을 거라고는 생각조차 안 해봤다.

"밀야의 후방 지원대들이 주로 입는 옷입니다. 일단 이 옷만 입어도 의심의 시선을 한결 피해 갈 수 있을 겁니다."

"하지만……."

"무슨 잔말이 그리 많지?"

순간 현현소의 싸늘한 음성이 터져 나왔다. 그의 살기 어린 시선에 우태천의 입술이 조개처럼 굳게 닫혔다.

현현소가 먼저 입고 있던 옷을 벗고 청의 무복으로 갈아입었다. 상황이 이렇게 되자 우태천은 더 이상 불만을 토로할 수 없었다.

"아미타불!"

설공이 옷을 주섬주섬 벗기 시작했다. 그러자 남수련과 연소소가 얼굴을 붉히며 근처의 수풀로 들어갔다.

진무원도 설공을 따라 재빨리 청의 무복으로 갈아입었다. 상황이 이렇게 되자 우태천도 옷을 갈아입었다. 뒤이어 남수련과 연소소가 나왔다.

현현소가 입을 열었다.

"모두 준비되었으면 출발하지."

"예!"

"안내하도록."

"저만 따라오십시오."

기재들과 안내자가 거의 동시에 대답했다. 진무원은 맨 뒤에서 그들을 따라 걸음을 옮겼다.

안내자는 주위의 지형에 무척이나 익숙한 듯했다. 그는 경계가 서 있는 곳을 귀신같이 피해 감천으로 들어갔다.

운중천의 대공세 때문에 감천은 지금 극도의 혼란에 빠져 있었다. 그 때문인지 청의 무복을 입은 진무원 일행을 의심하는 자는 없었다.

"최대한 태연하게 행동하십시오."

그는 마치 진짜 밀야의 무인처럼 자연스럽게 일행들을 이끌었다.

진무원은 안내자의 대범함에 혀를 내둘렀다. 그러다가 안내자의 행동이 너무 자연스럽다는 사실을 깨달았다.

'설마 밀야의 무인인 척하는 것이 아니라 정말 밀야의 무인인가?'

*　　*　　*

진무원이 현현소의 곁으로 다가갔다.

"그의 이름이 어떻게 됩니까?"

진무원의 질문에 현현소가 의외라는 표정을 지었다. 하지만 그것도 잠시, 이내 그의 입가에 서늘한 미소가 걸렸다.

"눈치가 제법이구나. 그의 이름은 공야경이라고 한다."

"공야경?"

"그렇게만 알고 있으면 된다."

그 말을 끝으로 현현소가 입을 굳게 다물었다. 진무원은 조용히 물러났다. 현현소가 더 이상 알려주지 않을 것을 직감했기 때문이다.

'무슨 말이지? 눈치가 제법이라니?'

우태천의 미간에 골이 파였다. 두 사람의 대화를 똑똑히 들었지만 도무지 무슨 뜻인지 모르겠기 때문이다.

'그깟 안내자의 이름이 무에 중요하기에 저 지랄이란 말이냐? 정말 할 일도 없구나.'

그의 볼이 씰룩거렸다.

안내자가 안내를 하는 것은 당연한 일이었다. 자신이 할 일을 하는 것이 무엇이 특별하단 말인가?

그의 머릿속에서는 공야경의 이름이 금세 지워졌다. 대신 어떻게 하면 현현소와 친분을 더 다져 놓을 수 있을까 하는 생각이 자리를 잡았다.

"저……."

우태천은 똥 마려운 강아지처럼 끙끙거리며 현현소의 주위를 맴돌았다. 하지만 현현소는 그런 우태천을 무시한 채 앞만 보고 걸었다.

"아미타불!"

설공이 그런 우태천의 모습을 보며 나직이 불호를 외웠다.

알아가면 갈수록 감탄하게 되는 사람이 있고, 반대로 실망하는 사람이 있다. 우태천은 후자의 경우였다. 그럼에도 불구하고 설공이 우태천을 멀리하지 않는 이유는 간단했다.

강호란 절대 평등하지 않다. 제아무리 출중한 재능과 감각을 가지고 있어도 제대로 된 문파에서 체계적인 수련을 받지 못하면 일정 선 이상을 넘을 수 없었다.

결국 명문 정파에서 제대로 된 무인을 대부분 배출했고, 그들 중에서 두각을 나타낸 자가 시일이 지난 후 강호의 정상권에 자리를 잡게 마련이었다.

우태천 역시 그럴 가능성이 농후했다. 비록 상황 판단이나 폭급한 성정 때문에 좋은 소리를 듣긴 힘들었지만, 그래도 그가 가진 재능이나 배경은 훗날 그가 강호의 최정상에 서게 만들 것이다.

제아무리 소림이 세상사에 관여하지 않고, 설공 역시 그와 같은 노선을 취하게 될 것이 명백하지만, 그렇다고 해서 우태천 같은 자와의 관계를 단절하고 살아갈 수는 없었다. 최소한 그가 강호라는 세상에 몸을 담고 살아가는 동안에는 말이다.

설공의 시선이 진무원을 향했다.

그간 우태천 때문에 은연중 진무원을 멀리했다. 하지만 우태천이 저렇게 추태를 보이는 이상 진무원과도 어느 정도 가까이할 필요가 있었다.

일단 궁금한 것이 너무 많았다.

'알려진 것은 공작문의 후예라는 것과 척마대를 구했을 정도로 강한 무인. 봉을 주 무기로 사용하지만 기타 잡스러운 무공에도 능통하다.'

그래서 의심스럽기도 했다.

그는 공작문에 대해 잘 알지 못했다. 그가 아는 것은 무척 오래전에 명맥이 끊겼다는 것뿐이고, 진무원이 마지막 제자라는 것뿐이다.

'명맥을 잇지 못해 멸문할 정도로 힘없는 문파가 이 정도의 무인을 배출할 수 있단 말인가? 아니, 그 정도의 문파라면 그렇게 소리 소문 없이 사라질 리가 없지 않은가?

그냥 보이는 그대로 받아들이기에는 여러모로 찜찜한 점이 많은 진무원이었다. 하지만 대업을 앞두고 언제까지나 거리를 두고 있을 수만은 없었다.

생각을 정리한 설공이 진무원의 곁으로 다가왔다.

"아미타불! 단 소협, 잠시 이야기를 나눠도 괜찮겠습니까?"

"그러시죠."

진무원은 흔쾌히 응했다.

"저와 비슷한 나이신데 단 소협을 보면 백전노장 같습니다. 참으로 부럽습니다."

"그냥 잡다한 경험이 많다 보니 그렇게 된 것 같습니다."

"저도 그런 경험을 쌓고 싶군요. 소림에서 나갈 일이 없으니 제 견문이 좁습니다."

"설공 스님 정도 되시면 원하면 얼마든지 가능할 텐데요?"

"저도 그러고 싶지만 사부님이 제한을 두셔서요."

"불영신승께서 제한을 두셨습니까?"

"예! 그 때문에 세상에 나오는 것도 늦었습니다. 사실은 이곳에 오는 것도 그리 탐탁지 않아 하셨지요."

"어째서입니까?"

"글쎄요! 이유는 저도 모르지만 사부님께서는 소림이 세속에 관여하시는 일을 마땅치 않아 하십니다."

"뜻밖이군요. 그래도 아홉 하늘의 일인이신데 세상사에 거리를 두시다니."

"저도 이해가 되지 않아 여쭤본 적이 있었지만, 그냥 웃기만 하실 뿐 대답은 하지 않으셨습니다."

설공의 대답에 진무원의 눈빛이 차가워졌다.

'세상사에 거리를 둔다고? 그런 자가 십삼 년 전에는 그리 독하게 북천문의 멸문을 주장했던가?'

그는 아직도 그날의 광경을 똑똑히 기억하고 있었다. 아홉 하늘 중 선두에서 북천문이 문을 닫아야 한다고 열변을 토하던 광기 어린 모습을. 그는 아버지 진관호가 자결한 것을 보고도 직접 맥을 잡아 죽음을 확인할 정도로 철두철미했다.

그런 일련의 모습은 진무원의 가슴에 큰 상처를 남겼다. 그는 불영신승의 모습에서 부처가 아닌 아수라의 모습을 보았다.

그런 그가 이제 와서 세상사에 거리를 두고 살아간다? 진무원이 보기엔 지독한 괴리가 있었다.

그때 설공이 의아한 표정으로 진무원을 바라봤다.

"왜 그러십니까?"

"잠시 다른 생각 좀 했습니다. 죄송합니다."

"아닙니다. 진 시주의 이야기를 좀 듣고 싶군요. 공작문을 나와서 어떻게 지내셨는지 궁금합니다."

순간 진무원의 눈에 이채가 떠올랐다.

'설공, 여우 같은 자구나.'

많은 이들이 신분을 조작할 때 범하는 우가 바로 조작한 신분의 삶을 제대로 조명하지 못한다는 것이다. 그러다 보니 여러 번 반복해서 이야기하다 보면 파탄이 드러나게 마련이었다. 하지만 청인이 마련해 준 신분은 완벽했다.

단천운이라는 존재가 공작문을 나와 강호행을 하면서 겪었던 사건과 행보가 체계적으로 정리되어 있었다. 때문에 일말의 허점도 존재하지 않았다.

진무원은 단천운이 되어 그의 행보를 담담히 말했다. 설공은 그런 진무원의 이야기에 깊이 빠져들었다.

"흑마채라면 녹림십팔채 중에서도 잔인하기로 유명한 자들인데 그들이 활동을 중지한 이유가 단 소협 때문이었군요. 그들과 격돌해서 오히려 해산을 시키다니 정말 대단하군요."

흑마채는 복건성에서 활동하던 녹림의 산채로 무림 방파도 무시 못 할 세력을 가지고 있었다. 복건성에서 온갖 패악을 부리던 그들이 어느 날 감쪽같이 사라졌다.

그런 흑마채의 행적을 두고 말이 많았다. 하지만 진실을 아는 사람은 없어 무성한 소문만 흘러 다니다가 금세 사람들의 관심에서 사라졌다.

진짜 단천운은 흑마채와 충돌했고, 그때 입은 상처로 인해 오지에서 죽었다. 단천운 때문에 흑마채는 꽤 큰 피해를 입었지만, 해산할 정도는 아니었다.

흑마채를 해산시킨 이들은 바로 흑월이었다. 정보를 이용하고도 제대로 된 대가를 치르지 않자 흑월이 응징을 한 것이다. 그래서 단천운에 대해서도 알게 된 것이고, 그의 신분을 사용할 수 있었던 것이다.

"그저 해야 할 일을 했을 뿐입니다."

"아닙니다. 단 소협을 보니 강호의 정의가 왜 살아 있는지 알 것 같군요. 저도 그와 같은 협객행을 하고 싶습니다."

설공은 진무원에 대한 의심을 완전히 거둬들였다.

비록 산문에 갇혀 있었지만, 그 역시 흑마채에 들어서는 알고 있었다. 그가 알고 있는 사실과 진무원이 말한 내용은 완전히 일치했다. 도저히 의심할 건더기가 없었다.

설공의 표정이 한결 풀어졌다. 그 후론 대화하기가 한결 편했다. 두 사람의 대화에 연소소와 남수련도 끼어들었다.

젊은 사람들 간의 대화다 보니 간간히 웃음이 터져 나왔다. 하지만 우태천은 끝까지 겉돌기만 할 뿐 그들의 대화에 끼어들지 못했다.

그렇게 얼마나 시간이 지났을까? 갑자기 공야경이 입을 열었다.

"이제부턴 말을 타고 이동할 겁니다. 위험한 지역을 통과해야 하니 다들 대화를 잠시 멈춰주십시오."

"알겠습니다."

진무원 등은 순순히 공야경의 말을 따랐다.

공야경은 위험지역을 철저히 회피했다. 간혹 밀야의 다른 무인들을 만나더라도 암구호를 말해 의심을 피했다.

말은 감천 북쪽에 있는 허름한 농가의 마구간에 준비되어 있었다. 농부가 살았을 것으로 짐작되는 농가엔 온기는 느껴지지 않았다. 무림을 뒤흔드는 전쟁에 놀라 도망쳤거나 살해

되었을 거라 짐작되었다.

이곳에 오는 동안 수없이 보아온 광경이었다. 밀야가 감천에 자리를 잡으면서 그동안 이곳에서 살았던 수많은 이가 삶의 터전을 잃었다.

어떤 이들은 집을 잃고 쫓겨났으며, 또 어떤 이들은 먹고살기 위해 밀야에 들어갔다. 밀야는 그런 백성들을 받아들여 무공을 전수했다. 물론 엄격한 조사와 확실한 구속 방법을 마련한 후였다.

그렇게 밀야는 감천에서 세를 늘려갔고, 작금에 이르러서는 그 영향력이 미치지 않는 곳이 없을 정도였다. 길거리에 다니는 대부분의 사람이 밀야와 연관 있는 사람이라고 봐야 했다.

백성들의 삶은 파괴되었고, 그들의 터전은 전쟁의 장소로 활용되고 있었다. 진무원은 그 모든 광경을 눈에 담았다.

일행은 감천을 벗어나자마자 속도를 높였다. 그러자 황량한 풍경이 모습을 드러냈다. 전형적인 북방의 풍경이었다.

"북쪽이 이렇게 황량한 곳이었나?"

"그러게 말이에요. 이런 곳에서 사람이 어떻게 살죠? 전 이런 곳에서는 하루도 살지 못할 것 같아요."

우태천과 연소소가 척박한 풍경을 보며 고개를 저었다.

그들이 언제 이런 살벌한 풍경을 본 적이 있을까? 그들은 결코 이런 풍경이 익숙해지지 않을 거라 생각했다. 하지만 그들과 달리 진무원의 눈에는 그리움의 빛이 떠올랐다.

너무나 익숙한 풍경이었다. 그의 어린 시절 주위를 둘러보면 보이던 풍경이 바로 이랬다. 이곳보다 더 척박하고 험했지만 진무원의 눈에는 그 어떤 곳보다 아름답게 보였다.

아침이면 강렬한 태양이 떠오르고, 밤이 되면 별들의 바다가 숨 막히게 펼쳐진다. 강인한 생명력이 없으면 한 달을 살아남기도 힘든 곳이 바로 북방이었다.

진무원은 북방의 강인함을 사랑했다. 지금 당장은 저 멀리 사천성에 터전을 잡고 있지만, 언젠가는 다시 북방으로 돌아가야 했다. 그에겐 북방이 고향이었고, 삶의 터전이었다.

'그러기 위해서는 이 난세를 끝내야 한다.'

한 치 앞도 내다볼 수 없는 진흙탕 전쟁이 삼 년째 이어지고 있었다. 암계와 귀계가 난무하고, 하루가 멀다 하고 수많은 이들이 죽어나가고 있었다.

길가에 나뒹구는 시신을 보는 것은 그리 낯선 일이 아니었다. 워낙 많은 이들이 죽어나가다 보니 시신을 수습하는 일마저 포기한 것이다.

그냥 내버려 두면 이 지옥 같은 난세가 언제까지 이어질지 아무도 모른다. 그사이 수많은 이가 죽어나갈 것이다.

'반드시 끝내야 한다.'

진무원이 현현소를 흘깃 바라보았다.

이런 혼란한 시대를 만든 이 중 한 명이 바로 현현소였다. 그의 눈에는 과연 이런 시대가 어떻게 비칠까 하는 궁금증이 생겼다.

진무원의 시선을 느꼈는지 현현소가 문득 고개를 돌려 그를 바라봤다. 무심하기 그지없는 눈동자 안에는 일말의 감정도 담겨 있지 않았다.

현현소의 눈빛을 마주한 진무원이 살짝 고개를 숙였다. 그러자 현현소의 입가에 미소가 어렸다. 시리도록 차가운 웃음의 의미가 비웃음이라는 것을 모를 진무원이 아니었다.

현현소는 애송이 무인이 자신을 투쟁의 상대로 여기고 있다 생각했다. 이제껏 수많은 애송이들이 그렇게 생각하고 도전해 왔지만 누구도 그의 아성을 무너뜨린 이는 존재하지 않았다. 그는 진무원도 그들과 같은 부류로 취급했다.

그때였다. 진무원의 전방위 감각에 갑자기 이질적인 기운이 느껴졌다. 한두 명이 아니었다. 적어도 수백 명 이상의 무인이 다가오고 있었다.

하지만 진무원은 그런 사실을 내색하지 않았다. 지금 그는 진무원이 아닌 단천운이었다. 단천운이 현현소보다 빨리 적의 존재를 알아차린다는 사실 자체가 말이 되지 않았다.

잠시 후 현현소가 갑자기 살기를 흩뿌리기 시작했다. 놀란 말이 투레질을 하고 사람들의 시선이 일제히 현현소를 향했다.

"왜 그러십니까?"

"적이다."

"적?"

공야경과 기재들의 표정이 굳었다.

제일 먼저 반응한 이는 바로 공야경이었다. 그가 급히 말에

서 내려 바닥에 귀를 가져갔다.

"최소 이백에서 삼백 정도입니다. 대부분이 뛰어난 고수들입니다. 아무래도 밀야의 정예 같습니다."

"추측되는 조직이 있는가?"

공야경이 고개를 저었다.

현현소의 눈빛이 더욱 서늘해졌다.

"아무래도 정보가 노출된 모양이군."

"그런 것 같습니다. 어디서 정보가 노출되었는지 모르겠지만, 이대로는 조용히 목표물에 접근하는 것 자체가 불가능합니다."

"큭!"

현현소의 콧잔등에 주름이 잡혔다. 살심이 동했을 때 나타나는 그만의 독특한 버릇이었다.

그가 기재들에게 말했다.

"전투 준비를 하도록. 보다시피 우리 행적이 노출된 것 같다."

"정말 적들이 오고 있습니까?"

"흥!"

우태천의 질문에 현현소가 코웃음을 쳤다. 대답해 줄 필요조차 느끼지 못했기 때문이다.

진무원은 그런 두 사람의 모습을 보면서 은밀한 미소를 지었다.

'역시 가경의가 움직였구나.'

그의 전언이 가경의에게 전달된 것이 분명했다. 그렇지 않고서는 저들의 대응이 말이 되질 않았다. 하지만 그와 별개로 느껴지는 살기가 심상치 않았다.

밀야에서도 최정예 조직이 움직인 것이 분명했다.

은밀한 살기가 마치 거미줄처럼 얽히고설켜 일대를 지배하고 있었다. 이 정도로 끈끈하면서도 정련된 살기는 진무원도 느껴본 적이 없었다.

"으음!"

"이건?"

뒤늦게 적들의 살기를 느낀 기재들의 안색이 새하얗게 질렸다. 대지를 뒤덮은 증오 어린 살기는 그들이 단 한 번도 경험해 보지 못한 종류의 것이었다.

마침내 그들이 모습을 드러냈다.

거친 갈의를 입은 삼백 명의 무인.

창, 도, 검, 봉, 들고 있는 무기는 다양했지만, 그들에겐 공통점이 있었다. 바로 살의로 가득 찬 눈이 그것이었다.

수많은 이들을 죽여보고, 자신을 극한까지 밀어붙인 자들만이 가질 수 있는 그런 살의 어린 눈빛을 무인들은 가지고 있었다.

그들의 선두에 산처럼 거대한 남자가 있었다. 어른 몸통만큼이나 커다란 도끼를 등에 짊어지고 있는 남자. 그를 보는 순간 현현소의 낯빛이 굳었다.

"만추산."

"호호!"

거친 살기와 음소를 동시에 흘리는 거한은 바로 사대마장의 일인인 파산마부 만추산이었다.

밀야의 재앙과 무림의 살아 있는 신화가 조우하는 순간이었다.

4장

세상에 우연은 존재하지 않는다

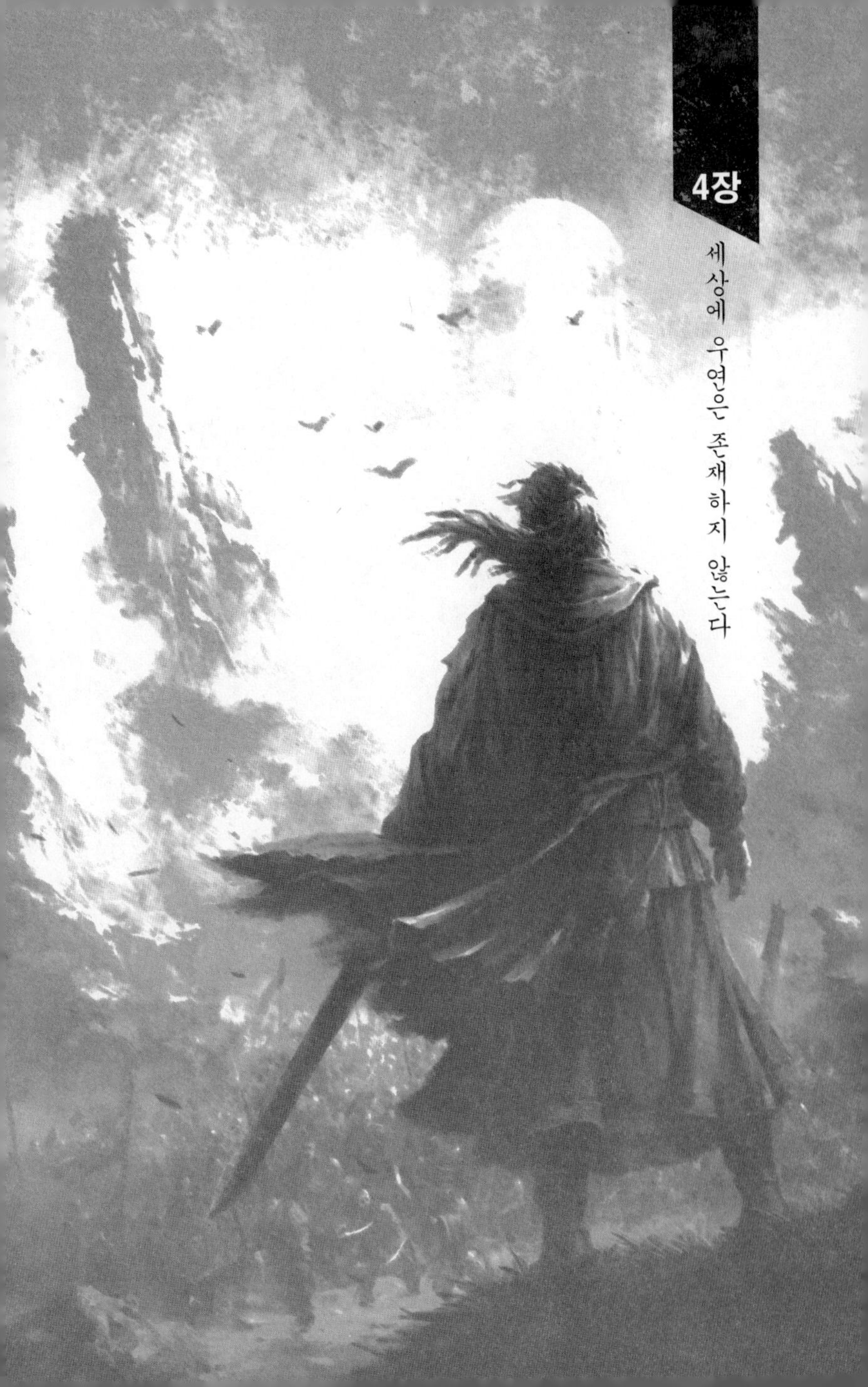

　만추산의 등장은 현현소에게도 예상치 못한 일이었다. 이곳에 절대 있어서는 안 될 존재가 나타났다. 그것도 전혀 예상하지 못했던 인물이.

　만추산의 입꼬리가 뒤틀려 올라갔다.

　"흐흐! 역시 군사의 말대로군. 쥐새끼들이 움직였어."

　"쥐새끼?"

　현현소의 눈썹이 꿈틀거렸다. 그러자 만추산이 광소를 터뜨렸다.

　"크하하! 다른 놈들과 같은 취급 당해서 억울한가? 그럼 정정하지. 조금 더 큰 쥐새끼라고."

　"감히 내가 누군지 알고 그렇게 지껄이는 것이냐?"

"흐흐! 알고 있지. 마령제 현현소. 운중천의 죽지 않는 아홉 노괴 중 하나 아니던가? 그러는 노괴는 내가 누군지 알고 있는가?"

"만추산."

"그래! 내가 바로 파산마부 만추산이다."

"중원에 있던 것이 아니었던가?"

"크흐흐! 군사의 부름을 받고 급히 돌아왔다."

그가 감천에 도착한 것이 바로 어젯밤이었다. 그야말로 시기적절하게 돌아온 것이다.

가경의는 그런 만추산에게 삼백 명의 흑암대(黑暗隊)를 내줬다.

흑암대는 살육을 위해 키워진 짐승들이었다. 어려서부터 특별히 선발된 아이들을 모처에 몰아놓고 온갖 약물과 대법으로 강화시켰다.

그들의 육체는 강철에 버금갈 정도로 강해졌고, 감각은 야수를 능가할 만큼 예민해졌다. 공포는 애초에 느끼지도 못했고, 자신의 고통에도 무감각했다.

거기에 마도의 전설적인 무공 중 하나인 적월진혼공(赤月鎭魂功)을 익혔다. 잔혹하기로는 십자혈마공에 못지않고, 위력으로는 강호의 여타 신공절학에 뒤지지 않는 것이 바로 적월진혼공이었다.

적월진혼공을 익힌 자는 짐승이 된다고 했다. 그렇지 않아도 짐승과 같은 본능과 육체만 남았는데 적월진혼공까지 익히니 호랑이가 날개를 단 거나 마찬가지였다.

보통 사람이라면 현현소의 위압감에 질려 감히 움직일 생각도 하지 못하겠지만 흑암대는 달랐다. 이성이 마비된 그들에게 공포심이란 애초에 존재하지도 않았다.

흑암대가 움찔했다. 만추산의 명령이 떨어지면 금방이라도 달려들 기세였다. 그런 흑암대의 모습에 현현소의 살기가 더욱 짙어졌다.

설공을 비롯한 기재들도 상황이 심상치 않게 돌아가는 것을 깨닫고 안색을 굳혔다.

'짐승 같은 놈들이구나.'

'아미타불! 오늘은 살계를 크게 열어야겠구나.'

두렵다는 생각은 들지 않았다.

천하의 마령제가 함께하고 있었다. 거기다 그들의 본신 무위는 중원에서 알아줄 정도로 출중했다. 그들은 오히려 투지를 불태웠다.

그들이 현현소의 옆에 섰다.

만추산이 대부를 꼬나 잡았다.

"흐흐! 기도가 제법이구나. 앞날이 창창할 텐데 오늘이 끝이라서 어찌하느냐?"

"그렇게 쉽게 당하지는 않을 것이다, 괴물. 마령제께서 함께하는 이상 승리는 우리의 것이다."

우태천이 두려움을 떨쳐 내기라도 하듯 큰 목소리로 외쳤다. 하지만 만추산은 대답 대신 코웃음을 치며 내공을 끌어 올렸다.

쿠우우!

순간 일대의 대기가 요동치기 시작했다. 그야말로 가공할
정도의 기운이었다. 현현소가 미간을 찌푸렸다. 자신의 예상
보다 만추산의 기운이 강력했기 때문이다.

'사대마장, 이 정도였던가?'

사대마장이 살아 있는 재앙이라 불린다는 것은 알고 있었
다. 하지만 이제까지 사대마장과 격돌할 일이 없어 체감을 하
지 못했다.

직접 느낀 만추산의 기도는 그의 예상을 훨씬 상회하고 있
었다. 현현소는 쉽지 않은 싸움이 될 거라고 생각했다.

그의 시선이 곁에 있는 우태천 등을 향했다. 문득 짜증이 왈
칵 밀려왔다. 계획대로 되지 않은 것도 그랬지만, 이 젖비린내
나는 애송이들을 돌봐야 한다고 생각하니 더욱 그랬다. 서문
화는 설공을 지켜달라고 당부했다. 어쩌면 이런 상황을 이미
예견했을지도 몰랐다.

만일 계획대로 되었다면 설공 등을 지켰을 것이다. 하지만
상황이 변했다. 만추산은 타인을 돌보면서 싸울 수 있을 정도
로 녹록한 상대가 아니었다. 어쩌면 자신의 모든 것을 드러내
야 할지도 몰랐다.

현현소는 뇌리에서 그들의 존재를 지웠다. 대신 공력을 끌
어 올리기 시작했다.

후웅!

바람도 불지 않는데 현현소를 중심으로 먼지가 일어났다.

그것이 신호라도 된 양 흑암대가 달려왔다.

삼백 마리의 짐승은 살기를 폭출하며 설공 등을 금방이라도 난도질할 듯 무기를 휘둘렀다.

"놈들!"

"아미타불!"

우태천과 설공이 먼저 앞으로 달려 나갔다. 그들도 본능적으로 알고 있었다. 시작부터 밀리면 끝이었다.

우태천의 양손에서 강력한 기운이 흘러나와 선두에서 달려오던 흑암대의 마인을 강타했다.

굉음과 함께 흑암대의 마인이 바닥을 나뒹굴었다. 하지만 이내 아무렇지 않다는 듯이 몸을 일으켰다.

우태천의 얼굴이 형편없이 구겨졌다. 겨우 삼 성의 공력을 주입했다고 하지만 커다란 바위도 단숨에 박살 내는 투골장(偸骨掌)이었다. 그런데도 상대는 아무렇지 않다는 듯이 옷을 툭툭 털고 있었다.

설공의 공격 역시 마찬가지였다. 그는 소림사의 칠십이종절기 중 하나인 금사신장(金砂神掌)을 펼쳤다. 금사신장은 특히 항마의 기운을 담고 있어 사공을 익힌 자들에게 상극이나 마찬가지였는데, 흑암대의 마인들에겐 별반 피해를 입히지 못했다.

우태천이 다른 기재들에게 경고했다.

"육신이 강철보다 단단한 놈들이다. 모두 조심하도록."

"아미타불! 맨손보다는 무기를 사용하는 것이 좋을 듯합니다."

설공이 목에 매고 있던 염주를 벗었다.

항마신주(降魔神珠)라고 불리는 소림사의 기물이었다. 항마신주에 내공을 주입하면 보검 못지않은 단단함과 파괴력을 가지게 된다.

설공이 항마신주를 휘둘렀다. 그러자 우윳빛 광채가 일어나 흑암대 마인을 휘감았다.

"크헉!"

항마력에 노출된 마인이 기겁을 하며 뒤로 물러났다. 하지만 그뿐이었다. 마인은 항마력의 권역 밖에서 호시탐탐 설공을 노렸다.

그래도 설공은 그나마 나은 편이었다. 숨을 돌릴 수는 있었기 때문이다. 다른 이들의 사정은 그와 비교할 수 없을 정도로 급박했다.

그들은 항마력을 사용할 수 없기에 본신의 무력으로 흑암대의 마인들을 제압해야 했다. 남수련은 무산파의 비전 절기를 사용했고, 연소소 또한 용린살막의 살상 기법을 마음껏 펼쳤다.

성명절기인 풍뢰신장(風雷神掌)을 펼치는 우태천의 얼굴엔 짜증스러움이 묻어 나오고 있었다.

콰르릉!

뇌성벽력이 터져 나오고 강렬한 기파가 흑암대의 마인을 강타했다. 보통은 이 정도에서 즉사를 해야 하지만 마인은 달랐다.

가슴이 시커멓게 타들어가고 뼈가 드러날 정도의 중상을 입었지만, 마인은 고통을 느끼지도 못하는 듯 악착같이 우태천을 향해 달려들었다.

　고통은 사람을 위축되게 만든다. 손가락 끝에 박힌 가시 하나 때문에 팔 전체를 쓸 수 없는 것이 인간의 몸이다. 단련하기에 따라서는 얼마든지 강하게 만들 수는 있지만, 근본적인 한계를 뛰어넘는 것은 결코 쉽지 않았다. 그런데 흑암대의 마인들은 그런 인간의 한계를 무시했다.

　고통은 그들을 멈추게 할 수 없었다. 그들이 움직임을 멈추는 경우는 심장이 멈췄을 때뿐이다. 그 외에는 팔이 떨어져 나가도, 다리가 부러져도 어떻게든 움직였다.

　그런 흑암대의 처절한 모습에 우태천을 비롯한 기재들의 기가 질릴 수밖에 없었다.

　그들은 흑암대의 마인들을 이해할 수 없었다.

　"아미타불! 스스로 인간의 탈을 벗고 짐승의 길을 걷다니. 그렇게까지 해서 천하의 패권을 차지해야 하는가?"

　"패권? 땡중, 웃기지 마라. 우리는 살기 위해 짐승이 된 것뿐이다."

　이제껏 침묵을 지키던 마인 중 한 명이 설공을 향해 노성을 터뜨렸다.

　척박한 세상의 변방에서만 살아온 밀야였다. 밀야의 무인치고 풍족한 삶을 산 이는 단 한 명도 없었다.

　밀야에서는 제아무리 어린아이라 할지라도 걸음마를 하는

그 순간부터 한 사람의 몫을 해야 했다. 무공을 익히는 것뿐 아니라, 먹고사는 일도 해야 하는 것이다.

그들의 삶은 늘 고단했다. 나이 든 무인들은 그런 현실에 안주하면서 살았지만, 어린 무인들은 달랐다. 그들은 왜 자신들이 이런 오지에서 이렇게 살아야 하는지 이해를 하지 못했다.

나중에야 알았다. 자신들이 결국은 무적세가의 이용물에 불과했다는 사실을. 쓰이고 버려진 장난감처럼 오지에 유배되었다는 사실을.

무공이 아무리 강하면 무엇하는가? 이미 마음이 꺾였는데. 그들의 눈에는 밀야의 기존 무인들이 그렇게 보였다. 그들은 후대가 어떻게 살아갈지 관심이 없어 보였다.

단지 배를 곯지 않고 산다고 해서 인간의 욕구가 해결되는 것은 아니었다. 꿈을 꿀 수 없는 환경만큼 비참한 것은 없었다.

그들은 꿈을 꾸고 싶었다. 하지만 기존의 무인들은 이 정도에 만족하며 살아가라고 한다. 그들은 어린 무인들을 이해하지 못했다.

어린 무인들은 그런 기존의 무인들에게 분노했다. 진무원에게 목숨을 잃은 금단엽이 그 대표적인 존재였다. 그는 밀야의 수뇌부를 어떻게든 설득하려 했다. 하지만 수뇌부는 끄덕도 하지 않았고, 그는 절망할 수밖에 없었다.

결국 금단엽은 밀야를 세상에 내보내기 위해 자신을 희생했고, 어떤 이들은 기꺼이 악마의 길을 선택해, 흑암대가 되었다.

고통에 무감각해진 몸을 얻기 위해 그들이 겪은 고행은 실로 상상을 초월했다.

'짐승' 이라는 단어 하나로 폄하하기엔 그들이 걸어온 길이 너무 고달팠다. 그리고 앞으로도 흘려야 할 피가 너무 많았다.

"우리에겐 꿈을 꿀 자유마저 주어지지 않았다. 우리도 인간인데, 우리도 너희와 똑같이 뜨거운 피가 흐르는 인간인데 짐승처럼 살아가라고 강요받았다. 그래서 짐승이 되었다. 그것이 무엇이 나쁘다는 것이냐? 땡중!"

마인의 절규 어린 음성이 울려 퍼졌다.

그의 절규는 다른 마인들의 가슴을 울렸다. 모두가 그와 똑같은 심정이었다.

인간처럼 살기 위해 짐승이 된 자들이 기재들을 향해 파상 공세를 강화했다. 자신의 몸을 돌보지 않는 처절한 그들의 모습에 기재들은 위축이 되고 뒤로 밀렸다.

단지 무공의 차이 때문만이 아니었다.

인간처럼 살고 싶다는 욕구와 집념, 그리고 자신의 모든 것을 희생해도 상관없다는 처절함이 어우러진 기백 때문이었다.

그들은 모든 것을 포기할 각오가 되어 있다. 심지어 목숨마저도. 하지만 기재들은 그렇지 못했다. 가진 것이 워낙 많고, 풍족한 삶을 살아온 이들이었기에 흑암대의 기백에 스스로 초라해질 수밖에 없었다.

남수련이 자신도 모르게 손속을 느슨하게 했다. 흑암대의 마인은 그 틈을 놓치지 않았다.

쐐액!

종잇장처럼 얇은 검신이 틈을 비집고 독사처럼 파고들었다. 남수련이 그 사실을 인지했을 때는 이미 검첨이 가슴 어림까지 도달한 뒤였다.

"아!"

뒤늦게 실수를 눈치챈 남수련이 이를 악물며 몸을 비틀었다. 가슴 대신 왼쪽 어깨를 내주려는 것이다.

퍽!

그 순간 어깨 쪽에서 소성이 터져 나왔다. 하지만 이상하게 고통은 느껴지지 않았다. 이상한 마음에 고개를 돌리니 검은 봉 한 자루가 검을 대신 막고 있었다.

진무원이었다. 그가 남수련을 대신해 흑암대 마인의 공격을 막아낸 것이다.

"조심하시오."

"고마워요, 단 소협."

진무원은 대답대신 봉을 휘둘렀다. 두 개의 단봉은 어느새 결합되어 장봉이 되어 있었다.

후웅!

그가 장봉을 휘두를 때마다 칼바람이 일어나 흑암대의 마인들을 밀어냈다.

흑암대의 마인 십여 명이 그를 공격해 오고 있었다. 살기 어린 도광과 검광이 공기를 유린하며 그의 몸을 짓쳐 왔다. 하지만 진무원은 당황하지 않고 그들의 공격을 하나하나 쳐 냈다.

파바바방!

"크윽!"

공기가 연쇄적으로 터져 나가더니 흑암대의 무인들이 일제히 뒤로 나가떨어졌다. 그들의 가슴과 어깨 부위의 옷이 찢어져 나가고 시꺼멓게 피멍이 든 육신이 드러났다.

보통 사람이라면 운신하기조차 힘이 든 상황이었는데도, 그들은 악착같이 진무원을 향해 달려들었다.

독기와 분노로 범벅이 된 눈빛 속에서 진무원은 과거의 자신을 보았다. 그나마 자신은 황철 덕분에 인간성을 유지할 수 있었지만, 이들은 달랐다.

그들은 이미 자신의 모든 것을 놓아버렸다. 남은 것은 오직 맹목적인 믿음과 분노뿐.

진무원의 눈빛이 깊이 가라앉았다.

고전하는 기재들과 달리 그에겐 여유가 있었다. 그는 흑암대 마인의 공격을 막아내며 만추산과 현현소를 살폈다.

두 사람은 움직이지 않고 있었다. 서로의 기도를 통해 수준을 가늠해 보고 있는 단계였다.

아직은 석상처럼 움직이지 않고 있었지만, 상대에 대한 파악이 끝나는 순간 움직일 것이다.

진무원은 계류보를 펼쳐 흑암대 마인들 사이를 파고들었다. 흑암대 무인들이 그를 잡으려 했지만 소용없었다.

진무원이 본격적으로 움직이자 흑암대 마인들의 진영이 요동쳤다. 그는 우선 흑암대의 마인들을 다섯 조각으로 찢었다.

설공, 우태천, 남수련, 연소소에게 각각 수십 명의 흑암대 마인을 붙여줘서 자신에게 신경을 쓸 수 없게 만들었다. 그렇게 진무원은 자신의 의도대로 흑암대와 기재들의 진영을 조율했다. 하지만 기재들은 그런 사실을 까마득하게 모른 채 눈앞의 싸움에 집중했다.

만일 그들이 경험이 많았다면 진무원의 의도를 눈치챘겠지만, 불행히도 그들에겐 그 정도의 안목과 여유가 없었다. 결국 모든 상황은 진무원이 의도하는 대로 돌아가고 있었다.

쾅!

그 순간 뇌음이 터져 나오며 지축을 흔들었다.

만추산과 현현소가 드디어 격돌한 것이다. 진무원이 원하던 순간이었다.

진무원의 눈매가 좁아졌다.

그의 목표는 명확했다.

'이 모든 상황을 통제하고 지배한다.'

장봉을 잡은 그의 손에 힘이 꾹 들어갔다.

*　　　*　　　*

운중천과 밀야의 전쟁이 한참 최고조에 달한 그 시간 감천을 향해 다가가는 행렬이 있었다.

커다란 사두마차와 그것을 호위하는 수십 명의 무인.

화려하기 그지없는 사두마차의 모습도 눈길을 끌었지만, 그보다 더욱 인상적인 것은 호위를 하는 무인들이었다.

무인들은 하나같이 범상치 않은 기세를 발산하고 있었다. 마치 예기가 흐르는 수십 개의 검이 한곳에 뭉친 듯 보였다.

그들이 옮길 때마다 푸석한 흙이 부서져 바람에 흩날렸다. 수십 명의 무인이 같이 이동하면 대화라도 있을 법한데, 누구 한 명 입을 여는 이가 없었다.

살벌한 기세를 풍기며 진행하는 침묵의 진군. 그 중심에 사두마차가 있었다.

사두마차의 마부석에는 적의를 입은 중년인이 앉아 말을 몰고 있었다. 깔끔한 수염과 단정하게 빗어 넘긴 머리카락, 칼날을 오려놓은 것처럼 날카롭게 뻗은 눈썹과 그 아래 차갑게 빛나는 눈동자까지. 중년인은 바늘 하나 들어갈 것 같지 않은 냉정한 기운을 발산하고 있었다.

문득 중년인이 고개를 들어 전방을 바라보았다. 그러자 약속이라도 한 듯이 수십 명의 무인들이 일제히 고개를 들었다.

수십 명의 무인들이 단 한 치의 어긋남이 없이 똑같이 행동하는 모습은 소름이 끼칠 정도였다. 중년인이 고개를 돌리자 수십 명의 무인들 역시 같은 방향으로 고개를 돌렸다.

아무리 단합이 잘되는 조직이라도 이렇게 한 사람처럼 행동하는 것은 불가능했다. 그런데도 무인들은 불가능을 가능케 만들었다.

그것은 그들이 한 가지 무공을 익혔기 때문이다. 일심격체신공(一心隔體神功)이 바로 그것이었다.

일심격체신공을 익힌 자끼리는 심령이 연결된다. 의식의 일정 부분을 서로 공유하게 되는 것이다. 문제는 서로 동등하게 공유하는 것이 아닌 가장 심령이 강한 자에게 귀속이 된다는 것이다.

심령이 강한 자라면 같은 일심격체신공을 익힌 자들을 지배할 수 있었다. 마부석에 앉은 중년인처럼 말이다.

중년인의 눈가에 살기가 감돌기 시작했다.

"감히!"

저 멀리 무언가가 그의 심령을 자극하고 있었다. 너무 멀어 모습을 확인할 수는 없었지만, 그 존재감만큼은 확실히 느낄 수 있었다.

얼마나 많은 이들을 죽였는지 모르지만 , 여기까지 피비린내가 느껴졌다. 지독한 혈향에 머리가 다 지끈지끈해질 정도였다.

"누구냐?"

그의 말이 끝나기도 전에 저 멀리서 한 인형이 모습을 드러냈다.

피처럼 붉은 적의와 죽립을 쓰고 있는 남자였다. 혈향의 근원에 그가 있었다.

"흐흐!"

죽립을 쓴 남자가 살기가 거친 웃음을 흘렸다. 살기가 담긴 그의 웃음소리는 중년인에게까지 전달되었다.

중년인이 마부석에서 일어나며 외쳤다.

"웬 놈이냐? 감히 누구 앞인지 알고 길을 막는 것이냐?"

"밀야의 야주겠지. 아니던가?"

순간 중년인의 표정이 딱딱하게 굳었다.

그의 이름은 노군명, 밀야의 야주를 호위하는 임무를 맡은 자였다. 수십 명의 무인들은 바로 그의 수하들이었다.

"네놈!"

"흐흐!"

남자가 쓰고 있던 죽립을 벗어 던졌다. 그러자 이제껏 감춰져 있던 본모습이 드러났다. 오랫동안 햇빛을 보지 못한 듯 눈처럼 새하얀 피부에 유난히 붉은 입술이 인상적인 남자는 바로 조운경이었다.

조운경의 눈동자는 붉게 빛나고 있었다. 단순히 실핏줄이 터져 충혈된 것이 아닌 검은자 전체가 붉게 변해 있는 것이다.

삼 년 전 진무원에게 치명상을 입은 후 그는 겨우 숨만 붙은 채 명을 이어왔다. 모용율천은 그런 조운경에게 여인들의 생혈을 끝없이 흡수시켰다.

십자혈마공은 피로 성취를 높이는 마공. 흡수하는 피가 많아질수록 상처를 회복하는 속도 또한 빨라진다. 하지만 상처가 회복되는 동안 조운경은 식물인간이나 다름없는 상태로 살아야 했다.

머릿속에는 수많은 상념들이 떠오르는데 몸은 움직일 수가 없었다. 의식이 육신의 감옥에 갇힌 것이다. 보통 사람이라면 미쳐서 이성을 잃었을 것이다. 하지만 조운경은 달랐다.

그는 정신만 온전한 상황에서도 분노를 불태웠다. 진무원을 향한 분노였다.

'가만두지 않겠다, 무원. 반드시 네놈을 뼈째 갈아 마시겠다.'

그렇게 원한을 불태우며 삼 년을 견뎠다. 하지만 삼 년 만에 정신을 차리고 보니 진무원은 이미 죽은 사람으로 소문이 나 있었다.

분노를 풀 길이 없는 조운경은 어젯밤 미쳐 날뛰었다. 그사이 그에게 죽은 이의 수만 수백 명이 넘었다. 만일 서문화가 나서지 않았다면 희생자는 더욱 늘어났을 것이다.

십자혈마공을 대성한 그는 분명 강했다. 하지만 야주를 죽일 만큼은 아니었다.

야주를 죽이기 위해서는 더 강해질 필요가 있었다. 그래서 특단의 대책이 동원됐다. 더욱 많은 여인들의 피가 투여된 것이다. 보통의 여인들이 아니었다. 무적세가에서 비밀리에 제조한 약을 장기간 복용한 여인들이었다.

혈마단(血魔丹)이라는 이름의 약은 인간의 정신을 황폐화시키는 대신 인간의 잠력을 폭발시킨다. 하지만 직접 복용하면 주화입마에 걸릴 확률이 높기에 무적세가에서도 거의 사용하는 일이 없었다.

그 때문에 관대승은 혈마단을 조운경에게 직접 복용시키는 것보다 여인들에게 일단 복용시킨 뒤 그 정혈을 추출하는 방식으로 조운경에게 복용시켰다.

그렇게 혈마단을 복용한 조운경의 무력은 예전에 비할 수 없이 상승한 상태였다. 몸은 가볍고, 모든 신경은 활짝 열렸다. 기분 같아서는 단순히 밀야의 야주만이 아니라 모용율천도 상대할 수 있을 것 같았다.

조운경의 몸에서는 붉은색 아지랑이가 피어오르고 있었다. 그런 조운경의 모습에 노군명이 미간을 찌푸렸다.

멀리 떨어져 있음에도 그의 피부를 자극하는 살벌한 예기. 이 정도의 기운은 밀야의 내로라하는 고수인 그조차도 쉽게 접해보지 못한 수준이었다.

"어디, 밀야의 야주가 어떤 면상을 하고 있는지 볼까?"

"네놈 혼자만으로 가능할 듯싶으냐?"

"흐흐! 누가 나 혼자라고 말했나?"

"뭐?"

조운경이 손을 들었다. 그러자 그의 뒤에서 십여 명의 사내가 모습을 드러냈다. 그들은 조운경과 마찬가지로 붉은색 무복을 입고 있었다.

"놈!"

노군명의 얼굴에 분노의 빛이 떠오르는 순간 조운경이 손으로 그를 가리켰다.

순간 사내들이 노군명과 수하들을 향해 일제히 달려들었다.

"겨우 그 정도로 우리를 뚫을 수 있을 듯싶으냐?"

노군명의 노성과 함께 수하들이 움직였다. 심령 감응으로 한 몸처럼 움직이는 수하들은 인의 장벽을 쌓은 채 사내들을 막았다.

츄앙!

어느새 그들의 손에는 검과 도 같은 무기가 들려 있었다.

수십 명의 무인이 한마음으로 펼치는 무공이었다. '우웅' 하는 소리와 함께 순식간에 그들 앞에 은은한 막이 형성됐다. 수십 명의 내공이 일체화되어 강기의 막을 만들어낸 것이다.

절대고수의 반탄강기 못지않은 강기의 막을 만들어내자 노군명의 입가에 미소가 어렸다. 하지만 그의 미소는 오래가지 않았다.

콰앙!

갑자기 뇌성과 함께 폭풍이 몰아쳤기 때문이다.

"무슨?"

강기의 막은 파괴되었고, 그의 수하들 대여섯 명이 바닥에 쓰러져 신음을 흘리고 있었다. 그런 그들의 몸은 고깃덩이처럼 짓이겨져 있었다.

쾅!

다시 한 번 폭음이 울려 퍼지고 그의 수하들이 다시 쓰러졌다. 폭음의 실체를 확인한 노군명의 눈가가 파르르 떨렸다.

"미친!"

절로 욕설이 터져 나왔다.

조운경의 명령을 받은 사내가 그의 수하들 사이로 몸을 던진다. 방어를 도외시한 육탄 돌격이었다. 그의 몸 위로 수하들의 도검이 쏟아졌다.

육체가 난도분시되는 그 순간, 사내의 몸이 굉음과 함께 폭발을 일으켰다. 그의 살점과 뼈가 파편이 되어 수하들의 몸에 꽂혔다.

"인간 벽력탄인가?"

어떻게 그것이 가능한지는 모르지만 살아 있는 사람을 벽력탄 대용으로 쓰고 있었다.

"크흐흐! 그래, 그렇게 하는 거다."

조운경이 앙천광소를 터뜨렸다.

사내들은 애초부터 자폭용으로 키워진 존재였다. 특별한 방법으로 키워진 그들에게 옳고 그름을 판단할 이성 따윈 존재하지 않았다. 그저 명령에 따라 기꺼이 자신의 몸을 터뜨리는 것이 그들의 존재 이유였다.

사내들의 자살 공격에 감정이 거의 없던 노군명의 수하들이 동요를 일으켰다. 그들이 익힌 일심격체신공은 그야말로 완벽한 방어 기공이었다. 그런데도 불구하고 사내들의 자폭 공격에는 속절없이 무너지고 있었다. 그만큼 사내들의 자폭 공격은 무서웠다.

두려움을 느끼자 몸이 굳었고, 몸이 군자 진용에 허점이 생겼다. 사내들은 그곳으로 몸을 날려 자폭을 했다.

"이익!"

악다문 노군명의 잇몸 새로 억눌린 신음성이 흘러나왔다.

그의 수하들이 벌써 삼분지 이 이상 죽었다. 방어선은 더 이상 의미가 없었다. 무너진 방어 사이로 조운경이 쇄도하고 있었다. 그의 뒤를 아직 살아 있는 사내들이 따르고 있었다.

이전까지 단 한 번도 느껴보지 못한 위협이 노군명의 전신을 엄습했다.

'위험하다.'

밀야에서 은밀히 준비한 것 이상으로 무적세가는 많은 것을 준비해 놓고 있었다. 하긴 강호를 은밀히 지배해 온 세월이 이백 년이 넘으니 어쩌면 당연한 일인지도 몰랐다.

노군명이 허리에 차고 있던 도를 꺼내 들었다.

귀문구류도(鬼門九流刀), 일명 악마의 도법이라 불리는 극악한 무공이었다.

끼이이이!

삼초식인 청마귀호(靑魔鬼號)의 초식이 귀곡성과 함께 펼쳐졌다. 순간 무지갯빛 강기가 조운경을 덮쳤다. 순간 조운경의 모공에서 핏빛 운무가 발산됐다.

쿠콰가각!

강기와 운무가 부딪치며 뼈가 갈리는 소리가 울려 퍼졌다. 그와 동시에 막대한 압력이 조운경의 전신을 압박했다.

근육이 제멋대로 떨리고, 뼈마디가 삐걱거렸다. 그래도 조운경은 웃었다.

몸 안에 엄청난 힘이 느껴졌다. 십자혈마공을 처음 익혔을 때와 비교할 수도 없는 엄청난 힘이. 마치 몸 안에 활화산이 터진 듯했다.

"흐흐흐!"

그는 생전 처음 느껴보는 엄청난 힘에 취했다.

정신이 몽롱해지고, 대신 모든 것을 죽이고 싶다는 파괴의 욕구가 그를 지배했다. 그는 파괴의 욕구에 자신의 몸을 내맡겼다.

쉬익!

무지갯빛 도강이 어린 노군명의 도가 조운경의 목젖을 노렸다. 조운경은 노군명의 공격을 피하지 않고 오히려 손을 쭈욱 뻗었다.

"미친!"

노군명의 눈가가 파르르 떨렸다.

그의 도강을 맨손으로 감당한다는 것은 미친 짓이나 다름없었다. 그는 공력을 더욱 끌어 올렸다.

"건방진 손모가지를 단숨에 잘라주마."

"흐흐!"

하지만 그의 호언장담은 이뤄지지 않았다. 조운경이 붉은 운무에 휩싸인 손으로 그의 도를 덥석 잡았기 때문이다.

노군명이 눈을 크게 치떴다. 절대 있을 수 없는 일이 일어났다. 적어도 그의 상식으로는 있을 수 없는 일이었다. 그는 도를 빼려고 했지만, 강철 집게에 잡힌 것처럼 꼼짝을 하지 않았다. 마치 바위 사이에 검이 낀 것 같았다.

"야주는 내 거야. 아주 잘근잘근 씹어 먹어주지. 흐흐!"

"놈!"

"언제까지 그 마차 안에 처박혀 있을 거지? 야주."

조운경의 시선이 화려한 사두마차로 향했다.

노군명의 얼굴이 일그러졌다.

"내가 있는 이상 절대 야주께는 가지 못한다."

"그건 네가 결정하는 게 아니야. 내가 결정하는 거지."

조운경이 히죽 웃었다.

노군명이 그런 조운경의 얼굴을 향해 주먹을 날렸다. 하지만 그의 주먹도 조운경의 손에 잡혔다.

우두둑!

"크윽!"

가공할 힘에 그의 주먹이 우그러들었다. 노군명은 내공을 이용해서 버티려고 했지만 소용이 없었다.

"흐흐흐!"

"끄으!"

조운경의 몸에서 흘러나온 붉은 운무가 그의 주먹을 집어삼켰다. 마치 수천만 마리의 개미가 갉아먹는 듯한 통증이 느껴졌다.

순식간에 손가락이 사라지고, 이어 손목마저 뜯겨 나갔다.

"으아악!"

감당할 수 없는 고통에 노군명이 처절한 비명을 내질렀다. 조운경 그런 노군명의 머리에 주먹을 날렸다.

퍼석!

노군명의 머리가 터져 나가며 피와 뇌수가 사방으로 튀었다. 조운경의 얼굴에도 피와 회백색 뇌수가 튀었다.

머리를 잃은 몸뚱이가 비척거리다가 그대로 뒤로 넘어갔다.

피를 뒤집어쓴 채 조운경은 히죽 웃었다.

"흐흐!"

그가 마차를 향해 걸어갔다.

이제 그를 막는 사람은 더 이상 존재하지 않았다.

"이제 어디에 숨을 거냐?"

그가 마차를 향해 주먹을 휘둘렀다. 그러자 핏빛 운무가 일어나 마차를 덮쳐 갔다.

콰앙!

굉음과 함께 마차가 부서져 나갔다.

순간 조운경의 얼굴에 실망의 빛이 떠올랐다. 부서진 나무만 있을 뿐 사람의 흔적은 어디서도 보이지 않았기 때문이다.

"큭! 그새 도주한 건가? 아니면 처음부터 없었던 것인가?"

조운경의 입꼬리가 뒤틀렸다. 조운경은 후자라고 생각했다.

어디에서 정보가 누수되었는지 모르지만, 서문화가 심혈을 기울여 꾸민 작전은 수포로 돌아갔다.

원래대로라면 이대로 돌아가야 했다. 하지만 그러기 싫었다. 그에겐 삼 년 만의 외출이었기 때문이다.

"그럼 잠시간의 자유를 즐겨볼까? 흐흐!"

아직도 사내들과 노군명의 수하들이 싸우고 있었다. 조운경이 그들을 향해 뛰어들었다.

잠시 후 그가 떠났을 때 살아남은 자는 단 한 명도 없었다.

＊　　　＊　　　＊

쾅!

공기가 터져 나가고, 후폭풍이 사방으로 몰아쳤다. 대진엔 균열이 가고, 아름드리나무들은 뿌리 채 뽑혀 나가 사방으로 나뒹굴었다.

그 중심에 현현소와 만추산이 있었다.

마령제라는 별호답게 현현소는 각종 마공에 능숙했다. 특히 그의 성명절기라 할 수 있는 암천신마공(暗天神魔功)은 천하 마공 절기의 집대성이라 할 수 있었다. 암천신마공은 강공 일변도의 마공. 자비나 부드러움과는 거리가 멀었다.

마찬가지로 만추산의 무공 역시 강공 일변도의 부법(斧法) 이었다. 도끼질 한 방이면 산을 쪼개 버린다는 별호를 괜히 얻은 것이 아니었다.

"크흐흐!"

만추산은 광기를 줄기줄기 발산하며 현현소를 향해 거대한 도끼를 휘둘렀다. 현현소도 그냥 물러서지 않았다. 그의 손이 허공에서 현란한 변화를 일으켰다.

암천신마공 중 삼십육마령수(三十六魔靈手)라 불리는 수법 이었다.

콰콰쾅!

도끼와 손이 격돌했는데 뇌성이 터져 나왔다. 그만큼 강렬한 기파가 사방을 휩쓸었다.

두 사람의 입가로 살짝 혈흔이 내비쳤다. 그 짧은 순간 내상을 입은 것이다. 그만큼 그들의 공격은 강맹하기 짝이 없었다.

쾅쾅!

만추산이 마치 거대한 나무를 찍어내듯 연신 도끼를 후려쳤다. 현현소 역시 한 치도 물러섬 없이 암천신마공상의 마공을 연이어 펼쳐 냈다. 그런 현현소의 안색은 침중하게 변해 있었다.

'사대마장, 생각보다 강하구나.'

고수는 단 한 번 손속만 교환해도 상대의 수준을 가늠할 수 있는 법이다. 직접 부딪친 만추산의 무공은 정말 강했다.

세상이 사대마장을 살아 있는 재앙이라고 부를 때도 현현소는 코웃음을 쳤다. 야주도 아닌 사대마장 따위가 자신과 비견될 수 있다는 생각은 하지도 않았다. 그런데 직접 부딪쳐 본 만추산의 무위는 실로 무시무시했다.

현현소의 예상을 훌쩍 뛰어넘는 가공할 무력과 패기. 보통의 무인은 그의 도끼질 한 방에 잘 다져진 고깃덩이가 될 것이 분명했다.

'하지만 나에겐 통하지 않는다.'

예상을 뛰어넘는 무력을 가졌다고 하지만, 근본적인 차이를 뛰어넘을 수는 없다. 현현소는 이제부터 그 사실을 알려줄 생각이었다.

촤아아!

순간 현현소의 기세가 돌변하며 전신에서 마기가 흘러나오기 시작했다. 묵빛 마기는 순식간에 방원 이십여 장을 잠식해 들어갔다.

만추산의 눈빛이 잠시 흔들렸다. 하지만 그가 이내 코웃음을 쳤다.

"흥!"

만추산은 자신의 무력을 믿었다. 수십 년을 고련해서 쌓은 자신의 무력은 겨우 이 정도 마기에 흔들릴 수준이 아니었다.

"좋다. 그렇다면……."

촤앙!

만추산이 도끼 한 자루를 더 꺼내 들었다.

어린아이 몸통 크기만 한 두 자루의 도끼를 양손에 들고 그가 현현소를 향해 달려갔다.

쿵쿵!

그가 발을 디딜 때마다 대지에 깊은 족적이 생겨났다. 그렇게 오 장여를 달린 만추산이 허공으로 날아올랐다.

현현소의 검은 눈동자가 그런 만추산의 종적을 쫓았다. 정점에 도달한 만추산의 몸이 무섭게 떨어져 내렸다. 그 낙하지점에 바로 현현소가 존재했다.

"뒈져랏!"

도끼 두 자루가 풍차처럼 돌아가며 와선강기(渦旋罡氣)가 생겨났다. 와선강기가 그대로 현현소의 몸을 직격했다.

만추산은 이번 한 수로 현현소의 목숨을 빼앗지는 못하더라도 중상을 입힐 수 있을 거라 확신했다. 하지만 다음 순간 그의 눈이 크게 치떠졌다.

슈우우!

믿을 수 없게도 현현소는 그의 와선강기를 두 손으로 발기발기 찢어발겼다. 현현소의 두 손에는 어느새 묵빛 마기가 어려 있었다. 마기의 집약체였고, 파괴의 결정체였다.

현현소가 대지를 박차고 낙하하는 만추산을 향해 달려들었다. 그의 양손이 수십 번이나 허공을 갈랐다. 만추산은 급히 두 자루의 도끼로 자신을 보호했다.

따다다다당!

현현소의 두 손이 도끼를 강타했다.

손과 도끼가 부딪쳤는데 쇳소리가 어지럽게 울려 퍼졌고, 만추산의 신형이 흔들렸다. 분명 가벼운 공격 같았는데, 그 충격이 도끼 자루를 통해 내장까지 전해졌다.

만추산의 안색이 살짝 변했다.

"역시 스스로 하늘을 자처할 만한 실력이구나. 하지만 이 만추산의 도끼질을 당할 수는 없을 것이다. 챠핫!"

만추산이 수세에서 공세로 전환했다. 그의 도끼에서 도강이 발산되며 주위를 초토화시켰다. 하지만 현현소에게는 그 어떤 타격도 입히지 못했다. 현현소의 주위를 맴돌고 있는 마기 때문이었다.

천중흑마기(天重黑魔氣)라 불리는 마기는 거대한 강철 벽이나 마찬가지였다. 그 때문에 현현소는 천중흑마기를 믿고 만추산의 거대한 도끼를 상대로 근접전을 벌일 수 있었다.

콰콰쾅!

어느새 그들의 전장은 흑암대와 기재들이 있던 곳에서 멀리 떨어진 곳으로 이동해 있었다. 흑암대와 기재들이 보이지 않을 만큼 먼 곳이었다.

안내자는 살기 어린 시선으로 현현소와 만추산의 싸움을 바라보았다. 두 사람의 싸움은 이미 인간의 한계를 벗어났다. 보통 사람은 방원 삼십 장 안쪽으로 접근할 엄두도 내지 못할 정도였다.

하지만 안내자는 보통 사람이 아니었다. 그의 이름은 공야경, 태어나면서부터 밀야의 세작으로 키워졌다. 그의 조부가 무적세가에서 파견된 인물이었고, 그의 아비 또한 무적세가의 세작으로 활동했기 때문이다.

십여 년 전 부야주의 반란 때 대부분의 세작이 죽거나 제거되었지만 그는 살아남았다. 이제까지 철저하게 자신을 숨기고 활동하지 않았기 때문이다.

철저하게 밀야의 무인으로 살아왔고, 요직에 올랐다. 아마 최후의 명령이 떨어지지 않았다면 그는 영원히 밀야의 무인으로 살아갔을 것이다. 그는 영원히 그렇게 살아가길 소망했다. 하지만 하늘은 잔인하게도 그의 소망을 들어주지 않았다.

잠들어 있던 세작을 깨우는 동원령이 떨어졌다. 그 순간부터 밀야의 공야경은 존재하지 않았다. 무적세가의 세작인 공야경이 태어났다.

만추산과 현현소가 격렬히 싸우고 있었다. 두 사람의 싸움은 아직까지는 호각이었다.

그 순간 한 줄기 전음이 그의 귓전을 파고들었다.

[이제 끝내야겠군. 자네도 합류하게.]

현현소의 음성이었다.

스릉!

공야경이 고뇌에 찬 표정으로 허리에 차고 있던 쇠꼬챙이를 꺼내 들었다. 쇠꼬챙이의 표면을 따라 미세한 홈이 파여 있었다.

설랑검이라 불리는 그만의 독문 무기였다. 이제껏 설랑검에 당한 이치고 목숨을 부지한 이는 단 한 명도 없을 정도로 가공할 위력을 자랑했다.

그가 서서히 두 사람이 싸우는 곳으로 다가갔다.

엄청난 기파가 휘몰아치고 있었지만 그의 몸엔 그 어떤 영향도 끼치지 못했다. 세상엔 거의 알려지지 않았지만 공야경 또한 세상을 오시할 만한 고수였다.

공야경의 등장에 만추산이 반색했다.

"공 전주?"

그가 현현소에게 강기를 날린 뒤 공야경에게 다가왔다.

"자네가 여길 어떻게 온 건가? 본진에 있어야 하는 게 아닌가?"

"만 선배."

"호호! 나를 도와주기 위해 온 것이라면 사양하지. 놈은 내 몫이다."

"……"

아무 대답 없는 공야경의 모습에 만추산이 미간을 찌푸렸다. 무언가 이상한 분위기를 느낀 것이다.

"너?"

"미안합니다, 만 선배."

공야경이 현현소의 옆에 섰다. 순간 만추산의 얼굴이 일그러졌다.

"무슨 뜻이냐? 설마 밀야를 배신한 것이냐?"

공야경은 밀야의 백룡전주(白龍殿主)였다. 백룡전은 밀야의 후방을 지원하는 임무를 맡은 주요한 조직이었다. 백룡전에 들기 위해서는 최소 이 대 이상의 집안 내력을 조사한다.

그만큼 중요한 자리였고, 더군다나 공야경은 백룡전을 책임지는 전주였다. 그런 그가 배신했다고 하니 더욱 충격적일 수밖에 없었다.

"백룡전주가 배신이라니? 무엇 때문에 밀야를 배신한 것이냐?"

"배신한 것이 아닙니다. 저는 원래 이쪽 사람이었습니다. 조부님 시절부터요."

"너?"

순간 만추산의 몸에서 강렬한 투기가 발산됐다. 그만큼 공야경의 배신에 분노를 하는 것이었다.

십여 년 전 부야주의 반란 때 간자를 모두 축출했다고 생각했는데 아직도 남아 있다는 사실이 놀라웠고, 하필 그 대상이 밀야의 주요 인물인 공야경이라는 사실에 분노했다.

현현소의 입꼬리가 말려 올라갔다. 만추산이 절망하고 분노하는 모습이 그를 기분 좋게 만든 것이다.

　"그래! 원래 세상이 그런 것이지. 누구나 비장의 한 수는 감춰두고 있는 법이거든. 절망하는 기분이 어떤가?"

　"절망? 네놈들, 도대체 어디까지 우리를 농락해야 직성이 풀리느냐?"

　만추산은 진심으로 분노했다. 하지만 상황은 그에게 불리했다. 현현소 하나만으로도 버거운 판국인데 공야경까지 적으로 돌아섰다.

　공야경은 세상에 알려지지 않았지만, 무시 못 할 고수였다. 특히 설랑검으로 펼치는 그의 설랑십삼검은 만추산도 인정하는 극상승의 쾌검술이었다.

　현현소에 공야경. 만추산이 피가 나도록 입술을 질겅 깨물었다. 불리한 것은 알았지만 물러서고 싶은 생각 따윈 없었다. 이제껏 그는 단 한 번도 물러난 적이 없었다. 그 어떠한 불리한 순간에도 말이다.

　"덤벼라!"

　만추산의 노호성이 울려 퍼졌다.

　"흐흐!"

　현현소가 웃으며 만추산을 향해 걸어갔다. 그 뒤를 공야경이 따랐다. 그들의 몸에서는 가공할 기세가 피어올랐다.

　파팟!

　그들이 내뿜는 기세에 근처에 있던 돌멩이들이 폭죽처럼 터져 나갔다.

"챠핫!"

만추산이 먼저 공격했다.

지금은 선발제인(先發制人)의 묘가 필요할 때라고 판단한 것이다.

'최대한 빨리 승부를 내야 한다.'

길어질수록 불리해진다. 그러니까 이 한 번의 격돌에 자신의 모든 것을 끌어내야 한다.

만추산이 양손의 도끼를 십여 번이나 휘둘렀다. 그러자 이 장여까지 치솟은 부강(斧罡)이 '훙훙' 회전을 하며 현현소와 공야경을 향해 날아갔다. 그 수가 무려 십여 개나 됐다.

부월천하(斧月天下)라는 초식이었다.

위력이 강력한 만큼 공력의 소모도 극심해 평소에는 잘 쓰지 않는 초식이었다. 하지만 그 위력만큼은 여타 초식에 비할 바 없을 정도로 확실했다.

부강이 직격하기 직전 현현소와 공야경이 움직였다. 그들 역시 지닌 바 최고의 무공을 모두 풀어냈다.

쿠콰쾅!

대지가 흔들리고, 땅거죽이 뒤집혔다.

강기의 편린이 사방으로 튕겨 나가고, 빛 무리가 눈을 어지럽혔다. 인간의 영역을 벗어난 자들의 싸움은 순식간에 절정으로 치달았다.

만추산의 어깨에서 피분수가 치솟아 올랐다. 공야경의 설랑검이 피륙을 가르고 지나간 것이다.

만추산의 몸이 비틀거리는 것을 놓치지 않고 현현소가 달려들었다. 그의 손에서 묵빛 강기가 쏘아져 나왔다. 만추산이 급히 거대한 도끼로 자신의 전면을 가렸다.

쩌엉!

묵빛 강기와 격돌하는 순간 거대한 도끼가 산산이 부서져 사방으로 비산했다. 거듭된 충격을 이기치 못하고 부서진 것이다.

"크윽!"

도끼가 파괴되면서 만추산의 몸이 비틀거렸다. 그의 어깨와 복부에 도끼의 파편이 박혀 있었다.

"끝이다."

현현소의 손이 다시 묵빛 강기를 발산했고, 공야경의 설랑검이 허공을 가로질렀다.

콰앙!

만추산의 몸이 훌훌 뒤로 날아갔다. 그의 가슴은 움푹 함몰되어 있었고, 복부는 쩍 벌어져 내장이 흘러내렸다. 만추산의 육신이 거칠게 바닥을 나뒹굴었다. 그가 나뒹군 자리에 깊은 고랑이 파였다.

만추산이 몸을 일으키려 버둥거렸다. 하지만 망가진 육신은 그의 의지를 따르지 못하고 제멋대로 놀고 있었다.

"호호!"

현현소의 입가에 미소가 어렸다. 승자의 웃음이었다.

만추산은 회복하기 힘든 중상을 입었다. 그의 목을 따는 것은 어린아이 손목 비트는 것만큼이나 쉬운 일이었다.

현현소의 시선이 공야경을 향했다.

"자네가 하겠는가?"

공야경이 조용히 고개를 저었다.

어쩔 수 없이 만추산을 합공하긴 했지만, 그의 목숨마저 자신의 손으로 빼앗고 싶지는 않은 것이 그의 진심이었다.

현현소가 피식 웃었다. 공야경의 태도가 위선적으로 느껴졌기 때문이다. 하지만 그는 공야경을 비웃는 대신 만추산을 향해 걸음을 옮겼다.

만추산이 간신히 상체를 일으켜 현현소를 노려봤다. 그런 그의 얼굴은 온통 피 칠갑이 되어 있었다.

"꼴좋구나. 비록 야주를 잡지는 못했지만, 네놈의 숨통을 끊는 것만으로도 소기의 목적은 달성한 셈이니 그리 손해 보는 것은 아닐 터."

"현현소! 비록 내가 힘이 모자라 이대로 죽지만, 네놈의 최후도 결코 좋지 않으리라. 흐흐흐!"

"그런 일은 절대 없을 것이다. 나는 마령제니까."

"그래 봤자 모용율천의 개에 불과하지."

순간 현현소의 얼굴에서 웃음기가 싹 사라졌다.

"감히!"

"나는 최소한 누군가의 개로 살아오진 않았다. 현현소, 개처럼 꼬리를 흔들며 열심히 모용율천의 똥구녕이나 핥고 살아

라. 크하하하!"

푸확!

순간 만추산의 머리통이 그대로 날아갔다. 현현소가 수강이 어린 손으로 그의 목을 친 것이다.

만추산의 머리가 바닥을 나뒹굴었다. 현현소는 그래도 분이 풀리지 않는지 만추산의 머리를 밟아서 터뜨렸다.

"휴!"

그 광경을 지켜보던 공야경이 나직이 한숨을 터뜨렸다. 그러다 문득 고개를 들었을 때 소스라치게 놀랐다.

언제 나타났는지 장봉을 든 남자가 그와 현현소를 바라보고 있었다.

"너는?"

그는 바로 진무원이었다.

현현소가 고개를 들어 진무원을 바라봤다.

"네가 웬일이냐? 다른 이들은?"

주위를 둘러봤지만 다른 기재들은 보이지 않았다. 만추산과 싸우다 보니 너무 멀리 떨어진 것이다.

"그들은 아직도 밀야의 무인들과 싸우고 있을 겁니다."

"그러니까 왜 너 혼자 이곳에 왔냔 말이다?"

"당신을 죽이려구요."

진무원이 담담히 대답했다.

5장

남이 모르는 모습도 있다

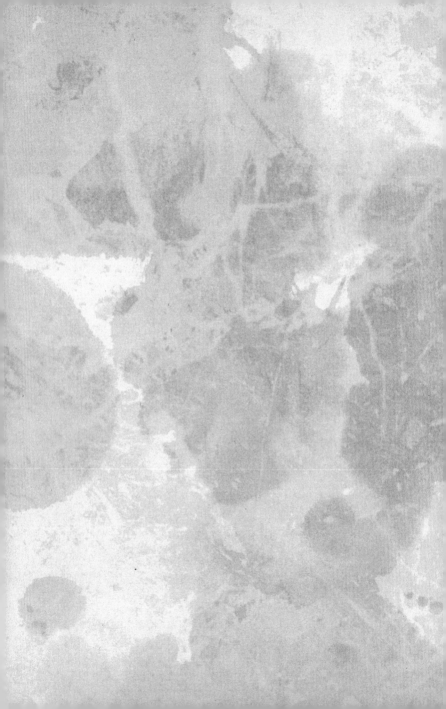

진무원의 대답에 어이가 없는지 잠시 멍하니 서 있던 현현
소가 갑자기 앙천광소를 터뜨렸다.

"그것참 대단하구나. 네가 나를 죽인다고? 크하하!"

그의 웃음에 대기가 요동쳤다. 공야경마저 안색이 살짝 변
할 정도로 강력한 기운이 담긴 광소였다. 하지만 진무원의 안
색엔 변화가 없었다.

현현소의 눈빛이 차가워졌다. 진무원이 진심이라는 것을 느
꼈기 때문이다.

현현소와 만추산이 싸우는 것을 지켜본 진무원이었다. 진무
원은 내심 그들이 양패구상하기를 바랐다. 하지만 공야경의
합류로 만추산이 죽임을 당했다. 상황이 변한 것이다. 그래서

나설 수밖에 없었다.

"감히 네 능력으로 나를 죽일 수 있다고 생각하느냐?"

"어쩌면……."

"그것참 대단하구나. 그런 자신감이라니. 나를 죽이고자 하는 이유가 무엇이냐, 단천운?"

"그건 내 이름이 단천운이 아니기 때문입니다."

"단천운이 아니다?"

현현소의 눈에 이채가 떠올랐다.

"그렇습니다."

"그럼 너의 진명(眞名)이 무엇이더냐?"

진무원이 잠시 눈을 감았다.

지난 삼 년 동안 자신의 이름을 숨기고 살았다. 본의 아니게 죽은 자가 되어야 했으며 역사의 이면에서 운중천의 행태와 전쟁을 지켜봐야 했다.

그가 없어도 세상은 크게 변하지 않았다. 여전히 똑같은 모습, 똑같은 풍경이 매일같이 반복되고 있었다. 거짓과 음모로 세상을 지배하고 하루에도 수많은 사람들이 죽어가는 어긋난 세상. 아마 앞으로도 그런 상황은 크게 변하지 않을 것이다.

차라리 그런 세상을 모른 척하고 살아가는 것이 편할지도 모른다. 하지만 그의 가슴은 언제나 세상을 향해 열려 있었다.

운중천이 만든 세상은 그를 버렸을지 몰라도, 그는 세상을 버리지 않았다.

진무원이 입을 열었다.

"내 이름은 진무원입니다."

"진무원?"

순간 현현소의 눈가가 파르르 떨렸다. 그는 자신이 잘못 들은 것이 아닌가 싶어 진무원을 바라보았다. 그러자 진무원의 얼굴이 뚜둑 하는 소리와 함께 이리저리 움직이더니 본래의 모습으로 변했다.

그제야 현현소는 진무원의 말이 진실임을 깨달았다.

"너, 죽지 않았더냐?"

"그럴 뻔했습니다만 악착같이 살아남았습니다."

"허! 네가 제대로 뒤통수를 치는구나. 설마 살아서 단천운으로 위장하고 있을 줄이야."

"살아남으려니 어쩔 수 없더군요."

"그렇게 악착같이 살아남았으면 그냥 은둔을 택할 것이지 뭐하러 세상에 기어 나온 것이냐? 차라리 세상과 담을 쌓고 살아갔으면 끈질긴 목숨 보존할 수 있었을 텐데."

"그러려고도 생각했습니다. 하지만 그럴 수가 없더군요."

"왜냐?"

진무원이 미소를 지었다. 담담한 미소였지만, 묘하게도 현현소의 신경을 거슬렀다.

"열 받더군요. 이 거지 같은 세상에서 내 자신을 죽이고 살아야 한다는 사실이."

"그래서 뒤집어보겠다?"

"그렇습니다."

"그런 걸 망상이라고 부른다. 결코 이뤄질 수 없는 꿈이지. 너는 당장 오늘 이곳에서 살아 나가는 것을 걱정해야 할 것이다."

현현소의 말이 끝나기도 전에 공야경이 진무원의 뒤쪽을 막아섰다.

겉으로 표 내진 않았지만 공야경은 상당히 놀라고 있었다.

'진무원, 북천문의 후예라니……'

밀야의 숙적이 바로 북천문이다. 지금이야 운중천과 전쟁을 벌이고 있지만, 그것도 북천문이 없기 때문이었다. 북천문이 건재할 때는 그들의 벽에 막혀 남진이 번번이 좌절되었다.

그 때문에 밀야의 무인들은 북천문을 누구보다 증오했으며, 역설적으로 존경했다. 그만큼 숙적으로 인정한 것이다.

공야경 역시 마찬가지였다. 밀야 내에 암약하는 무적세가의 세작이었지만 북천문만큼은 인정했다. 그래서 진무원이 죽었다는 이야기를 들었을 때 묘한 상실감을 느꼈었다.

그 역시 산전수전 다 겪은 무인, 한데 진무원을 안내하면서도 이상한 점을 전혀 느끼지 못했다. 그만큼 진무원은 자신의 존재감을 완벽하게 숨겼다.

'소름이 다 끼치는구나. 이렇듯 완벽하게 세상을 속이다니. 어쩌면 무적세가의 가장 큰 적은 밀야가 아니라 저자일지도 모르겠구나.'

예전에 활동할 때도 가공할 무력을 소유했던 진무원이다.

삼 년이란 시간이 지난 지금 그가 어느 정도의 무력을 소유하고 있을지 쉽게 가늠이 되지 않았다.

공야경이 문득 자신의 손을 내려다보았다. 미세한 경련이 일어나고 있었다. 심장 또한 평소보다 거세게 뛰고 있었다. 공야경은 자신이 흥분하고 있음을 깨달았다.

운중천과 밀야와의 전쟁 때문에 차갑게 식어버린 마음이 다시 뜨겁게 달아오르고 있었다. 설랑검을 잡은 손에 힘이 절로 들어갔다.

'진무원!'

그때였다.

"자네는 놈의 퇴로만 막도록. 놈은 나 혼자 상대하겠다."

현현소의 음성이 공야경의 귓전에 울려 퍼졌다. 공야경은 아쉬운 마음을 감추며 뒤로 물러났다.

진무원을 바라보는 현현소의 눈에 살기가 넘실거렸다. 만추산은 분명 까다로운 상태였다. 하지만 그의 승부욕을 모두 끌어내기엔 부족했다. 그래서 공야경이 협공을 하는 것을 거절하지 않았다. 하지만 진무원은 달랐다.

진무원은 눈에 들어간 모래 알갱이 같아서 자신의 손으로 직접 해결해야 했다. 무엇보다 진무원을 단숨에 격살해서 북천문의 흔적을 완전히 지우고 싶었다. 바로 자신의 손으로.

"네놈의 검공이 제법이라 들었다. 어디 한번 마음껏 펼쳐 보려무나."

현현소가 양손을 활짝 펼쳤다. 자신감의 표현이었다.

진무원은 사양하지 않았다. 그가 장봉의 결합을 풀자 두 개의 단봉으로 나뉘었다. 진무원은 그중 하나를 버리고 나머지 하나만을 들었다.

진무원은 단봉을 든 채 가벼이 발걸음을 옮겼다. 모르는 사람이 봤다면 유유자적 산책하는 모습으로 보일 만큼 여유가 있었다. 그런 진무원의 모습에 현현소의 입꼬리가 씰룩거렸다.

"건방진!"

살아 있는 재앙이라 불리는 만추산조차 긴장감을 감추지 못했는데, 애송이에 불과한 진무원에겐 그런 기색조차 없었다. 어찌 보면 자신을 우습게 보는 것 같아 기분이 더 나빠졌다.

현현소는 진무원을 갈가리 찢어 죽이겠다고 결심했다. 그래야 더러운 기분이 조금이라도 풀릴 것 같았기 때문이다.

그 순간이었다. 갑자기 진무원의 모습이 그의 시야에서 사라졌다. 진무원이 다시 나타난 곳은 바로 그의 오른쪽이었다.

쉬익!

진무원의 단봉이 무서운 속도로 날아왔다. 초절정의 고수라도 당황할 수밖에 없는 공격이었다. 하지만 상대는 현현소였다.

까앙!

순간적으로 현현소의 몸 주위에 묵빛 강기막이 형성되며 진무원의 단봉을 튕겨냈다. 뒤이어 현현소의 반격이 시작됐다.

허공을 그의 손바닥이 가득 채웠다. 삼십육마령수 중 가장 강력한 위력을 가진 암향표설(暗香俵雪)의 초식이었다.

따다다당!

손바닥과 진무원의 단봉이 격돌하며 불꽃이 튀었다.

그것이 시작이었다. 두 사람이 대지를 누비며 곳곳에서 격돌했다. 동쪽에서 싸우던 두 사람이 눈 깜짝할 사이에 서쪽에서 나타나 그곳을 초토화시켰다.

현현소가 어떤 공격을 하든 진무원이 만들어낸 검벽을 뚫지 못했다. 진무원의 검술은 무척이나 표홀했다.

점과 점을 잇는 최단 거리로 쏘아져 오는 단봉은 천하의 현현소도 긴장을 바싹 해야 할 만큼 무서웠다. 진무원의 검은 집요하게 현현소의 요혈을 노렸고, 현현소의 양손은 무시무시한 파괴력이 담긴 묵빛 강기를 쉴 새 없이 쏟아냈다.

진무원의 단봉이 종횡으로 그어졌다.

스가악!

비단 폭이 찢어지는 듯한 파공성이 연신 공기 중에 울려 퍼졌고, 두 사람의 옷은 걸레 조각을 연상시킬 만큼 형편없이 찢어져 나갔다.

쿠콰콰!

현현소의 몸 주위로 묵빛 기류가 회오리처럼 몰아쳤다.

암천신마공을 극성까지 익혔을 때 나타나는 반탄강기였다. 현현소의 내력이 집약된 반탄강기는 상상을 초월하는 위력을 가지고 있었다.

그의 몸을 휘도는 묵빛 기류는 그 어떤 명검보다 날카로웠다. 살짝이라도 스치는 순간 뼈와 살이 분리되며 고통을 느낄 사이도 없이 절명하고 만다.

수백, 수천의 묵빛 줄기가 모여 이뤄진 것이 바로 현현소의 반탄강기였다. 단연 공격력이나 파괴력만큼은 강호 최고라 평가받고 있었다.

콰앙!

현현소가 반탄강기를 두른 채 온몸으로 진무원을 덮쳐 왔다. 진무원은 무리하게 공격을 받는 대신 부드럽게 흘려보내려 했다. 하지만 현현소는 백전의 노장이었다.

그는 진무원의 의도를 눈치채고 공력의 운용 방식을 바꿨다. 순식간에 오른쪽으로 휘돌던 반탄강기의 흐름이 반대로 바뀌었고, 막대한 접인력(椄引力)이 생성되었다. 그 때문에 진무원의 의도와는 반대로 현현소의 몸이 그대로 직격했다.

쾅!

진무원의 몸이 뒤로 훌훌 날아갔다. 급히 단봉으로 막았음에도 막대한 충격파가 전신을 관통한 것이다.

온몸이 부서질 듯 고통스러웠다. 이 정도의 고통을 느껴본 것은 근래 들어 처음이었다. 멸천마영검이 새로운 경지에 접어들면서 더 이상 자신을 헤할 수 있는 존재는 없으리라 생각했다. 그런 자신감은 무당파의 적엽진인을 이기면서 최고조에 달했다.

적엽진인을 이겼으니 다른 아홉 하늘을 상대하는 것도 그리 어렵지 않으리라 생각한 것이다. 하지만 현현소를 상대하면서

진무원은 자신이 얼마나 어리석은 생각을 했는지 알 수 있었
다.

현현소와 적엽진인의 수준은 비슷했다. 하지만 두 사람에겐
결정적인 차이가 있었다. 바로 무력의 운용이었다.

적엽진인이 상식에서 벗어나지 않는 정통적인 무인이라면
현현소는 이기기 위해서는 수단과 방법을 가리지 않는 승부사
였다.

같은 무공이라도 효율적으로 사용할 줄 알았고, 주위의 환
경조차 자신에게 유리하게 이용했다. 진무원과 싸울 때도 마
찬가지였다. 그는 진무원이 쉽게 예상하기 힘든 변칙적인 방
법을 총동원했다.

쾅쾅!

현현소의 몸에서 강기가 기둥처럼 뻗어 나와 진무원을 강타
했다. 진무원이 강기를 튕겨냈지만, 막대한 충격에 내장이 진
탕되었다.

진무원의 눈빛이 변했다.

그는 이제까지 하던 것처럼 평범한 검초로는 현현소를 어찌
할 수 없다는 사실을 깨달았다. 현현소는 단순히 무공만 강한
것이 아니라 진정으로 싸울 줄 아는 싸움꾼이었다. 그런 자를
상대로 평범한 검초를 쓰는 것은 무의미했다.

진무원의 기세가 일변했다. 현현소는 그런 변화를 즉각 알
아차렸다.

순간 멸천마영검이 펼쳐졌다.

쉬가악!

일초식인 유성혼(流星魂)이었다.

유성이 땅에 떨어지듯 검이 섬전이 되어 현현소를 강타했다. '쩌엉' 하는 소리와 함께 현현소의 몸이 뒤로 밀렸다. 그의 몸을 휘돌고 있던 반탄강기 역시 크게 출렁였다.

진무원은 그 틈을 놓치지 않고 단천해(斷天海)와 폭우림(暴雨林)을 연이어 펼쳤다.

창공이 갈라지고, 그 사이로 검의 비가 떨어져 내렸다. 천하의 현현소도 더 이상 진무원에게 근접하지 못하고 멀찍이 떨어져 회피하기 바빴다.

투투투퉁!

연신 쏟아져 내리는 검의 비에 그의 반탄강기가 위태롭게 흔들렸다.

멀찍이 떨어져 그 광경을 바라보던 공야경의 안색이 변했다.

"아!"

절로 탄성이 터져 나왔다.

그만큼 진무원이 펼치는 검식은 그에게 새로운 세상을 보여주었다.

"이것이 북천문의 무공, 진무원의 진신 실력인가? 무섭구나, 무서워!"

공야경은 입술이 바싹 타는 것을 느꼈다.

진무원은 그의 상식을 뛰어넘는 무위를 소유했다. 저렇게 젊은 나이에 상식을 초월하는 무공을 소유하고 있다는 사실이 믿기지 않았다.

"어떻게 해야 하나?"

그에겐 두 가지의 선택지가 있었다.

하나는 만추산을 상대할 때처럼 현현소와 함께 합공을 펼치는 것. 또 하나는 이대로 운중천의 진영으로 넘어가 진무원의 정체를 알리는 것.

선택하는 것은 간단했다. 결정만 하면 된다. 그 어떤 것이든 그에겐 부담이 없었다. 하지만 그는 망설이고 있었다.

이 싸움의 끝을 자신의 두 눈으로 보고 싶다는 생각이 열망이 그의 가슴을 지배하고 있기 때문이다. 스스로도 이해할 수 없는 감정이었다.

그 순간 현현소의 다급한 전음성이 그의 귓전에 울려 퍼졌다.

[아무래도 협공을 해야겠다. 어서 빨리 합류하라.]

그렇게 위세가 등등하더니 싸움이 불리해지는 듯하자 현현소가 도움을 청했다. 그만큼 위기감을 느낀 것이 분명했다.

문득 환멸감이 밀물처럼 밀려왔다.

"나는……."

그의 눈빛이 변했다.

밀야에서 태어나 밀야의 무인으로 살아왔다. 밀야에 대한 자부심도 그만큼 강했다. 하지만 운중천의 명을 들어야 하는 신세가 되면서 그의 마음속에는 갈등의 불씨가 피어났다.

밀야 구성원으로서의 삶, 그리고 세작으로서의 임무.

그 사이에서 공야경은 번민했다.

그리고 지금 이 순간 그는 결정을 내렸다.

"나는…… 무인이다."

그를 얽어매던 모든 것을 내던졌다. 그러자 속이 후련해졌다.

그는 이제 담담한 시선으로 전장을 바라볼 수 있었다. 방금 전과 지금의 그는 전혀 다른 사람이었다.

공야경이 현현소에 전음을 보냈다.

[이 싸움은 현 선배 혼자 하는 게 나을 것 같습니다.]

[너? 이놈, 감히 배신을 해?]

[배신이 아닙니다. 무인의 긍지를 지키려는 거지요.]

[이익! 진무원을 죽이면 네놈을 가만두지 않겠다.]

현현소의 악에 받친 전음성이 들려왔지만, 공야경은 무시했다.

그 순간에도 진무원과 현현소의 싸움은 절정을 향해 치닫고 있었다. 승부의 추가 기울고 있었다. 공야경의 눈에는 확연히 보였다.

"진무원!"

그 순간이었다.

이제까지 전장에 울려 퍼지던 소리가 거짓말처럼 사라졌다.

오직 정적만이 감도는 고요한 세상.

그 안에서 진무원과 현현소가 최후의 초식을 펼치고 있었다.

번쩍!

세상이 온통 하얀빛으로 물들었다.

*　　　*　　　*

공야경은 잠시 동안 가만히 서 있었다.

하얀빛에 눈은 잠시 시력을 상실했고, 귀는 청력을 상실했다. 감당하기 힘든 충격에 잠시 온몸의 신경이 마비된 것이다. 하지만 공야경은 당황하지 않고 공력을 운용했다. 그러자 마비되었던 감각들이 하나둘씩 돌아왔다.

마지막으로 시력이 돌아왔다. 순간 공야경의 눈동자가 흔들렸다.

진무원과 현현소가 서로를 마주 보고 서 있었다. 두 사람의 안색은 그토록 치열한 싸움을 벌였다는 사실이 믿어지지 않을 만큼 평온했다.

문득 현현소가 입을 열었다.

"정말 지겹구나, 북천문. 우리가 만든 망령이 끝까지 발목을 붙잡다니. 너는……."

갑자기 현현소의 전신 모공에서 피 분수가 피어올랐다. 마치 압착기로 쥐어짠 듯 그의 몸에 있던 피가 안개로 화해 모조리 빠져나왔다.

현현소의 몸이 무너져 내렸다

전설의 일각이 붕괴되고 있었다. 그 비현실적인 모습에 공야경이 눈만 끔뻑거렸다.

"하늘이…… 무너졌는가?"

그가 잠시 하늘을 바라보았다.

하늘은 푸르렀다. 멀쩡한 하늘이 무너질 리 없었다. 하지만 그의 가슴속에선 하늘이 무너지고 있었다. 그가 이제까지 믿어왔던 신념과 고정된 세계관이 깨져 나가고 있었다.

"휴!"

진무원이 옅은 한숨을 내쉬었다.

만추산을 상대하느라 상당한 공력을 소모한 현현소였다. 미세한 차이만으로도 승부가 갈리는 절대고수 간의 대결에서 공력의 차이는 무척이나 컸다.

마지막 순간 현현소는 공력이 달려서 초식의 흐름이 미세하게 끊겼다. 진무원은 그 틈을 놓치지 않고 비집고 들어갔다.

만일 현현소의 몸 상태가 정상이었다면 이렇게 결판이 쉽게 나지 않았을 것이다. 진무원은 이초식인 북천벽(北天壁)과 오초식인 섬광혈(閃光血)의 초식을 섞어 공격했다. 그래서 현현소가 압축기에 눌린 것처럼 온몸의 피를 분출하며 목숨을 잃은 것이다.

진무원이 공야경을 향해 시선을 돌렸다. 공야경은 이제 자신의 차례가 온 것을 깨달았다.

문득 그의 입가에 쓴웃음이 걸렸다.

상대는 아홉 하늘 중 일인인 마령제 현현소를 쓰러뜨린 자였다. 자신의 무위가 아무리 강하다 한들 현현소를 능가할 수는 없었다. 아무리 생각해도 결과는 자명했다.

'절대 이길 수 없다.'

그럼에도 불구하고 그는 물러서거나 도주하지 않았다.

무인으로 살아가겠다고 다짐한 것이 불과 일각 전이다. 이제 와 비겁자가 되긴 싫었다.

결과가 정해진 싸움이라 할지라도 해야 할 때가 있다. 바로 지금이 그 순간이었다.

진무원이 그를 향해 다가와 물었다.

"왜 합공하지 않으셨습니까?"

"나도 자존심이 있는 무인이니까."

공야경의 대답에 진무원이 수긍했다.

때로는 말도 되지 않는 이유로 목숨을 거는 이들이 있었다.

무인의 자존심.

이제는 의미가 많이 퇴색된 옛 시대의 기치였다. 지금 무인의 자존심을 들먹이면 많은 이들이 생존이 우선이라고 말할 것이다. 하지만 그럼에도 불구하고 자신의 신념과 자존심을 지키며 살아가는 이들도 있었다.

"밀야에서도 꽤나 높은 직위에 있는 것 같은데 왜 배신한 겁니까?"

"나에겐 선택권이 없네. 태어나길 그렇게 태어났으니까."

공야경이 고졸한 미소를 지었다.

모든 것을 해탈한 듯 보이는 그의 미소에 진무원은 묘한 동질감을 느꼈다. 자신에게도 선택의 여지가 없었듯, 공야경 역시 그랬을지도 모른단 느낌이 들었다.

진무원은 이 이상 물어보지 않았다.

상대의 선택이 뜻밖이긴 했지만, 그가 자신의 적이라는 사실은 변하지 않았다.

갑자기 공야경이 진무원을 향해 포권을 취했다.

"나 공야경, 한 사람의 무인으로서 자네에게 도전하겠네. 내 도전을 받아주겠는가?"

"북천문의 진무원입니다. 공 대협의 도전을 받아들이겠습니다."

진무원도 마주 포권을 취했다.

공야경의 입가에 미소가 걸렸다. 그가 설랑검을 들어 진무원을 겨눴다.

공력은 충분했다. 진무원이 현현소와 싸우는 동안 운기를 하며 회복했기 때문이다. 반대로 진무원은 현현소와의 싸움으로 공력의 소모가 극심했다. 조금 전과는 반대의 상황이었다.

"챠핫!"

공야경이 먼저 움직였다.

설랑검이 늑대의 이빨을 드러냈다. 진무원의 단봉이 허공을 그었다.

까앙!

쇳소리와 함께 불꽃이 튀었다.

공야경은 연이어 절초를 펼쳐 냈다. 그의 신형이 격렬하게 움직였다. 좌우로 이동하면서 연신 설랑검을 휘두르는 그의 모습은 야생의 늑대를 연상시켰다.

따다다당!

연신 쇳소리가 울려 퍼졌다.

단봉과 설랑검이 부딪치길 수십 차례. 그때마다 두 사람의 몸이 격렬하게 흔들렸다.

공야경은 자신이 알고 있는 모든 초식을 혼신의 힘을 다해 토해냈다. 이렇게 자신의 모든 것을 펼쳐 본 적이 언제였는지 기억조차 나지 않았다.

그래서 즐거웠다. 마치 꿈을 꾸는 것 같았다. 신명이 나서 견딜 수가 없었다.

이제까지 평생 수련을 하며 살았지만, 지금 이 순간보다 더 완벽하게 검법을 펼쳤던 적은 없는 것 같았다.

설랑검과 혼연일체가 된 듯한 기분. 그는 모든 공력을 설랑검에 담았다.

크허헝!

마치 설원의 늑대가 포효하는 것 같은 검명이 천지간에 울려 퍼졌다. 전신의 공력이 쭉 빠져나가 설랑검에 집중됐다.

설랑파천(雪狼破天), 그 마지막 초식이 진무원을 향해 펼쳐졌다. 진무원도 그를 향해 단봉을 쭉 뻗었다.

멸천마영검 제육초식 무영계(無影界)가 펼쳐진 것이다.

순간 세상 모든 것이 지워져 갔다. 아니, 그렇게 보였다.

공야경은 그림자가 없는 세상에 갇혔다.

쩌어엉!

다음 순간 파괴가 찾아왔다. 강력한 후폭풍이 사방으로 몰아쳤다.

"커헉!"

공야경이 피를 토하며 나가떨어졌다. 바닥을 나뒹구는 그의 오른쪽 어깨와 가슴이 칼로 도려낸 듯 깔끔하게 사라졌다. 오른손에 들고 있던 설랑검 역시 파괴되어 흔적조차 남아 있지 않았다.

공야경의 눈동자에서 급속히 생기가 빠져나갔다.

"이, 이건 무슨 무공인가?"

"멸천마영검입니다."

"고맙네. 내 마지막 순…… 간을 초라하지 않게 만들어줘서. 내 선택을 후회하지 않게 만들어……."

공야경의 목소리가 점점 잦아들었다.

마지막 순간 그가 하늘을 바라보았다. 하늘이 유독 푸르렀다. 창공을 망막 가득 담고 그는 숨을 거뒀다.

공야경의 시신을 내려다보는 진무원의 눈가에 착잡한 빛이 떠올랐다. 현현소를 죽인 것은 다행이지만 공야경을 죽인 것은 왠지 가슴이 아팠다.

"휴!"

진무원이 고개를 흔들어 애써 상념을 지웠다.

두 사람이나 되는 절대고수를 상대하면서 심각한 내상을 입었다. 겉으로 보기엔 멀쩡했지만, 깨지기 직전의 유리그릇처럼 위태롭기 그지없는 상황이었다.

진무원은 만영결을 운용하며 내부의 들끓는 기혈을 다스렸다. 그렇게 얼마나 지났을까? 갑자기 부스럭거리는 소리가 뒤쪽에서 들렸다.

진무원은 급히 운공을 중지하며 뒤를 돌아봤다. 그러자 뜻밖의 인물이 그를 바라보고 있었다.

"설마 지, 진 소협?"

피 칠갑이 된 모습으로 눈을 크게 치뜬 여자는 바로 남수련이었다. 그녀가 역용이 풀린 진무원의 얼굴을 보고 경악했다.

"남 소저가 어떻게?"

진무원의 얼굴에 곤혹스러운 표정이 떠올랐다.

자신의 예상보다 빠르게 그녀가 이곳에 도착했기 때문이다.

남수련은 그야말로 악전고투를 했다. 흑암대의 무인들은 지치지도 않고 달려들었다. 그들을 하나둘씩 상대하다 보니 어느새 포위망이 느슨해졌고, 단천운이 보이지 않는단 사실을 깨달았다. 그래서 혹시나 하는 마음에 이곳까지 달려왔다가 뜻밖의 광경을 보게 된 것이다.

"정말 진 소협인가요?"

"그렇습니다."

"죽지 않았나요? 아니, 그보다 단 소협이 진 소협이라니……."

남수련이 혼란스러운지 머리를 흔들었다. 실제로 그녀는 지금 눈앞에 펼쳐진 상황을 이해하지 못하고 있었다.

"사정이 있어 역용했습니다."

"왜?"

"상대해야 할 적들이 강대하니까요."

"그럼……."

그제야 남수련이 차츰 안정을 찾아갔다. 천하에서 알아주는 기재답게 그녀는 뛰어난 두뇌의 소유자였다. 그간의 사정을 끼워 맞춰 금세 앞뒤 상황을 유추해 냈다.

"죽음을 위장했군요?"

"그렇습니다."

"그리고 단천운이라는 인물로 재탄생했구요?"

"맞습니다."

"운중천을 상대하기 위해? 아니, 적들이라고 했으니 운중천과 밀야 양쪽인가요?"

"그렇습니다."

"미쳤군요!"

남수련이 자신도 모르게 그렇게 말했다. 그럼에도 불구하고 진무원은 기분 나쁘단 표정을 짓지 않았다. 남수련의 말이 사실이었기 때문이다.

운중천의 아홉 하늘 중 이제 겨우 두 명을 쓰러뜨렸을 뿐이다. 창룡검제 비사원은 담수천에 의해 강제로 은퇴했고, 풍운번주 능군휘도 반은퇴 상태나 마찬가지였다.

네 명을 제외하고도 아직 다섯 명이나 남았다. 무엇보다 모용율천에게는 어떤 타격도 주지 못한 상태다. 진무원이 절대적으로 불리할 수밖에 없는 싸움이었다.

그래도 진무원은 포기하거나 좌절하지 않았다. 그는 혼자가 아니었다. 사천성에서 북천문이 태동하고 있었다. 아직은 여물지 못한 과일처럼 불완전했지만, 조만간 완숙하게 익을 것이다. 그때까지 운중천과 밀야의 전력을 최대한 약화시켜야 했다.

　남수련이 진무원을 바라보았다.

　어쩐지 눈빛이 익숙하다고 생각했다. 삼 년 전에도 그의 눈빛은 고집스러웠다. 그리고 지금 눈앞에 있는 그의 눈빛은 여전했다.

　그녀는 진무원이 결코 포기하지 않을 것임을 깨달았다.

　"휴!"

　자신도 모르게 한숨이 흘러나왔다. 진무원은 그런 남수련을 말없이 바라보았다. 한참 동안이나 침묵을 지키던 남수련이 어렵게 입을 열었다.

　"그래서 앞으로 어떻게 하실 건가요?"

　"당분간은 더 단천운으로 삽니다."

　"미쳤군요. 이 상황은 어떻게 해결하구요?"

　남수련이 만추산과 현현소 등의 시신을 가리키며 화를 냈다. 하지만 진무원은 담담히 말했다.

　"그들은 양패구상을 했습니다."

　"하지만……."

　"그렇게 알려질 겁니다."

　진무원의 말속에 담긴 뜻을 못 알아들을 남수련이 아니었다. 그녀가 다시 한숨을 내쉬었다.

"당신은 여전히 무모하군요."

하지만 불가능한 계획만은 아니다. 충분히 가능성이 있는 계획이었다. 자신이 진무원의 행적만 증언하면 말이다.

남수련이 입술을 지그시 깨물었다.

심적으로는 진무원의 편을 들고 싶었지만, 그러기에는 부담감이 너무 컸다. 자신 혼자라면 상관없지만 사문인 무산파의 명운까지 달려 있기 때문이다.

그렇게 그녀가 갈등할 때였다.

"굳이 남 소저가 증언을 해줄 필요는 없습니다. 그냥 못 본 걸로 해주십시오. 제가 다 감당할 테니까."

"하지만……."

"부탁드리겠습니다."

진무원이 그녀에게 깊숙이 고개를 숙였다.

남수련은 눈을 감았다. 그녀는 그의 부탁을 들어줄 수밖에 없다는 사실을 깨달았다.

"알겠어요."

그녀의 탄식 어린 음성이 허공에 흩어졌다.

*   *   *

우태천을 비롯한 기재들은 아직도 흑암대의 마인들과 싸우고 있었다. 삼백 명이 넘던 흑암대는 이제 겨우 칠십여 명밖에 남아 있지 않았다.

살아남은 자들은 흑암대 내에서도 내로라하는 독종들이었다. 동료들의 죽음에 그들이 더욱 광분해 날뛰었다.

"헉헉!"

우태천의 입에서 거친 숨이 터져 나왔다.

그의 전신은 피로 물들어 있었다. 흑암대의 피가 대부분이었지만, 그가 흘린 피도 적잖았다. 너무 피를 많이 흘려서 이제는 정신이 다 아득해질 지경이었다. 그래서 주변의 상황을 살펴볼 여유가 없었다.

콰직!

그 순간 흑암대의 마인의 주먹이 어깨에 작렬했다. 최대한 몸을 비틀어 충격을 분산시켰지만, 어깨가 탈골되어 덜렁거렸다.

"크헉!"

우태천의 입술을 비집고 신음성이 흘러나왔다. 단지 어깨가 탈골되었기 때문만이 아니었다. 이번 일격에 내장이 진탕되었기 때문이다. 그의 얼굴이 새하얗게 질렸다.

소요공자라는 별호로 강호를 종횡했지만 단 한 번도 이런 치열한 전투를 경험한 적이 없는 우태천이었다.

그가 알고 경험한 강호는 이렇게 치열하지 않았다. 또래의 무인들은 그의 이름만 대도 알아서 스스로를 낮췄고, 대부분의 사람들은 그를 칭송하기 바빴다.

가끔 비무를 하더라도 그의 일방적인 승리로 귀결되었지,

이렇게 치열하게 싸운 적은 단 한 번도 없었다.

단 한순간의 실수만으로도 목숨을 잃을 수 있는 살벌한 전투가 벌써 반 시진째 계속되고 있었다. 그런 생소한 경험이 그를 더욱 지치게 만들었다.

"헉헉! 제기랄!"

너무 힘들고 아파서 그냥 모든 것을 포기하고 싶은 마음이 들었다. 이대로 누워 잠들고만 싶은 유혹이 슬금슬금 찾아왔다. 그렇게 그가 지쳐 갈 때 설공이 흑암대 마인들의 포위망을 뚫고 그에게 다가왔다.

"아미타불! 우 소협, 조금만 더 힘을 냅시다."

"설공!"

"모두 무사하군요."

남수련도 흑암대의 포위를 뚫고 그들에 합류했다.

전투가 시작된 후 각자 고립된 채 싸웠던 그들이 처음으로 모인 것이다.

우태천이 물었다.

"단천운과 남 소저는?"

"모르겠소. 보이지 않는 것을 보니 벌써 죽었을지도……."

설공의 표정이 어두워졌다.

그의 손에 죽은 흑암대 마인의 수가 몇 명인지 이루 헤아릴 수조차 없었다. 살계를 열겠다고 굳은 결심을 했지만 막상 많은 이들의 피를 손에 묻히자 가슴이 답답해서 견딜 수가 없었다.

살계를 연다는 것이 이리도 무서운 것인지 그도 처음 알았다. 그 때문에 주위를 살펴볼 여유가 없었다.

연소소도 검에 이렇게 많은 이들의 피를 묻힌 것은 처음이었다. 흑암대의 마인들은 생명을 도외시하고 달려들었다. 연소소는 모든 것을 버릴 각오를 가진 자가 얼마나 무서운지 오늘에야 처음 알았다.

다 같이 지치고 상처를 입었지만, 그래도 세 명이 뭉치니 투지가 살아나고 어느 정도 여유를 가질 수 있었다. 하지만 여전히 불리한 것은 변하지 않았다.

악에 받친 흑암대는 목숨을 도외시하고 달려들었다. 그들의 독기는 아직 사그라지지 않았다. 기재들의 목숨은 여전히 위태로웠다.

"제길!"

우태천과 설공 등의 얼굴에 암담한 빛이 떠올랐다.

밀야의 야주를 암살하기는커녕 이름 모를 황야에서 개죽음을 당하게 생겼다. 그들이 상상하지 못했던 최악의 상황이었다.

그때였다.

"크헉!"

흑암대 진용이 갑자기 크게 흔들리며 뒤쪽에서 비명 소리가 터졌다.

우태천 등의 얼굴에 화색이 돌기 시작했다.

"응원군인가?"

한 치 앞도 보이지 않던 암흑 속에서 한 줄기 빛을 본 기분이었다.

그들은 보았다. 뒤쪽에서 흑암대를 무너뜨리며 파죽지세로 다가오는 두 사람의 무인을. 진무원과 남수련이었다.

"아!"

연소소가 탄성을 내뱉었다.

남수련의 무위야 익히 알고 있는 바였기에 그리 놀랍지 않았지만, 장봉을 자유자재로 사용하는 진무원의 무위는 그야말로 경이로웠다.

휙휙!

장봉이 낭창낭창 휠 때마다 서너 명의 흑암대 무인이 피를 토하며 나가떨어졌다.

강철보다 단단한 육체를 가진 흑암대 무인들이었다. 항마력을 가진 설공이 그나마 조금 수월하게 상대했을 뿐, 연소소나 우태천은 그야말로 악전고투를 해야 했다. 그런데 진무원은 장봉 하나로 그들을 너무 쉽게 상대하고 있었다. 그녀의 상식을 벗어난 무위였다.

'특별한 내공이라도 익힌 것인가?'

궁금한 것이 많았지만 일단은 접어두기로 했다. 이곳에서 살아 나가는 것이 우선이었기 때문이다.

"모두 무사합니까?"

마침내 진무원과 남수련이 흑암대의 무인을 뚫고 합류했다. 싸움이 시작된 이후 처음으로 다섯 명이 모두 모였다. 그들은 등을 맞대고 원진을 만들었다.

"흥! 어디 갔다 이제 온 거냐?"

우태천이 코웃음을 치며 냉대했다. 하지만 반가운 빛을 완전히 숨길 수는 없었다. 진무원을 미워하는 마음이야 여전했지만, 그의 무력만큼은 인정했기 때문이다.

슈슈슈!

진무원의 봉이 어지러이 허공을 갈랐다.

그의 봉법은 매우 현란했다. 기재들의 눈으로도 어떤 것이 허초이고, 어떤 것이 실초인지 구별하지 못할 정도였다.

콰지끈!

뼈가 부러지는 소리와 함께 흑암대의 마인 한 명이 피를 토하며 쓰러졌다. 그는 버둥거리면서 일어나려 했다. 육체의 고통 따윈 그에겐 익숙한 일이었다. 이 정도의 상처라면 육체를 움직이는 데 아무런 문제가 되지 않을 거라 생각했다.

"끄아아!"

그러나 고통은 그의 상상을 초월했다. 절로 비명이 토할 만큼 엄청난 극통이 그의 신경을 자극했다. 몸 안으로 침투한 그림자 내공이 그의 마기를 가닥가닥 끊어놓았기 때문이다.

온몸이 마비되어 움직일 수가 없었다. 그 틈을 놓치지 않고 남수련이 검을 휘둘렀다. 심장이 찔린 마인은 그대로 절명했다.

진무원이 일 차로 제압하면 나머지 마무리는 다른 기재들이 하는 방향으로 싸움은 흘러갔다. 그렇게 거의 반 시진이 지났을 때 흑암대의 무인 중 살아남은 자는 존재하지 않았다.

대지에 죽음이 내려앉았다.

살아남은 자는 다섯, 그중에 온전한 정신으로 서 있는 자는 진무원 한 명뿐이었다. 남수련과 설공, 연소소, 우태천은 바닥에 엎어져 가쁜 숨만 몰아쉬고 있었다.

남수련과 연소소의 뺨에 눈물이 흘러내렸다.

살았다는 안도감, 수많은 사람을 죽였다는 죄책감, 이유 모를 분노와 허탈함이 복합된 감정의 소용돌이에서 그들은 헤어나오지 못했다.

"우웨엑!"

설공이 토악질을 했다.

막상 살계를 열고 수많은 마인들을 죽일 때는 몰랐지만, 다 끝나고 나니 자신이 얼마나 큰 악업을 행한 것인지 깨달았다.

"우욱! 아, 아미타불!"

피가 범벅이 된 얼굴 위로 눈물이 흘러내렸다. 누구를 위한 눈물인지 알 수 없었다. 죽은 자들을 위한 것인지, 혹은 살계를 연 자신을 위로하기 위함인지.

"엉엉!"

연소소는 아예 통곡을 했다. 남수련이 그녀를 위로했지만 소용이 없었다.

우태천의 얼굴 역시 형편없이 일그러져 있었다. 양손이 덜덜 떨리고 온몸이 탈진해서 움직일 수가 없었다.

문득 그의 시선이 진무원을 향했다. 진무원의 안색도 새하

얕게 질린 것이 그리 좋아 보이지 않았다. 하지만 그의 상태는 다른 기재들에 비해 월등이 좋아 보였다. 결국 그 때문에 생존한 셈이다.

그가 자신보다 강한 것은 알고 있었다. 하지만 그의 도움을 받는 것은 별개의 문제였다.

'결국 나는 놈을 영원히 넘지 못한단 말인가?'

그 사실이 우태천을 비참하게 만들었다.

주위를 둘러보는 진무원의 눈빛은 깊이 침잠되어 있었다.

오늘 하루 수많은 이가 죽었다. 그들 중 상당수는 자신에 의해 목숨을 잃었다. 앞으로도 얼마나 더 많은 이가 자신의 손에 죽을지 알 수 없었다. 확실한 것은 이것은 겨우 시작에 불과할 뿐이라는 것이다.

진무원은 입술을 질근 깨물었다.

벌써부터 약해져서는 안 됐다. 자신이 걸어가야 할 길은 이보다 더 험하고, 거칠 것이다. 흔들리지 않는 신념과 스스로에 대한 믿음이 필요했다.

'진무원, 결코 흔들려서는 안 된다. 너는 북천문의 문주다. 수많은 사람이 너를 믿고 따르고 있다.'

그는 스스로에게 채찍질을 하며 운공을 계속했다.

그때 저 멀리서 일단의 무리가 달려오는 것이 보였다. 그가 급히 운공을 멈추며 외쳤다.

"정체불명의 무리 출현. 모두 경계하십시오."

그의 말에 기재들이 분분히 몸을 일으켰다. 그들의 얼굴엔 당혹스러운 빛이 떠올라 있었다. 새로 출현한 이들이 적이라면 목숨을 보장할 수 없었기 때문이다.

그들은 진무원을 중심으로 뭉쳤다. 그사이 새로 나타난 무인들이 가까워졌다.

"아!"

그들의 정체를 확인한 순간 연소소가 자신도 모르게 안도의 탄성을 내뱉었다.

"괜찮으십니까?"

그들에게 말을 건네는 이는 바로 운중천의 무인들이었다. 연소소 등도 익히 얼굴을 알고 있는 이들이었다. 무리를 이끌고 온 무인의 이름은 윤광휘. 서문화의 명을 받는 자였다.

설공이 물었다.

"당신들이 여길 어떻게?"

"서문화 대협의 명으로 뒤를 따라왔습니다. 만일을 대비하고, 비상시 여러분들의 퇴로를 열기 위해서."

"역시 귀제갈이시군요. 이런 상황을 대비하다니."

"저희가 늦은 것 같군요. 어떻게 된 겁니까?"

"예상치 못한 습격을 받았습니다."

"현현소 대협이 보이지 않습니다. 혹시?"

"파산마부와 대결을 벌이는 것까지는 봤지만 어디로 갔는지는 모릅니다. 저희도 워낙 경황이 없어서……."

설공이 말끝을 흐렸다.

윤광휘가 이해를 한다는 듯이 고개를 끄덕였다.

그도 전장을 확인했다. 한눈에도 범상치 않아 보이는 이들의 시신이 무려 삼백여 구다. 그런 이들과 혈전을 치렀으니 제정신일 리 없었다.

그가 수하들에게 명령을 내렸다.

"모두 흩어져 현현소 대협을 찾아라."

"존명!"

무인들이 사방으로 흩어져 수색에 나섰다.

진무원은 심유한 시선으로 그들을 바라보았다.

현현소와 만추산의 흔적을 찾는 것은 그리 어려운 일이 아니었다. 바닥에 난 족적만 보고 따라가면 되니까. 하지만 자신이 먼저 나서서 내색할 수는 없었다. 그랬다간 의심을 사게 될테니까.

문득 남수련의 시선이 느껴졌다. 그녀의 눈빛은 매우 복잡한 감정을 담고 있었다. 어쩌면 두려운 것일지도 몰랐다.

그때였다.

"이쪽입니다. 흔적이 이쪽으로 이어져 있습니다."

수색에 나선 무인 중 한 명이 소리쳤다. 윤광휘가 기재들을 바라보았다.

"같이 가시지요."

"그럽시다."

기재들은 흔쾌히 윤광휘의 뒤를 따랐다.

그들은 원래 있던 곳에서 십여 리 정도 떨어진 곳, 야트막한 언덕에 가려 보이지 않는 곳에서 현현소와 만추산의 시신을 발견했다.

"아!"

"이럴 수가!"

만추산과 현현소의 모습을 확인한 무인들의 입에서 탄식이 흘러나왔다. 누가 봐도 만추산과 현현소가 동귀어진한 모습이었다. 그 모습이 전혀 어색하지 않았다. 멀찍이 공야경의 시신이 보였지만 누구 한 명 신경 쓰지 않았다.

"설마…… 동귀어진하신 건가?"

윤광휘가 자신도 모르게 침음을 흘렸다.

믿기 힘든 사실이었다. 하지만 믿지 않을 수가 없었다. 눈에 보이는 증거가 그렇게 말해주고 있었으니까.

"현현소 대협이 이리 가시다니."

"하긴 파산마부 만추산을 상대하셨으니 당연한 일일지도 모르겠군."

만추산은 살아 있는 재앙이라 불리는 불세출의 무인이었다. 그런 무인을 상대로 동귀어진했다고 하니 이해가 갔다.

진무원은 침묵을 지켰다.

두 사람이 동귀어진한 것처럼 꾸민 이는 바로 진무원이었다. 흔적을 조작하는 것은 어렵지 않았다. 누구도 두 사람이 동귀어진한 사실을 의심치 않았다.

모두가 말을 잃었다. 다른 누구도 아닌 현현소의 죽음이었다. 영원할 것만 같던 아홉 하늘 중 또 하나가 무너졌다는 사실이 그들에게 엄청난 충격을 던져 주었다.

공황을 가장 먼저 빠져나온 이는 바로 윤광휘였다. 그가 넋을 잃고 서 있는 부하들에게 호통을 쳤다.

"뭐하느냐, 어서 시신을 수습하지 않고?! 세 사람의 시신을 수습해 부현으로 돌아간다."

"알겠습니다."

그제야 부하들이 정신을 차리고 시신을 수습하기 시작했다.

윤광휘가 입술을 지그시 깨물었다.

"제기랄! 이렇게 일이 어그러지다니."

모든 계획이 뒤틀렸다. 야주를 죽이는 것은커녕 현현소가 죽었으니 손해 막심이었다. 사대마장 중 한 명인 만추산과 동귀어진했다는 사실도 전혀 위안이 되지 않았다.

부하들이 마침내 세 사람의 시신을 수레에 모두 실었다.

돌아가는 발걸음이 무거웠다.

지독한 정적이 그들 한가운데 내려앉았다.

6장

옛 인연이 이어지나,
마냥 반갑지만은 않다

만추산과 현현소의 죽음은 곧 세상에 알려졌다.

각각 밀야와 운중천을 대표하는 무인들이었다. 그들의 죽음이 양쪽 진영에 가져온 충격은 그야말로 엄청난 것이었다.

밀야는 잠시 휴전하는 조건으로 만추산의 시신을 요구했다. 운중천에서는 그들의 요구를 받아들였다. 현현소의 죽음은 휘하 무인들의 동요를 가져왔고, 그들에게도 수습할 시간이 필요했기 때문이다.

그렇게 전쟁은 뜻하지 않게 소강상태에 접어들었다.

전쟁이 소강상태에 접어들면서 가장 큰 타격을 받은 이는 바로 서문화였다. 밀야의 야주를 암살하기 위해 애써 꾸민 계획이 물거품으로 돌아갔기 때문이다.

무엇보다 마령제 현현소의 죽음은 뼈아픈 손실이었다. 현현소는 아홉 하늘의 일인이었으며, 무엇보다 그가 가장 믿을 수 있는 친우였다. 그의 죽음은 냉철한 서문화에게도 큰 충격을 던져 주었다.

"자네가 죽다니……."

현현소의 시신을 바라보는 서문화의 눈동자가 흔들리고 있었다. 현현소의 시신은 그야말로 엉망으로 망가져 있었다. 만추산과의 대결이 얼마나 험악했을지 머릿속에 절로 그려졌다.

죽어서도 현현소는 눈을 감지 못하고 있었다. 부릅뜬 두 눈에는 아직도 자신의 죽음을 믿을 수 없다는 빛이 역력했다.

서문화는 한참이나 현현소의 시신을 바라보았다. 처음엔 머리가 혼란스러웠지만, 천하에서 가장 똑똑한 이답게 금방 냉정을 되찾았다.

그때 밀실의 문이 열리며 누군가 들어왔다. 서문혜령이었다.

"할아버지."

"왔느냐?"

서문화가 담담히 대답했다. 너무나 차가운 그의 목소리에 서문혜령은 전신에 소름이 다 끼치는 것을 느꼈다.

밀실 안에는 현현소, 공야경, 그리고 예전에 죽은 기환대 무인들의 시신이 평상 위에 일렬로 놓여 있었다. 서문화는 한가운데 의자에 앉아 그들의 시신을 뚫어져라 바라보고 있었다.

"할아버지, 이제 그만 나가시지요. 이러다가 건강이 상할까

두렵습니다."

"겨우 며칠 밤새운 것으로 사람은 죽지 않는다."

"하지만……."

"수천은?"

"부상당한 무인들을 수습하고 있어요."

"수천이 고생하는구나."

"아니에요."

말은 그렇게 했지만 지금 이 순간 누구보다 고생하는 이는 바로 담수천이었다.

전력을 다해 밀야와 부딪쳤다. 당연히 그 어떤 때보다 치열한 전투가 벌어졌다. 수많은 이가 죽고, 그보다 몇 배나 많은 인원이 중경상을 입었다.

단 한 번의 전투로 양측의 사상자가 무려 이천 명이나 나왔다. 양측이 부딪친 곳은 그야말로 시산혈해를 이뤘다.

담수천이 선두에 서고, 서문혜령이 지휘한 전투였다. 그런데도 완벽하게 압도를 하지 못한 것은 바로 가경의 때문이었다.

가경의의 병법은 실로 신묘했다. 그는 마치 서문혜령의 의도를 꿰뚫어 보기라도 하듯이 미리 맥을 끊었다. 그 때문에 서문혜령의 기도는 번번이 무위로 돌아갔다.

만일 담수천이 선두에서 돌파구를 찾지 않았다면 위험해진 것은 오히려 운중천이었을 것이다. 담수천은 그 어떤 무인보다 앞에 서서 용맹을 과시했다. 밀야의 고수들 수십 명이 그의 손에 목숨을 잃었다.

만일 제때 흑익신창 우문천이 나서지 않았다면 더욱 엄청난 수의 무인이 목숨을 잃었을 것이다.

우문천과 담수천은 그야말로 치열하게 싸웠다. 담수천은 창천무제라는 별호가 아깝지 않을 만큼 엄청난 무력을 자랑했다. 하지만 우문천 또한 불세출의 무인이었다.

사대마장의 일인으로 오랫동안 공포의 대명사로 군림해 온 우문천은 담수천을 상대로 대등한 싸움을 했다. 결국 그 누구도 서로를 완벽하게 제압하지 못했다.

담수천은 우문천의 무력에 경탄을 금치 못했고, 우문천은 새파랗게 어린 후배 무인의 경지에 박수를 보낼 수밖에 없었다.

그들은 끝까지 승부를 내고 싶었다. 하지만 그럴 수가 없었다. 그들은 양측의 가장 중요한 전력. 서문혜령과 가경의는 그들이 상처를 입는 것을 바라지 않았다.

결국 두 사람은 서로의 무력을 확인하는 데 만족하고 물러나야 했다. 그나마 소득이 있었다면 가경의라는 걸출한 책사가 밀야에 존재한다는 사실을 알았다는 것이다.

잠시 동안 평화가 찾아왔지만 담수천은 한시도 쉴 수 없었다. 이제 이곳 부현은 그의 영역이었다. 그에겐 이 상황을 수습할 의무가 있었다.

현현소마저 목숨을 잃은 지금 담수천이야말로 이곳의 정신적인 지주이자 중심이었다. 그 때문에 서문혜령은 담수천에게 현장의 수습을 맡기고 이곳에 올 수 있었다.

"정말 묘하지 않느냐? 마친 누군가 나의 속내를 꿰뚫기라도 한 듯이 주위의 사람들이 죽어나가고 있었다."

서문화의 목소리는 착 가라앉아 있었다. 그런 그의 눈에서는 은은한 살기가 흘러나오고 있었다. 서문혜령은 이제껏 조부 서문화가 이렇게 감정을 여과 없이 드러내는 모습은 처음 보았다.

"야주를 암살하는 작전은 혈육인 너에게마저 비밀로 하고 계획했다. 그렇게 공을 들였는데 수포로 돌아갔다. 마치 기다렸다는 듯이 만추산이 나타나 현현소와 동귀어진을 했고, 야주가 타고 있을 거로 예상되었던 마차는 텅텅 비었다."

"할아버지?"

"정보가 누출된 것이 분명하다."

서문화의 음성의 확신에 차 있었다. 서문혜령은 반박할 수 없었다. 그녀 역시 이상한 느낌이 들었기 때문이다.

"누굴까요?"

"아직은 나도 모른다. 하나 한 가지만은 확실하지. 무척 교활한 놈이라는 것. 그리고 생각보다 우리의 중심부에 깊숙이 접근해 있다."

서문화의 눈이 섬뜩하게 빛났다.

"하지만 누군지 확신할 수는 없잖아요."

"곧 알게 될 것이다."

"어떻게요?"

"이들의 시신이 모든 것을 말해줄 것이다."

서문화가 현현소 등의 시신을 가리켰다.

그의 눈빛은 확신에 차 있었다.

부현 지부 곳곳에서는 신음성이 흘러나오고 있었다. 각 전각마다 부상자가 넘쳐 났다. 의원들이 전각을 돌아다니며 부상자들을 치료하고 있었지만 수가 너무 많아 역부족이었다.

전투에 합류했던 구대문파의 분위기는 너무 침통해 초상집을 연상시켰다. 삼 년 동안 수많은 전투가 벌어졌지만, 이번만큼 한꺼번에 많은 제자들을 잃은 적은 단 한 번도 없었다.

제자를 잃은 장로들은 애써 슬픔을 감추려 했지만 소용이 없었다. 슬픔과 상실감은 전염이 되었고, 부현 지부의 분위기는 늪에 빠진 것처럼 깊이 가라앉았다.

야주의 암살 작전에 동원되었던 기재들도 마찬가지였다. 모두가 심적인 타격을 입었지만, 특히 연소소와 설공이 입은 심적 타격은 다른 이에 비할 바가 아니었다.

두 사람은 자신의 거처에 처박혀서 밖에 나오지 않았다. 그덕에 그들이 머무는 거처는 무덤처럼 적막하기 그지없었다.

진무원은 홀로 거처를 나와 밖을 거닐었다. 마음이 편하지가 않았다. 걸음이 멈추는 곳마다 신음을 하고 있는 무인들이 보였기 때문이다.

팔다리가 잘린 이들도 있었고, 어떤 이들은 내장이 보일 만큼 깊은 상처를 입고 생사의 경계를 헤매고 있었다. 바닥에는 피 묻은 헝겊이 나뒹굴고 있었고, 의원들의 옷은 선홍색으로 물들어 있었다.

진무원은 하염없이 걸음을 옮겼다. 그렇게 걷다 보니 탕마군이 머무는 거처에까지 도달했다.

"으으! 너무 아파."

"의원님, 제발 살려주세요."

아직 어린아이들이 의원들을 붙잡고 애원하고 있었다. 하지만 고통으로 신음을 내뱉는 아이들에 비해 의원의 수가 너무 적었다. 겨우 서너 명의 의원이 수백 명의 부상자를 감당하기에는 역부족이었다.

"휴! 조금만 참거라."

의원들도 고통을 덜어주는 좋은 약재를 쓰고 싶었다. 하지만 대부분의 약재들은 운중천의 무인들이나 구대문파의 무인들을 치료하기 위해 소모되었다. 탕마군의 아이들에게까지 좋은 약재가 내려올 수가 없었다.

그나마 싸구려 약재도 구할 수가 없어 침술을 펼치는 것이 다였다. 그나마도 인원이 부족해서 많은 아이들이 방치되어 있었다.

"엄마! 흐흑!"

"죽고 싶지 않아."

아이들의 울음이 의원들을 견딜 수 없게 만들었다.

"이 빌어먹을 놈의 세상. 아이들까지 전쟁에 동원하다니."

"천벌을 받을 걸세, 천벌을……."

의원들이 고개를 내저었다.

그 모습을 지켜보던 진무원이 아이들에게 다가갔다.

어깨에서부터 복부까지 깊은 자상을 입은 소년이 겨우 생명 줄을 붙잡고 신음을 흘리고 있었다. 이제 겨우 십오륙 세로 보이는 소년이었다.

진무원의 눈빛이 깊이 침잠됐다.

아는 얼굴이었다. 예전에 아소와 함께했던 소년이었다. 탕마군 십삼 대에 속해 있는……

"엄마, 보고…… 싶어."

소년은 빈사 상태에서도 어미를 찾았다. 그 모습이 진무원의 가슴을 미어지게 만들었다.

진무원은 소년의 고통을 덜어주기 위해 마혈을 짚었다. 하지만 소년은 여전히 고통스러운지 신음만 흘렸다. 진무원이 소년의 맥문을 잡고 내공을 주입했다. 하지만 소용이 없었다. 겨우 내공을 주입하는 것으로 회복시키기엔 소년의 상처가 너무 컸다.

"애야!"

진무원의 목소리에 소년이 겨우 눈을 떴다. 소년이 진무원을 알아봤다.

"아…… 저씨."

"그래!"

"너무 아파요."

"조금만 더 참거라. 아프지 않게 해줄 테니까."

"아저씨, 아소는요?"

그 와중에도 소년은 아소의 안부를 물었다.

"아소는 잘 있다."

"헤헤! 잘…… 됐다. 그래도 아소라도 살았으니……."

"너도 괜찮아질 게다."

"엄마가 보고 싶어요."

소년의 뺨을 따라 눈물이 흘러내렸다. 진무원의 눈가에도 눈물이 맺혔다.

소년의 얼굴에 혈색이 돌아오고 있었다. 가슴이 먹먹해졌다. 왜 이러는지 이유를 알기 때문이다.

회광반조(回光返照).

촛불이 꺼지기 직전 마지막으로 빛나는 현상. 죽음의 전조였다.

진무원은 애써 웃으려 했다. 하지만 얼굴 근육이 마음대로 움직이지 않았다.

소년이 손을 뻗어 진무원의 뺨에 흘러내리는 눈물을 닦았다.

"아저씨, 고마워요. 누군가 나를 위해서 울어준 것은 아저씨가 처음이에요."

"너는……."

"졸려요."

소년이 눈을 감았다. 그리고 깊은 잠에 빠져들었다.

진무원이 고개를 떨궜다. 그의 어깨에 잔경련이 일어났다.

"미…… 안하다."

그 말밖에 할 수가 없었다.

진무원은 한동안 소년 앞에서 떠나지 못했다. 그는 한참이나 그 자리에 서서 소년의 얼굴을 바라보았다.

"부디 좋은 곳으로 가거라. 그곳에서는 두 번 다시 이런 고통 느끼지 말고 행복하게 살거라."

진무원은 소년의 얼굴을 쓰다듬은 후 자리에서 일어났다.

자신이 모든 이를 지켜줄 수 없단 사실을 알고 있다. 하지만 이렇게 얼굴이라도 아는 사람이 죽는 것을 지켜보는 것은 견디기가 힘이 들었다.

허탈함과 분노가 그의 가슴속에 차오르는 그때 등 뒤에서 인기척이 느껴졌다. 고개를 돌리자 익숙한 얼굴이 보였다.

사자의 기세를 가진 남자, 담수천이었다.

그는 무표정한 얼굴로 소년의 시신을 바라보았다. 하루에도 수십 명의 사람이 상처의 악화로 죽어나가고 있었다. 워낙 많은 이가 죽어나가는 모습을 보다 보니 이젠 감정이 마모되었는지 어떤 감흥도 느껴지지 않았다.

더군다나 소년은 이름 없는 탕마군 소속. 얼굴 한번 제대로 보지 못한 사이였다. 별다른 감흥이 느껴지지 않았다.

그가 이곳에 찾아온 것은 바로 진무원 때문이었다.

"단 소협."

"무슨 일입니까?"

진무원은 애써 격앙된 심정을 감췄다. 슬프다고 흥분해서는 안 됐다. 냉정하지만 그것이 현실이었다.

"무사히 돌아와서 다행입니다."

"운이 좋았습니다."

"현현소 대협도 목숨을 잃었는데, 단순히 운이 좋아 생환했다는 것은 말이 안 되지요."

"현현소 대협의 희생이 없었다면 불가능한 일이었을 겁니다."

"그런가요?"

담수천이 진무원의 얼굴을 뚫어져라 바라보았다. 마치 사람의 속내를 꿰뚫어 보는 듯한 심유한 눈빛에도 진무원은 표정 하나 변하지 않았다.

"단 소협은 정이 많은 분 같군요. 한 가지 조언을 드리자면 자잘한 정 따위는 떼어놓는 것이 좋을 겁니다."

"왜입니까?"

"그렇지 않고서는 살아남을 수 없으니까요."

"……."

"정은 무인의 정신을 약하게 합니다. 자잘한 인연에 얽매이다 보면 운신의 폭 또한 좁아지지요. 그러니 정이란 놈은 야망을 가진 무인에겐 독이 든 사과나 마찬가집니다. 저 높은 곳을 바라본다면 단 소협 또한 자잘한 정 따위는 무시하십시오."

진무원은 말없이 담수천을 바라보았다.

한 치의 흔들림도 없는 단호한 눈빛과 굳게 다문 입술. 그리고 온몸으로 발산하는 패기. 자신에 대한 신념으로 똘똘 뭉친

자만이 보여줄 수 있는 모습이었다.

철이 들고 자신의 앞날을 결정했을 때부터 한 치의 흔들림도 없이 걸어온 사내가 바로 담수천이었다. 그만큼 그는 자신에 대한 믿음이 확고했다.

그런 담수천의 모습에 진무원은 묘한 거부감이 드는 것을 느꼈다.

"무정(無情)이 군림하는 자의 기본이라 생각하는 모양이군요?"

"그게 사실이니까요."

"인간에 대한 기본적인 애정이 없는 자가 군림좌에 오른들 세상이 긍정적으로 변하겠습니까?"

"하지만 정을 끊지 않고선 군림좌에 오를 수 없는 것이 현실이지요. 그렇지 않습니까?"

"쉽게 동의하기 힘들군요."

"그럴 줄 알았습니다. 단 소협과 나에겐 결코 좁히기 힘든 간극이 존재합니다. 그건 알고 있을 겁니다."

진무원은 말없이 고개를 끄덕였다.

세상을 바라보는 관점의 차이, 그리고 인간을 바라보는 애정의 차이가 그들의 대화 속에 나타나고 있었다.

담수천은 군림하길 바랐고, 진무원은 난세를 끝내길 원했다. 지향하는 바가 다르니 그들의 대화 또한 겉돌 수밖에 없었다.

"단 소협을 보고 있자면 자꾸 어떤 사람이 떠오릅니다. 그 역시 나와 좁혀지지 않는 평행선을 달렸던 사람이지요. 하지만 개인적으로는 그를 존경했습니다. 그의 신념, 굴하지 않는 정신력을. 모두가 그가 죽었다고 말합니다. 그렇게 알려졌구요. 그런데 단 소협을 보고 있자니 그들의 말이 모두 거짓인 것처럼 느껴지는군요."

"왜…… 입니까?"

"글쎄요! 그냥 제 느낌이 그렇습니다. 어쩌면 단 소협을 통해 그의 모습을 보고 있는 건지도 모르지요."

담수천의 눈빛은 강렬했다. 하지만 그를 바라보는 진무원의 눈빛엔 그 어떤 흔들림도 없었다.

"당신이 저에게서 누굴 보고 있는지는 모르겠지만 저도 한마디 하지요. 담소협이 어떤 길을 택하든 상관없습니다. 하지만 당신이 잘못된 길을 걷고 있을 때 그 반대편에는 내가 있을 겁니다."

"내가 잘못된 길을 걷는 일은 절대 없을 겁니다."

"지켜보겠습니다."

"얼마든지."

두 사람의 눈빛이 허공에서 마주쳤다. 닮은 듯하지만 확연히 다른 눈빛은 서로의 속내를 꿰뚫어 보기라도 하듯 강렬하게 빛나고 있었다.

*　　　*　　　*

하진월은 팔짱을 낀 채 북천문의 전경을 바라봤다.

짧은 시간 동안 북천문은 많은 변화를 겪었다. 제대로 된 전각들이 하나둘씩 들어서기 시작했고, 유입되는 무인들의 수 또한 예전에 비할 수 없이 늘어났다.

규모가 커지니 자연 소비되는 물자 또한 많아졌다. 그 때문에 북천문에 물자를 공급하는 백룡상단 역시 뻔질나게 이곳을 드나들었다.

"이제 거의 한계인가?"

그동안 철저히 북천문의 존재를 감췄다. 무인들의 외부 출입을 삼가게 하고, 백룡상단에서도 믿을 수 있는 인물들로만 이곳에 드나들게 했다. 하지만 이제 그런 노력도 한계에 달했다.

아미파와 청성파, 당문의 무인들이 하루가 멀다 하고 이곳에 드나들고 있었다. 그들도 보안을 유지하려 노력했지만, 워낙 많은 이들이 드나들다 보니 조금씩 뒷말이 흘러나가고 있는 형편이었다.

지금 당장이야 어찌어찌 막고 있지만, 북천문이 세상에 알려지는 것은 시간문제였다. 문제는 운중천이 그 사실을 언제 아느냐였다. 지금 당장이야 밀야와의 전쟁 때문에 사천성에 신경을 쓸 여력이 없다지만, 북천문을 인지하는 그 순간부터 어떤 움직임을 보일 것이 분명했다.

"아직 많이 모자라는데."

그가 원하는 전력의 칠 할도 올라오지 않았다. 비밀을 유지하려 은밀히 일을 진행하다 보니 모든 작업이 더딜 수밖에 없었다. 그 점이 못내 아쉬운 하진월이었다.

"그래도 최선을 다하는 수밖에……."

어떻게든 전력을 더 끌어 올려야 했다.

그래도 위안이 되는 점이라면 기존에 북천문에 합류한 무인들과 새로 합류하는 무인들의 화합이 잘된다는 것이다. 기본적으로 같은 뿌리에서 나온지라 옛 북천문에 대한 향수가 남아 있는 것이다. 그들의 헌신적인 노력 덕분에 북천문은 단결력만큼은 어느 문파 못지않았다.

아미파나 청성파, 당문에서 파견 나온 무인들은 그런 북천문의 분위기에 많은 영향을 받고 있었다. 무엇보다 세 문파 모두 밀야에 의해 혈겁을 당했기에 뿌리 깊은 원한을 갖고 있었다. 그래서인지 몰라도 그들의 독기는 결코 북천문의 무인들에 뒤지지 않았다.

"조금만 더 힘을 내면 된다. 조금만 더 버티면 완전한 전력이 구축될 거야. 그때까지는 어떻게든 비밀을 유지해야 한다."

하진월이 입술을 질근 깨물었다.

자신이 노력을 하면 어떻게든 일반 전력은 더 키워낼 수 있을 것 같았다. 문제는 초절정 이상의 고수였다.

현재 북천문에서 초절정 이상의 고수는 그리 많지 않았다.

문주인 진무원을 제외하면 기껏해야 풍제 경무생과 무주 마도광, 검주 소무상, 그리고 황철 정도가 다였다. 경무생은 이미 절대의 경지에 이른 고수였고, 마도광 역시 그에 못지않을 정도로 대단했다. 소무상은 근래 대단한 깨달음이 있어 한 단계 진일보했다.

풍운번주 능군휘는 아직 상처에서 완전히 회복하지 못했고, 활독당주인 당기문은 무공을 거의 몰랐다. 가장 확실한 전력인 은한설은 아직도 세상에 나오길 꺼렸다. 그녀가 신경을 쓰는 것은 오직 진무원뿐이다. 그래서는 별반 도움이 되지 않았다.

"절대고수 한두 명만 더 있으면 어떻게 더 유연하게 조직을 활용할 수 있을 텐데."

하진월이 한숨을 내쉬었다.

자신이 어찌할 수 있는 영역이 아니었기에 더욱 골치가 아팠다. 하진월이 그렇게 쓰린 마음으로 걸음을 옮길 때였다.

"군사!"

갑자기 저쪽에서 군사부에 소속된 무인이 다급한 얼굴로 달려왔다.

"무슨 일인가?"

"큰일 났습니다."

"큰일?"

"검주께서 군사를 모셔오라 하셨습니다. 급한 일이랍니다."

"검주가?"

검주라면 소무상을 말한다. 소무상은 결코 허튼소리를 할 사람이 아니었다. 그 사실을 알기에 하진월은 급히 무인을 따라 달려갔다. 그렇게 해서 도착한 곳은 북천문 가장 깊은 곳에 있는 조그만 소연무장이었다.

누구나 이용할 수 있는 대연무장과 달리 이곳은 오직 북천문의 수뇌부들만 사용했다. 가장 깊은 곳에 위치해 타인의 시선에서 자유로웠기 때문이다.

소연무장에 도착해 보니 검을 빼 든 채 눈을 부라리고 있는 소무상의 모습이 보였다. 그 기세가 심상치 않기에 하진월이 급히 물었다.

"무슨 일인가?"

"저길 보십시오."

소무상이 손가락으로 소연무장 한가운데를 가리켰다. 소연무장을 바라보던 하진월이 눈을 크게 치떴다.

소연무장의 중앙엔 그도 익히 아는 사람이 홀로 서 있었다.

황철이었다. 옷이 군데군데 찢어져 있었고, 그 사이로 아직 피가 굳지 않은 상처가 보였다. 방금 전까지 누군가와 싸웠던 것이 분명했다.

그런데 황철의 표정이 이상했다.

눈을 지그시 감은 채 모든 것을 달관한 표정으로 서 있었는데, 이상한 위압감이 흘러나오고 있었다.

"저건?"

"저와 비무를 하다가 갑자기 저렇게 되었습니다."

"그럼?"

"갑자기 깨달음을 얻고 벽을 깨는 것이 분명합니다."

"으음!"

하진월이 침음을 흘렸다.

그러고 보니 소무상의 옷 또한 엉망으로 찢어져 있었다. 그의 말처럼 황철과 비무를 하다가 상처를 입은 것이 분명했다.

근래 들어 황철과 소무상은 매일같이 비무를 했다. 아무래도 서로에 대해서 가장 잘 아는 사람들이다 보니 상대하기 편했기 때문이다.

그렇게 매일같이 비무를 하다 보니 실력도 급속히 늘었다. 어떤 때는 소무상이 황철을 압도하기도 했지만, 또 어떤 때는 황철이 소무상을 제압하기도 했다.

그들은 서로에게 훌륭한 자극제가 되었다. 서로를 이기고자 하는 욕구, 조금이라도 발전하고자 하는 열망으로 비무를 한 것이다.

오늘도 마찬가지였다. 이른 새벽부터 일어난 두 사람은 늘 하던 것처럼 비무를 시작했다. 전날 황철에게 손해를 보았던지라 소무상은 준비를 단단히 하고 나섰다.

며칠 전까지의 싸움을 복기하고 자신의 문제점과 황철의 강점을 파악했다. 그렇게 면밀히 분석한 끝에 비무에 나섰다.

둘의 싸움은 호각이었다. 하지만 시간이 흐를수록 소무상에게 유리하게 전개되어 갔다. 어쩌면 당연한 것인지도 몰랐다. 그만큼 충분히 준비를 했고, 체력 또한 월등히 유리했으니까.

신이 난 소무상은 그동안 준비했던 검초를 한꺼번에 펼쳤다. 이젠 청운검법이라 부를 수 없는 그만의 독자적인 체계가 잡힌 검을.

그렇게 소무상은 황철을 향해 자신의 모든 것을 토해냈다. 그리고 황철 역시 혼신의 힘을 다해 무공을 펼쳤다.

그야말로 자신의 모든 것을 토해냈다. 단전에 남아 있던 내공 한 방울까지 모조리 쥐어짰다. 후회 없는 싸움을 하고 싶었기 때문이다.

깨달음은 그때 찾아왔다.

후회 없이 모든 것을 토해냈을 때, 모든 것을 비웠다고 생각했을 때 갑자기 찾아온 작은 깨달음 하나. 황철은 그 작은 깨달음을 향해 손을 뻗었다.

만일 그때 소무상이 상황을 파악하지 못한 채 공격을 계속했다면 황철은 목숨을 잃었을 것이다. 하지만 소무상은 초절정에 오른 무인답게 황철의 상태를 금방 눈치챘고, 오히려 호법을 섰다.

"깨달음이라니? 그렇다면 절대의 벽을 깬 것인가?"

"그건 아무도 모릅니다."

소무상이 고개를 저었다.

현재 황철은 그와 같은 초절정의 경지에 머물러 있었다. 지금 찾아온 깨달음이 초절정의 경지를 확고히 해줄지, 아니면 절대의 경지로 넘어가게 해줄지는 아무도 모른다. 오직 황철이 깨어나야만 알 수 있는 일이었다.

문득 소무상의 얼굴에 부드러운 미소가 떠올랐다. 자신도 열심히 노력하지만, 황철은 정말 필사적이다 싶을 정도로 무공에 몰두했다. 그 차이가 눈앞에서 나타나고 있었다.

'지금 당장 앞서간다고 너무 좋아하지 마십쇼. 금방 따라갈 테니까.'

소무상은 전의를 불태웠다.

하진월은 초조한 표정을 감추지 못하고 황철을 바라보았다.

'형님.'

공적으로는 군사와 봉공이었지만, 개인적으로는 형, 아우 하는 사이였다. 누구보다 황철을 생각하는 이가 바로 하진월이었다.

스스로를 둔재라고 생각하는 사람.

모두가 삼류 심법이라고 말하는 삼원심법으로 초절정의 벽을 넘어선 굳은 의지의 남자. 그래도 진무원을 보좌하기엔 스스로가 부족하다고 생각하는 남자가 바로 황철이었다.

하지만 하진월은 그런 황철을 높게 평가했다. 거북이처럼 느릴지언정 단 한순간도 쉬지 않고 묵묵히 자신이 선택한 길을 걷기 때문이다.

그런 자들은 언젠가는 반드시 원하던 목적지에 도착하게 마련이었다. 시간이 아무리 오래 걸려도 말이다.

그때 갑자기 황철의 몸이 덜덜 떨리기 시작했다.

'저건?'

그는 본능적으로 황철이 가장 중요한 순간에 접어들었음을 깨달았다. 그것은 소무상도 마찬가지였다. 소무상은 주위를 경계하며 누구도 황철을 방해하지 못하도록 했다.

후웅!

갑자기 기의 흐름이 격렬해졌다. 주변에 있던 기운이 일시적으로 모이는 듯하더니 이내 다시 사방으로 해일처럼 한꺼번에 밀려 나갔다.

무공을 모르는 하진월조차도 느낄 수 있을 만큼 강력한 기의 흐름이었다. 당연히 소연무장 주위에 있던 몇몇 무인도 그런 흐름을 느끼고 다가오려 했다. 하지만 그들은 입구를 막아선 소무상의 살벌한 모습에 위축되어 돌아가야 했다.

그때였다.

"후!"

갑자기 황철이 큰 숨을 내쉬며 눈을 떴다. 순간 강렬한 안광이 일렁이더니 곧 사라졌다.

깨달음의 순간이 끝난 것을 직감한 하진월이 그를 향해 급히 다가갔다.

"형님."

"아우님, 여긴 어떻게?"

"검주께서 부르셨습니다."

"그랬군."

황철이 고개를 끄덕이며 소무상을 바라봤다. 소무상은 여전히 입구를 막아서고 있었다.

"고맙네! 이젠 그럴 필요가 없으니 이리 오시게."

"깨달음을 얻은 것을 축하드립니다."

"다 자네 덕분일세. 자네가 아니었으면 결코 얻지 못했을 거야."

"절대의 벽을 깨신 겁니까?"

"그렇지는 않네. 그렇게 쉽게 깨진다면 절대지경이라는 말이 나왔을까? 단지 넘어갈 수 있는 약간의 가능성을 보았네."

"축하드립니다. 가능성을 보았다면 근일간 반드시 넘어설 수 있을 겁니다."

"자네도 멀지 않았네. 그때까지 나도 자네와 계속 비무하겠네."

"감사합니다."

황철의 배려에 소무상이 미소를 지었다.

그때 하진월이 말했다.

"오늘은 잔치라도 벌여야겠군요. 형님이 깨달음을 얻은 날이니."

"별로 대단한 것도 아닐세. 남들에게 알릴 일도 아니고."

황철이 얼굴을 붉히자 하진월이 웃었다.

"하하! 그럼 우리끼리라도 조촐하게 술 한잔하시지요. 주안상을 마련하겠습니다."

"그러세!"

황철이 빙그레 미소를 지었다.

오늘은 기분이 좋은 날이었다. 갑자기 진무원이 보고 싶어졌다.

'공자님, 잘 계시지요?'

가경의는 감았던 눈을 떴다. 그런 그의 눈엔 온통 비통함만이 가득했다.

눈앞에 커다란 관이 놓여 있었다. 관 안에 든 시신은 각고의 노력 끝에 운중천에서 돌려받은 만추산이었다.

한때 파산마부라는 별호로 중원 전체를 공포로 몰아넣었던 살아 있는 재앙이 이젠 파리한 시신이 되어 돌아왔다. 그런 만추산의 모습에 가경의는 슬픔을 금치 못했다.

그때 누군가 가경의의 뒤쪽에서 걸어 나왔다. 만추산의 시신을 향해 묵묵히 걸음을 옮기는 이는 바로 흑익신창 우문천이었다.

"추산."

우문천의 눈가에 짙은 어둠이 드리워졌다.

남들에겐 공포의 존재로 군림했을지 몰라도 그에겐 수십 년을 동고동락해 온 동료이자 친우였다. 비록 마음에 들지 않을 때도 많았지만, 그래도 그와 오랜 세월을 함께해 온 정이 있었다. 그런 이의 죽음은 그에게도 큰 충격을 안겨주었다.

우문천이 손을 뻗어 만추산의 시신을 어루만졌다.

얼음장처럼 차가웠다. 그래도 그는 손을 떼지 않았다.

"마음껏 회포를 풀었느냐? 그렇다면 여한은 없을 터. 하지만 나는 가슴이 허하구나, 추산."

청풍마영 남천명에 이어 파산마부 만추산이 죽었다. 세상을 쩌렁쩌렁하게 울리던 사대마장 중 두 명이 벌써 목숨을 잃은 것이다. 목숨이 아깝지 않은 사람은 없겠지만, 그래도 두 사람의 죽음은 더욱 뼈아프게 느껴졌다.

가슴이 뻥 뚫린 것 같은 상실감과 밑바닥에서부터 차오르는 거대한 분노에 우문천은 몸을 떨었다. 하지만 그는 절대지경에 다다른 고수답게 금세 이성을 되찾았다.

그가 진정되길 기다려 가경의가 물었다.

"괜찮으십니까?"

"절대 괜찮지 않네."

"혹시……."

"걱정하지 말게. 분노에 눈이 멀어 군사의 대계를 망치는 일은 없을 테니까. 알지 않는가? 내가 어떤 성격을 가졌는지."

가경의가 고개를 주억거렸다.

세상 사람들은 사대마장이라고 하면 모두 같은 수준일 거라 생각하지만, 그들 사이에도 분명히 우열은 존재했다. 그 차이는 생각보다 컸다.

우문천은 사대마장 중에서도 최상위의 무력을 소유한 인물이었다. 아니, 사대마장이라는 테두리로 가둬둘 수 없는 무력의 소유자였다. 그런데도 그가 사대마장에 안주하는 것은 그의 사부, 사부의 사부가 모두 흑익신창이라는 별호에 만족했기 때문이다.

굳이 사대마장이라는 틀을 벗어던지면서까지 얻고 싶은 것도, 이루고 싶은 것도 없기에 만족하며 살아왔다. 하지만 이젠 사정이 달라졌다.

사대마장 중에 두 명이 죽었다.

이대로 놔두면 밀야의 사기가 바닥에 떨어지고 말 것이다.

더 이상 좌시하고 있을 수만은 없었다.

"언제까진가?"

"네?"

"운중천과 휴전을 하기로 한 날짜가."

"다음 달 초아흐레까지입니다."

"그냥 이대로 당하고만 있지는 않겠지?"

"물론입니다."

가경의의 눈이 섬뜩하게 빛났다.

*　　*　　*

은한설과 한선우는 눈앞에 흐르는 커다란 강을 바라보았다. 강폭이 족히 삼백여 장은 넘어 보였다. 다행히 그리 멀지 않은 곳에 강을 오가는 배가 묶여 있는 나루터가 보였다.

나루터에는 사공으로 보이는 오십 대 초반의 장년인이 앉아 있었다. 장년인은 배 위에 앉아 멍하니 강가를 바라보고 있었다.

한선우가 장년인에게 다가가 말을 걸었다.

"저기 강을 건너려고 하는데 지금 배를 띄울 수 있습니까?"

"물론이오."

사공이 반색을 하며 자리에서 일어났다.

강을 건너는 사람들을 태워주거나 강에 사는 고기를 잡아먹고 살았는데, 근래 들어 강을 건너려는 사람이 없어 수입이 크게 준 상태였다.

사공이 배를 띄우며 말했다.

"얼른 타시구려."

"알겠습니다."

한선우가 먼저 배에 타고 그 뒤를 은한설이 따랐다.

"허!"

인간 같지 않은 은한설의 외모에 사공이 자신도 모르게 탄성을 내뱉었다.

어린아이의 외모에서 벗어난 은한설은 그야말로 신비한 외모를 소유하고 있었다. 더군다나 그녀에게서는 범접할 수 없는 기품이 흘러서 절로 경외심이 들게 만들었다.

'정말 아름답구나.'

시골 무지렁이에 불과한 그가 언제 은한설같이 아름다운 여인을 보았을까? 그녀의 눈에 비친 은한설은 그야말로 월궁의 항아보다 아름다웠다.

하지만 은한설보다 더 그를 놀라게 한 것은 커다란 황소였다. 보통 소의 두 배는 됨직한 황아가 올라타자 배가 금방이라도 기울듯 뒤뚱거렸다.

"서, 설마 이 황소도 데리고 갈 거요?"

"그렇습니다. 배에 타고 있는 동안은 얌전히 있을 테니 걱정하지 마십시오."

한선우의 대답에도 사공은 불안한 표정을 지우지 못했다. 혹시라도 황아가 미쳐 날뛰면 모두가 물에 빠져 죽은 목숨이

기 때문이다. 하지만 그의 걱정과 달리 황아는 배 위에서 얌전히 있었다.

'허, 영물인가 보구나?'

무지렁이인 사공조차 황아가 보통의 황소가 아님을 깨달았다. 그는 서둘러 노를 저었다.

은한설은 배에 앉아 주변의 풍경을 바라보았다.

이제 여름도 확실하게 끝났는지 제법 공기가 차가웠다. 그러고 보니 울긋불긋 단풍도 조금씩 보이는 것 같았다.

예전 같았으면 절대 보이지 않았을 풍경이 보이기 시작했다. 은한설도 이제 그런 자신의 변화를 자각하고 있었다.

은혼심결(銀魂心決)을 익히면서 인간의 감성을 잃어버렸던 자신에게 변화가 일어났다. 삼 년 전 사건을 겪으면서 그녀의 가슴속에서 무언가 변화의 싹을 틔웠다.

이제 그녀는 주변의 변화를 실감할 수 있었고, 타인의 아픔을 이해할 수 있게 되었다. 그런 그녀의 변화는 너무나 극적이었지만, 그 사실을 알아차린 이는 몇 명 되지 않았다. 기껏해야 진무원과 하진월 등 극소수에 불과할 뿐이다.

'아직도 밀야에 있었으면 나는 이런 감정을 절대 느끼지 못했겠지.'

그래서 은한설은 밀야를 나온 것을 후회하지 않았다. 밀야에 있었다면 더 많은 것을 희생하고 살아야 했을 테니까.

배는 금방 출발했다. 배가 강을 삼분지 일쯤 건너갔을 때 한선우가 입을 열었다.

"이제 부현이 얼마 남지 않았네요."

"소군사의 고향이 이 근처라고 했지?"

"네! 이틀 정도만 말을 달리면 도착할 수 있는 조그만 마을입니다."

"들르고 싶지는 않아?"

"지금은 들르고 싶지 않네요."

"왜?"

"그냥 지금은 가볼 용기가 없어요. 나중에 더 잘돼서 가보려구요."

"그런가?"

은한설이 미소를 지었다. 왠지 한선우의 마음을 이해할 수 있을 것 같았다.

그때였다.

"으힉! 시, 시체다."

사공이 갑자기 강의 북쪽을 보며 경기를 일으켰다.

은한설과 한선우의 시선이 절로 사공이 바라보는 곳을 향했다. 두 사람이 동시에 얼굴을 찌푸렸다.

강을 따라 시신이 떠내려오고 있었다. 한두 구가 아니다. 언뜻 보아도 강 위에 떠 있는 시신의 수가 수십이 넘어 보였다. 그들의 몸에서 흘러나온 피가 강을 붉게 물들였다.

"이게 무슨 일이야?"

사공이 그 참혹한 모습에 넋을 잃었다.

시신이 가까이 떠내려올수록 짙은 피비린내가 후각을 자극했다. 은한설과 한선우는 미간을 찌푸린 채 떠내려오는 시신을 바라보았다.

한선우는 그중 배에 가까이 접근한 시신의 복장을 자세히 살폈다.

"아무래도 이들의 복장을 보니 석가장(石家莊)의 무인들 같네요."

"석가장?"

"예! 호남성의 성도인 장사(長沙)에 자리를 잡고 있는 거대 가문이에요. 비록 오대세가에는 미치지 못하지만, 그래도 삼백 년이 넘는 역사를 자랑해요. 막대한 금력을 바탕으로 호남성의 상권을 완벽하게 장악하고 있기에 누구도 무시 못 하는 힘을 갖고 있다고 해요."

"석가장의 무인이란 것은 어떻게 알아본 것이냐?"

"석가장의 무인들이 외부로 나갈 때는 독특한 표시를 갖고 다닌다고 해요. 바로 이들의 허리에 달려 있는 동패예요. 동패에는 이들의 이름과 직책이 적혀 있죠. 이들의 동패에는 석가장의 추혼대(追魂隊)라고 적혀 있네요."

"추혼대?"

"석가장에 큰 손해를 입혔거나 생사대적 등을 상대할 때 동원되는 정예 조직이라고 사부님이 말씀하셨어요."

"그렇구나."

은한설이 고개를 끄덕였다.

한선우는 나이는 어리지만 하진월의 가르침을 받아 폭넓은

지식을 가지고 있었다. 특히 강호의 문파들에 대해서 소상이 알고 있었다. 강호를 살아가는 군사가 제일 먼저 알아두어야 할 덕목이었기 때문이다.

"응?"

그때 은한설의 눈에 이채가 어렸다.

"왜 그러세요?"

"잠깐만……."

은한설은 대답대신 손을 뻗어 시신을 배 위로 끌어 올렸다.

"왜, 왜 그러십니까?"

그렇지 않아도 겁에 질려 있던 사공이 기겁을 했다. 하지만 은한설은 아랑곳하지 않고 시신의 상처를 자세히 살폈다.

은한설의 눈빛이 변했다.

석가장 무인의 시신은 무척이나 참혹했다. 특히 가슴 부분이 움푹 함몰된 채 뼈가 근육을 뚫고 나와 있어 더욱 참혹하게 보였다.

"어, 어떻게 하면 시신이 이렇게 되죠? 나는 우욱……."

한선우가 갑작스러운 구역질을 참지 못하고 배 밖에 토했다. 잠시 후 그가 고개를 들었을 때 얼굴이 핼쑥하게 변해 있었다. 하지만 은한설은 한선우에게 눈길 한번 주지 않은 채 중얼거렸다.

"막대한 압력으로 상대의 내부 장기를 파괴하는 내가중수법."

내가중수법 자체가 평범한 수법은 아니지만, 그렇다고 펼치는 사람이 아예 없는 것도 아니었다. 당장 강호만 통틀어봐도 내가중수법을 이 정도로 펼칠 수 있는 무인의 수만 백 명이 가볍게 넘어갈 것이다.

은한설이 집중한 것은 내가중수법 이면에 숨어 있는 지독한 효율성이었다. 보통의 내가중수법은 막대한 내공의 소모를 요하기 때문에 평상시 쉽게 펼치기 힘들다. 하지만 지금 강을 떠 내려오는 시신들 대부분은 내가중수법에 당한 흔적이 남아 있었다.

수십 구의 시신을 한꺼번에 내가중수법으로 격살하는 것은 매우 특별한 무공을 익혔을 때나 가능한 일이다. 그리고 은한설은 그런 무공을 익힌 자를 알고 있었다.

'설마……'

은한설은 자신의 생각을 부정했다. 중원이 얼마나 넓은데 하필 이런 곳에서 만난다면 그야말로 신의 장난이라는 생각이 들었기 때문이다.

은한설은 시신을 다시 강으로 집어넣었다. 그녀의 모습을 조용히 지켜보던 한선우가 물었다.

"혹시 아는 사람의 소행인가요?"

"글쎄! 아직은 확신하지 못하겠구나."

은한설이 고개를 저었다.

아직은 확실한 것이 아무것도 없었다. 섣불리 단정할 이유가 없었다.

"일단은 이곳을 빨리 빠져나가는 것이 급선무겠네요. 괜히 강호의 은원에 휩쓸려서 좋을 것이 없으니까요."

"그래!"

배가 강 건너에 도착하자 두 사람은 서둘러 셈을 치르고 자리를 뜨려고 했다. 하지만 그럴 수가 없었다.

"으악!"

"괴, 괴물이다."

강기슭 언덕 위쪽에서 사람들의 비명 소리가 울려 퍼졌다. 언덕 위쪽이라 보이지 않았지만, 짙은 피비린내와 사람들의 비명 소리가 치열한 싸움이 벌어지고 있다고 알려줬다.

"그럼 저는 이만……."

두 사람을 내려준 사공이 서둘러 다시 반대편으로 향했다. 괜히 강호인들의 분쟁에 끼어들고 싶지 않았다. 강호인들이 사람을 쉽게 죽이는 것은 사공이 더 잘 알고 있었다. 강호인들과 엮이는 것은 절대 사절이었다.

"휴!"

은한설이 나직이 한숨을 내쉬었다.

이제 와서 뒤돌아 가는 것은 너무 늦었다. 그렇다고 돌아갈 수도 없었다. 자신이 돌아갈수록 진무원을 만나는 것이 늦어지기 때문이다.

은한설이 한선우에게 말했다.

"가자."

"네!"

한선우가 힘차게 대답했다.

정체를 모르는 무인들이 싸우고 있단 사실에 겁도 살짝 나는 것이 사실이었지만, 그는 은한설을 믿었다. 그의 사부인 하진월도 인정하는 사람이 바로 은한설이었다.

두 사람은 백사장을 떠나 언덕 쪽으로 걸음을 옮겼다. 다행히 그들이 언덕 위에 도착했을 때는 싸움이 끝났는지 더 이상 병장기가 부딪치는 소리는 들리지 않았다.

대신 언덕 위에 석가장 출신 무인들의 시신이 이십여 구나 나뒹굴고 있었다. 그들의 가슴은 강에서 보았던 다른 이들처럼 움푹 함몰되어 있었다.

바닥엔 피 웅덩이가 고여 있었고, 무인들이 썼던 병장기가 수수깡처럼 박살 나 널브러져 있었다. 그 참혹한 모습에 한선우는 다시 한 번 토악질을 할 뻔했다.

"도, 도대체 상대가 누구기에 석가장이 이렇게 엄청난 희생을 치르면서까지 집요하게 추적을 할까요?"

바닥에 나뒹구는 시신들은 모조리 석가장의 추혼대 무인들이었다. 이렇게 엄청난 희생을 치르면서까지 집요하게 추적하는 대상이 궁금해졌다.

석가장은 기본적으로 상가(商家)였다. 상인이 주축을 이룬 가문인 만큼 이득이 없는 일에는 절대 나서지 않았다. 그런 그들이 이렇게 엄청난 희생을 치르면서도 물러서지 않는다는 것은 그만큼 뼛속 깊은 원한이 있다는 뜻이었다.

아무리 생각해도 석가장에 그만한 원한을 산 자가 있는지 쉽게 떠오르지 않았다. 한선우는 고개만 갸웃거리며 걸음을 옮겼다.

배에서 내린 직후부터 은한설은 입을 굳게 다문 채 아무런 말도 하지 않았다. 한선우도 무거워진 그녀의 분위기를 눈치채고 입을 다물었다.

두 사람은 말없이 걸음을 옮겼다. 다행히 더 이상 시신은 보이지 않았다. 아무래도 석가장의 추혼대가 전멸한 것 같았다. 한선우는 그렇게 생각했다.

하지만 얼마 지나지 않아 한선우는 자신의 생각이 틀렸음을 인정해야 했다.

"이곳이다! 놈이 이곳으로 도주했다!"

"놈이 부상을 입었다!"

그리 멀지 않은 곳에서 다시 사람들의 목소리와 병장기 부딪치는 소리가 들려왔다.

한선우가 자신도 모르게 고개를 들어 은한설을 바라보았다. 은한설의 눈빛은 그 어느 때보다 차갑게 가라앉아 있었다.

"저……."

심상치 않은 그녀의 분위기에 한선우는 말을 걸려다 말고 입을 꾹 다물었다.

병장기 부딪치는 소리가 점점 더 커지고 있었다. 은한설의 발걸음이 절로 그쪽을 향했다. 한선우는 입술을 꾹 깨문 채 그녀의 뒤를 따랐다. 겁이 났지만 은한설을 믿었다.

지금은 밀야에서 나왔지만, 한때는 사대마장 중 한 명이었던 은한설이다. 순수한 무력만을 따지만 그녀에게 맞설 자는 천하에 그리 많지 않았다.

얼마나 걸었을까? 갑자기 너른 공터가 나타났다. 공터 안에서는 석가장 스무 명의 무인이 단 한 명의 무인을 합공하고 있었다.

머리부터 발끝까지 온통 검은 피풍의를 뒤집어쓰고 있는 무인이었다. 언뜻 보면 마치 검은 그림자같이 보였다. 그의 전신에서는 무서운 사기(邪氣)가 폭발적으로 흘러나왔다.

휘류류!

그의 몸을 감싸고 있던 사기가 확장되는 순간 석가장의 무인들이 급히 뒤로 물러났다. 하지만 확장되었던 사기는 그리 오래가지 않고 다시 무인의 몸으로 흡수되었다.

"지금이다."

석가장의 무인들이 그 틈을 놓치지 않고 다시 달려들었다. 그들은 무인의 사기에 수많은 동료들을 잃었다. 하지만 그들의 희생은 헛되지 않아 석가장의 무인들은 검은색 일색의 무인을 상대할 방법을 찾아냈다.

그 때문에 검은 일색의 무인의 전신에도 상처가 하나둘씩 늘어나고 있었다.

그를 보는 순간 은한설의 눈빛이 흔들렸다.

천하에 수많은 무인이 존재하지만 저렇게 뚜렷한 특징을 가진 무인은 단 한 명밖에 없었다.

"사…… 령."

그녀의 입술을 비집고 나직한 음성이 흘러나왔다.

이제는 끊어졌다고 생각한 과거의 인연이 다시금 이어지고 있었다.

7장

하늘의 그물은 생각보다 촘촘하다

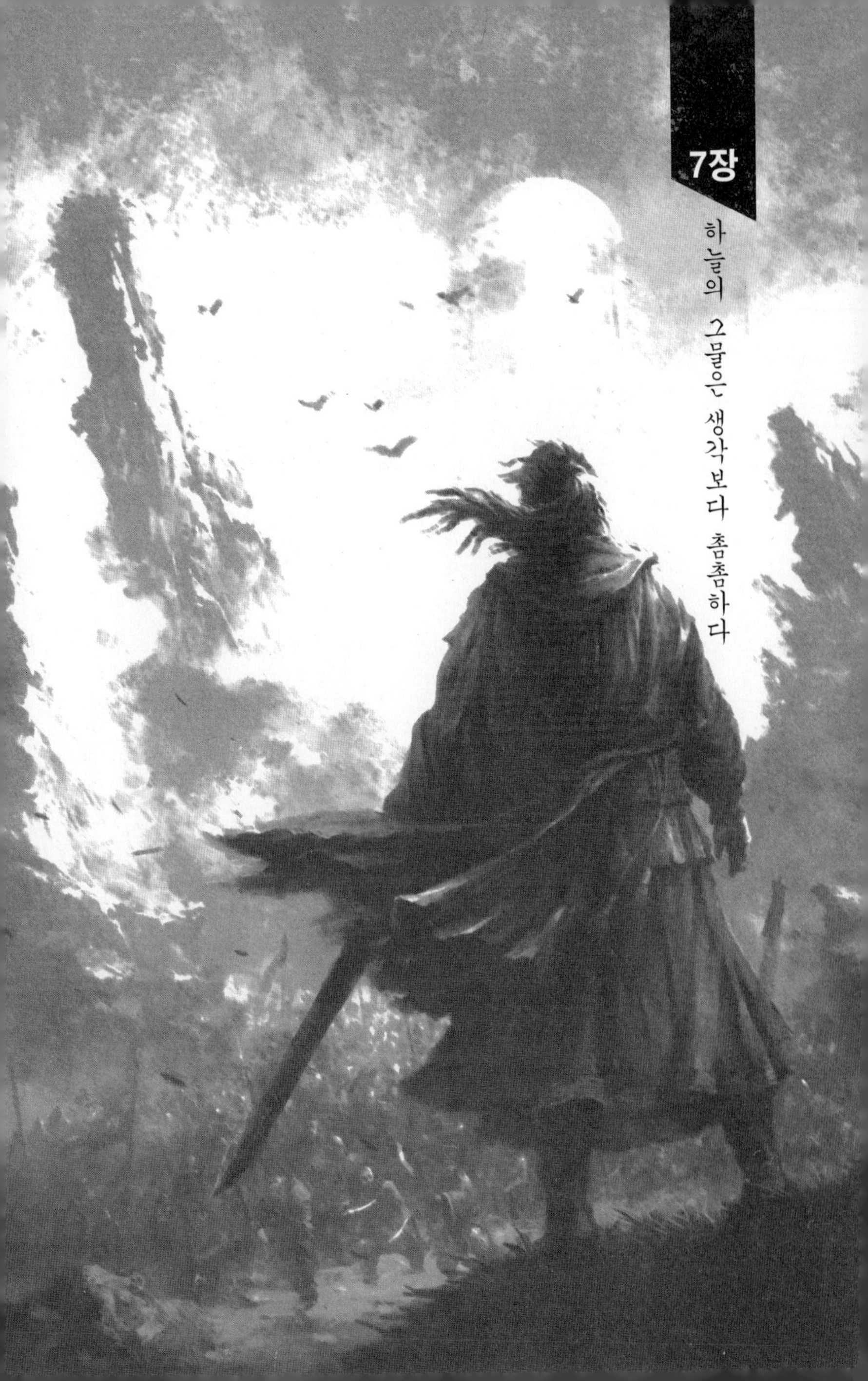

사령(邪令).

사부인 소금향의 충복이자 한때는 은한설을 소주라고 불렀던 무인이다. 은한설은 사령을 믿었지만, 그는 소금향의 명을 받고 자신의 광기를 폭발시키려 했다.

사령은 소금향의 그림자 같은 존재였다. 결코 외부에 모습을 보이는 일이 없는 사령이 밝은 대낮에 싸우는 것은 무척이나 이질적이었다.

사령의 특기는 은밀한 침투와 암살이었다. 야밤의 싸움에서는 그의 능력을 십분 발휘할 수 있지만, 백주 대낮에 싸우는 것은 그의 능력을 반감시킬 뿐 별반 도움이 되지 않았다.

사령도 그 사실을 알고 있었기에 어지간한 일이 아니고서는 대낮에 모습을 드러내는 일이 없었다. 그런 그가 백주 대낮에 다수의 무인들과 싸우고 있다는 사실 자체가 그만큼 위기에 몰렸다는 증거였다.

은한설은 말없이 사령을 바라보았다.

비록 실력을 십분 발휘할 수 없었지만, 사령의 무위는 가공했다. 하지만 그는 무척이나 지쳐 있었고, 전신에 심각한 상처를 입은 상태였다. 시간이 흐를수록 불리해지는 것은 바로 사령이었다.

석가장의 무인들 또한 그런 사실을 눈치채고 이제는 섣불리 사령을 공격하지 않았다. 대신 포위망을 좁힌 채 그가 더 지치길 기다렸다. 수많은 희생을 치르면서 사령의 약점을 파악한 것이다.

"헉헉!"

사령의 입술을 비집고 단내와 가쁜 숨이 흘러나왔다. 이젠 그도 한계에 달한 것이다.

'제기랄!'

표정 없던 사령의 얼굴에 암담함이 떠올랐다. 그만큼 상황은 최악이었다. 연이은 싸움으로 인해 그의 공력은 거의 바닥을 보이고 있었다. 이대로는 불과 일각을 버티지 못할 것 같았다.

'마지막 수를 써야 하는가?'

사령의 눈이 빛났다.

마지막 수는 바로 동귀어진의 수법이었다. 스스로를 폭사시

킴으로써 이들을 모조리 저승길로 데려가는 것이다.

목숨에 미련 따윈 없었다. 애당초 자신의 목숨에 그리 애정도 없기 때문에 망설일 이유도 없었다.

그가 내공을 폭주시키려 할 때였다. 갑자기 은백색의 인영이 전장에 뛰어들었다. 은백색의 인영은 순식간에 석가장의 무인들을 헤집고 들어와 사령의 앞에 도달했다.

사령이 눈을 크게 치뜨는 순간 은백색 인영이 그의 마혈을 제압했다. 워낙 순식간에 일어난 일이라 어떻게 대응할 틈이 없었다. 사령은 순식간에 정신을 잃었고, 은백색의 인영이 그를 어깨에 가볍게 짊어졌다.

"웬 년이냐?"

석가장의 무인들이 갑작스럽게 난입한 은백색 인영을 향해 노성을 터뜨렸다.

은백색 인영은 두꺼운 천으로 얼굴을 칭칭 동여매고 있어 본래의 모습을 알아볼 수 없었다. 하지만 굴곡진 몸매에 길게 늘어뜨린 머리카락으로 미뤄보아 여인이라는 것쯤은 쉽게 짐작할 수 있었다.

은백색 인영은 대답 대신 몸을 훌쩍 날렸다. 석가장 무인들이 급히 그녀를 막으려 했지만 소용이 없었다. 그녀는 몸을 몇 번 흔드는 것만으로 순식간에 포위망을 빠져나갔다.

석가장 무인들이 뒤쫓으려 했을 때는 이미 그녀의 모습은 보이지 않았다. 그야말로 가공할 경공술이었다.

"도대체……."

줄지에 닭 쫓던 개 꼴이 된 석가장의 무인들이 멍하니 바라보았다.

"뭐 하느냐? 어서 저것들을 쫓지 않고."

뒤늦게 우두머리 무인이 사태를 깨닫고 추적에 나섰다.

"으음!"

나직한 신음성과 함께 사령이 정신을 차렸다. 그가 눈을 뜬 후 제일 먼저 본 광경은 칠흑처럼 어두운 밤하늘이었다.

'내가 왜?'

사령은 눈을 끔뻑거리며 자신이 처한 상황을 이해하려 애를 썼다. 석가장 무인들에게 포위되어 동귀어진하려던 순간이 떠올랐다. 그리고 그 순간 개입한 은백색의 인영까지도.

사령이 급히 몸을 일으켜 주위를 둘러봤다. 한쪽에 모닥불을 피운 채 식사를 하고 있는 남녀와 주변의 풍경이 눈에 들어왔다. 그제야 사령은 자신이 본 밤하늘이 사실은 동굴의 천장이라는 사실을 알아차렸다.

"누구냐?"

사령이 공력을 끌어 올리며 그들을 경계했다.

다행히 공력의 운용에는 별 지장이 없었다. 어찌 된 것인지 이유는 알 수 없었지만 만신창이가 되다시피 했던 육신의 상처도 많이 나아 있었다. 하지만 사령은 그런 사실까지는 깨닫지 못하고 낯선 남녀를 경계했다.

그때 여인이 사령을 바라보았다.

처음 보는 얼굴이지만 어딘지 모르게 낯설지 않은 느낌.

유난히도 하얀 피부와 대비되는 푸른 기가 감도는 머리카락. 간간히 은광이 스쳐 가는 검은 눈동자를 보는 순간 사령의 몸이 벼락을 맞은 듯 부르르 떨렸다.

"설마?"

"오랜만이야, 사령."

여인의 목소리를 듣는 순간 사령의 동공이 크게 확장됐다.

"소…… 주십니까?"

"그다지 좋아 보이지 않네."

사령을 보고 있는 여인은 바로 은한설이었다. 그녀를 확인하는 순간 사령의 다리에 힘이 풀렸다.

"소주!"

사령이 제자리에 털썩 무릎을 꿇었다. 은한설은 그런 사령을 물끄러미 바라보았다. 사령의 눈동자가 걷잡을 수 없이 흔들렸다.

"살아계셨습니까?"

"운이 좋았어."

은한설은 담담히 대답했지만 사령은 그렇게 태연할 수 없었다. 그의 주먹에 힘이 절로 들어갔다.

"그동안 어디 계셨던 겁니까?"

"그것까지 사령에게 말해줄 이유는 없는 것 같은데."

"소주!"

"이제 난 밀야의 사람도 아니고, 사령의 소주도 아니야. 삼 년 전 그날 이후."

"그건 제 뜻이 아니었습니다."

"사부님의 뜻이었겠지. 하나 그렇다고 해도 사령이 나를 죽이려 했다는 사실은 변하지 않아."

"죄…… 송하다는 말은 하지 않겠습니다. 만일 그때로 돌아가 다시 저에게 선택권이 주어져도 주군의 말을 따랐을 테니까요."

"알고 있어. 그래서 나도 사령을 원망하지 않아. 사령은 원래 그런 사람이니까. 이젠 어떤 감정의 찌꺼기도 남아 있지 않아."

"그러면 저를 왜 구하셨습니까? 아무런 감정의 찌꺼기도 남아 있지 않다면 저를 구하지 않으셨어야 하지 않습니까?"

"궁금했어. 사령이 왜 석가장의 무인들에게 쫓기는지. 사부는 어디에 있는지."

은한설은 애써 담담하게 말했다.

솔직히 그녀의 심정은 매우 복잡했다. 사령까지야 어떻게 넘길 수 있을 것 같은데, 사부 소금향은 어떻게 받아들여야 할지 확신이 서지 않았다.

비록 그녀를 이용하려 했지만, 그래도 키워주고 무공을 가르쳐 준 사부였다. 소금향이 없었다면 지금의 그녀도 존재하지 않았다. 그 때문에 지금도 사령을 어떻게 대해야 할지, 사부를 만나면 어떤 반응을 보여야 할지 마음이 복잡하기만 했다.

사령이 그런 은한설의 속내를 모른 채 대답했다.

"주군의 명을 받아 석가장의 장주인 석주화를 암살했습니다."

"석가장의 장주를 왜?"

"석가장에서 부현 지부에 대규모로 물자를 지원한다는 정보가 입수되었기 때문입니다. 부현 지부에 물자가 지원되는 만큼 밀야의 무인들이 죽어나갈 것이기에 어쩔 수가 없었습니다."

"그래서 석가장의 추혼대가 나선 거군."

"처음엔 놈들을 우습게 봤습니다. 그래서 놀아줄 셈으로 적당히 상대했는데 그만……."

"늑대가 사냥개 무리의 역습에 당한 모양이네."

"그렇습니다."

"사부님은?"

"먼저 감천으로 가셨습니다. 아마 지금쯤이면 도착하셨을 겁니다."

"그래?"

은한설의 얼굴에 짙은 그늘이 드리워졌다.

괜스레 마음이 복잡했다.

그때 갑자기 사령이 은한설 앞에 무릎을 꿇었다.

"소주! 밀야로 돌아오십시오. 주군께서도 소주를 흔쾌히 받아들일 겁니다."

"사령."

"한 번의 실수라고 생각하십시오. 아시잖습니까? 주군께서 소주를 얼마나 끔찍이 생각하는지. 지금 밀야는 존망의 기로에 서 있습니다. 소주의 힘이 필요합니다."

사령의 목소리에는 절실함이 가득했다. 할 수만 있다면 힘으로 은한설을 제압해서라도 밀야로 데려가고 싶은 심정이었다.

"사령……."

"부디 밀야를 생각하셔서……."

"나는 돌아가지 않아. 내가 사령을 구한 것은 옛정을 생각해서지, 밀야로 돌아가기 위함이 아니야."

"소주! 어째서?"

"밀야보다 더욱 소중한 사람이 있어."

"설마?"

"그래! 나에겐 그가 밀야보다 훨씬 더 소중해."

은한설의 대답에 사령은 그만 눈을 질끈 감고 말았다.

*　　　*　　　*

황보중걸은 비칠거리며 걸음을 옮겼다. 그의 곁에는 현무대의 무인 서너 명이 같이 걷고 있었다. 그들의 얼굴은 벌겋게 달아올라 있었고, 입에서는 진한 주향이 흘러나오고 있었다.

그들은 휴전을 틈타 진탕 술을 마시고 돌아오는 길이었다. 그렇지 않고서는 견딜 수 없을 정도로 심신이 피폐해져 있었다.

"하여간 개 같은 세상이야. 제기랄!"

처음 이곳에 들어올 때만 하더라도 공을 세워 척마대에 들 겠다는 꿈을 가지고 있던 황보중걸이었다. 하지만 시간이 흐르면서 자신이 얼마나 허황된 꿈을 꾸고 있는지 현실을 깨닫게 되었다.

이곳은 지옥이었다. 죽이지 않으면 생존할 수 없는. 이곳에 강호의 낭만 따위는 존재하지 않았다. 이곳에 일단 들어오면 사람들은 점차 짐승이 되어간다.

인간성은 점점 메말라가고, 광기에 서서히 침습당하다 보면 어느새 짐승이 되어버린 자신의 모습을 깨닫게 된다. 그때는 너무 늦어서 자신의 몸에 배어버린 피비린내를 맡게 된다. 그 향은 너무 지독해서 아무리 목욕을 해도 지워지지 않고, 술을 마셔도 잊히지가 않는다.

그렇게 이곳에서 인간은 광기에 물든 짐승이 되어갔다. 황보중걸도 마찬가지였다. 현무대가 전쟁에 본격적으로 투입되면서 그 역시 피에 미쳐 가고 있었다.

사소한 일에도 광분을 하고, 동료들끼리 주먹질을 하는 것도 다반사였다. 그렇다 보니 현무대 내부의 분위기도 최악이었다.

"씨발! 개 같은 년. 지가 전쟁에 나가지 않으니까 좆도 모르지."

황보중걸의 입에서 평소 상상할 수도 없었던 욕이 쏟아져 나왔다. 같이 술을 마신 동료들이 그의 욕설에 동조했다.

"쌍년, 직접 칼을 들고 싸워보라지. 뭐, 작전을 따르지 않으면 군율에 의해 처벌하겠다고? 여기가 군이냐? 지가 군사면 다야? 엉?!"

"누가 아니라는가? 하여간 먹물 좀 먹었다는 것들은 세상 물정을 몰라서 문제야."

그들이 하나같이 욕을 하는 대상은 바로 서문혜령이었다.

이제까지 안전한 후방에 있다가 서문혜령의 명령에 의해 최전방에 투입되어 지옥을 경험했다. 그 후 그들은 늘 서문혜령을 욕했다. 그렇지 않고서는 견딜 수가 없었기 때문이다.

오늘도 그들은 술을 진탕 마시고, 서문혜령을 욕하는 것으로 화를 풀었다. 이렇게라도 하고 나면 그나마 속이 후련해졌다.

"으하하하!"

기분이 좋아진 황보중걸이 허공을 향해 앙천광소를 터뜨렸다. 같이 있던 동료들도 함께 웃었다.

한바탕 웃음이 지나간 후 그들은 다시 부현 지부로 걸음을 옮기려 했다.

그 순간 어둠 속에서 누군가 모습을 드러냈다.

"누구냐?"

게슴츠레한 눈으로 황보중걸이 상대를 바라보았다. 이상하게 얼굴이 흐릿했지만, 체형으로 미뤄보아 남자가 분명했다.

"흐흐!"

어둠 속에서 남자가 씨익 웃었다. 순간 황보중걸 등은 전신이 오싹해지는 느낌을 받았다.

황보중걸이 목소리를 높였다.

"웬 놈이냐고 물었다. 감히 우리가 누군지 알고 길을 막는 것이냐?"

"흐흐! 그것까지 내가 알아야 하나? 어차피 죽을 놈들인데."

"무슨?"

순간 남자가 황보중걸 등을 덮쳐 왔다. 마치 박쥐처럼 옷깃을 펄럭이며 달려드는 남자의 모습에 황보중걸이 기겁했다.

"미친!"

황보중걸은 급히 뒤로 물러나며 연거푸 세 번의 주먹질을 날렸다. 황보세가 비전의 권공인 천왕권(天王拳)의 구명절초인 천왕강림(天王降臨)의 수법이었다.

터터텅!

황보중걸의 주먹이 연이어 남자의 몸을 두들겼다. 하지만 그의 주먹에 담긴 경력은 남자의 몸에 닿기 무섭게 사라졌다.

황보중걸이 눈을 크게 치떴다.

"흐흐!"

순간 남자의 수도에 핏빛 기운이 맺혔다. 남자는 핏빛 기운이 맺힌 수도로 황보중걸의 목을 후려쳤다.

서걱!

마치 날카로운 칼에 베인 것처럼 황보중걸의 머리가 몸통에서 떨어져 나갔다. 그 모습이 너무나 비현실적으로 보였다.

"중걸!"

"젠장! 습격이다!"

황보중걸의 동료들이 그제야 사태의 심각성을 깨닫고 반격하려 했다. 하지만 그보다 남자의 움직임이 훨씬 빨랐다. 남자의 몸에서 핏빛 기운이 칼날처럼 쏘아져 갔다.

"크헉!"

순식간에 동료들이 목숨을 잃고 바닥에 쓰러졌다.

황보중걸과 무인들을 죽인 남자의 얼굴에는 짜증스러운 빛이 가득했다.

"빌어먹을! 모용율천."

그는 바로 조운경이었다. 조운경이 황보중걸을 비롯해 남자들의 시신에 손을 대었다. 그러자 그의 손바닥으로 피가 흡수되었다. 그제야 조운경의 얼굴에 어려 있던 짜증이 조금은 가셨다.

"자유 좀 누리려고 했더니 이렇게 족쇄를 채워놓다니."

그가 익힌 십자혈마공에는 치명적인 부작용이 있었다. 바로 여인들의 피를 주기적으로 공급받아야 한다는 것이다. 그것도 혈마단을 복용한 여인들의 피로. 남자들의 피로는 약간의 갈증을 덜어주는 것밖에 안 됐다.

혈마단을 먹은 여인들의 피를 주기적으로 공급받으려면 결국 모용율천과 무적세가에 의지할 수밖에 없었다.

"크으! 제기랄!"

조운경의 눈에 어린 혈광이 더욱 짙어져만 갔다.

이젠 돌아갈 시간이었다.

＊　　　＊　　　＊

"아미타불! 잠시 다녀오겠소."

설공이 거처를 나섰다. 밖에서 누군가 그를 찾는단 이야기를 들었기 때문이다. 반 시진 전에 우태천이 나가고, 이번엔 설공까지.

진무원이 미간을 살짝 찌푸렸다. 무언가 께름칙한 느낌이 들었다.

'기우이길 바라지만……'

진무원이 그렇게 중얼거리고 있을 때 누군가 다가왔다.

"무슨 생각을 그리 하시는 건가요?"

조용히 말을 건네는 여인은 바로 남수련이었다.

"아무것도 아닙니다."

"머릿속이 복잡하신 것 같은데요?"

"사실은 그렇습니다."

결국 진무원은 순순히 인정을 할 수밖에 없었다.

남수련의 표정 또한 진무원만큼이나 복잡했다. 이제 그녀는 진무원이 단천운이 아니라는 사실을 알고 있었다.

진무원은 운중천과 큰 원한을 맺고 있었다. 결코 양립할 수 없는 사이란 뜻이었다. 그가 정체를 숨기고 이곳에 들어온 이유는 너무나 뻔했다.

'결국은 복수겠지.'

진무원이 옳다는 것은 알고 있었다. 하지만 그렇다고 마냥 진무원을 지지할 수만은 없었다.

그녀는 무산파의 제자였다. 무산파는 운중천과도 밀접한 관계를 맺고 있었다. 무엇보다 운중천은 지금 밀야와 전쟁 중이었다. 운중천이 무너지면 중원 전체가 밀야의 손에 넘어갔다. 그런 최악의 경우는 어떻게든 막아야 했다.

"앞으로 어떻게 하실 건가요? 계속 이렇게 단천운으로 살아가실 건가요?"

"당분간은 그럴 생각입니다."

"너무 위험해요. 진 소협의 마음은 알겠지만 언제까지 이곳에서 타인의 이름으로 살아간다는 것은 불가능해요. 차라리 이대로 은거를 하시는 것이 어때요? 밀야를 상대하기 위해선 반드시 운중천이 필요해요."

남수련 딴에는 진무원을 위해서 하는 말이기도 했다. 하지만 진무원은 가볍게 고개를 저었다.

"죄송합니다, 남 소저."

"계속 그렇게 운중천과 대립하겠다는 뜻이군요. 휴!"

"이미 그들과 저는 너무 먼 길을 걸어왔습니다. 바닥부터 쌓인 은원이 남 소저의 말 한마디로 풀 만큼 그리 가볍지 않습니다."

"그렇군요! 저야말로 죄송해요. 괜히 속 좁은 아녀자의 식견으로 진 소협의 심기를 어지럽힌 것이 아닌가 싶네요. 제 말은 잊어버리세요."

남수련의 사과에 진무원이 미소를 지었다. 남수련이 자신을 배려해서 한 말이란 것을 알기 때문이다.

　　진무원이 말을 돌렸다.

　　"그러고 보니 연 소저가 보이지 않는군요."

　　"그녀는 아침 일찍 외출했어요."

　　"그런가요?"

　　진무원이 미간을 찌푸렸다. 무언가 불길한 느낌이 들었다. 그것은 강렬한 예감이나 마찬가지였다.

　　"부탁 좀 하나 들어주시겠습니까?"

　　"무슨?"

　　"지부 밖 남쪽에 있는 저잣거리에 가면 공방이 모여 있을 겁니다. 그중에서 유일하게 간판이 없는 공방이 있을 겁니다."

　　"공방은 왜?"

　　"그곳에서 청인이라는 사람을 찾아 제 말을 전해주십시오."

　　"도대체……."

　　남수련이 도무지 영문을 알 수 없다는 표정을 지었다. 하지만 진무원의 진지한 얼굴을 보고 있자니 그가 진심이라는 것을 알 수 있었다.

　　"휴! 알았어요. 무슨 말을 전하면 될까요?"

　　"그에게……."

　　진무원의 목소리가 점점 낮아졌다. 마침내 진무원의 말이 끝나자 남수련이 확인이라도 하듯 물었다.

　　"그렇게만 전해주면 되는 건가요?"

"그렇습니다."

"알았어요. 그리 어려운 일도 아니네요."

"감사합니다."

남수련의 흔쾌한 대답에 진무원이 미소를 지었다. 하지만 그의 미소는 남수련이 밖으로 나간 뒤 거짓말처럼 사라졌다.

'기우였으면 좋겠는데……'

그때였다.

갑자기 문을 통해 일단의 무인들이 우르르 쏟아져 들어왔다. 한눈에 봐도 범상치 않은 기세를 풍기는 무인들이었다. 부현 지부의 정예 무인들이었다.

그들 중 수장으로 보이는 이가 진무원을 향해 다가왔다.

"단 소협."

"무슨 일입니까?"

"단 소협을 모셔오라는 서문 대협의 명을 받고 왔습니다."

"서문 대협?"

"그렇습니다. 저희와 함께 가시지요."

수장의 말은 매우 정중했다. 하지만 그가 뿜어내는 기세는 매우 강렬했다.

"내가 가지 않으면?"

"저희는 반드시 모셔오라는 명을 받았습니다. 명을 따를 뿐입니다."

순간 무인들이 진무원을 에워쌌다. 여차하면 공격하겠다는 의지를 온몸으로 발산하고 있었다.

전방위 감각에 외부에서 움직이고 있는 일단의 움직임이 감지됐다. 그들은 진무원이 머물고 있는 거처를 포위하고 있다.

진무원이 고개를 끄덕였다.

"알겠습니다."

"따라오십시오."

진무원은 수장을 따라갔다. 그런 진무원을 향해 무인들이 감시의 눈길을 번뜩였다. 밖으로 나오자 더욱 많은 이들이 근처를 포위하고 있는 모습이 보였다.

분위기가 심상치 않게 돌아가고 있었다. 경직된 공기와 일대를 지배하는 정적이 그 사실을 증명해 주고 있었다.

무인들이 진무원을 데려간 곳은 서문화의 거처였다. 서문화의 거처 앞마당에는 서문화가 서 있었다.

"단 소협을 모시고 왔습니다."

"흠!"

그제야 서문화가 뒤를 돌아봤다. 그의 눈빛은 무섭도록 차갑게 가라앉아 있었다.

진무원이 먼저 입을 열었다.

"부르셨습니까?"

"미안하네. 바쁠 텐데 이리 보자고 해서. 하나 꼭 확인해야 할 것이 있어 불렀네."

"그게 뭡니까?"

"자네의 정체."

"무슨 말씀이십니까?"

"말했잖은가? 자네의 정체를 확인하고 싶다고. 자네는 누군 가?"

"제가 단천운인 것은 세상이 다 알고 있습니다만."

"모두가 그렇게 알고 있지. 하나 그것만이 전부는 아니라는 것도 알고 있네."

"전 서문 대협이 무슨 말을 하는 건지 모르겠군요."

"계속 그렇게 잡아뗄 건가?"

서문화의 눈빛이 차가워졌다. 그러자 주위의 공기가 순식간 에 싸늘하게 식었다. 하지만 진무원은 여전히 태연한 표정이 었다.

"이게 무슨 도깨비장난인지 모르겠군요. 가만히 잘 있는 사 람을 불러서 뜬금없는 소리나 하시고. 그냥 차라리 속 시원히 말씀하시지요."

"흠! 그렇게 나온단 말인가? 좋네. 그렇다면 내 더 이상 돌려 말하지 않지."

"원하는 바입니다."

"현현소…… 자네가 죽였는가?"

"왜 그렇게 생각하십니까?"

"지난 며칠 동안 나는 현현소의 시신을 살폈네. 그 때문에 잠을 전혀 자지 못했지."

서문화가 손짓을 했다. 그러자 수하들 몇 명이 현현소의 시 신이 누워 있는 수레를 밀고 들어왔다.

죽은 지 며칠이나 되었지만 현현소의 시신은 아직 살아 있는 것처럼 생생했다. 생전에 소유했던 강대한 내공이 시신의 부패를 막아주고 있는 것이다. 현현소의 시신에는 보기에도 끔찍한 상처가 입을 벌리고 있었다.

"자네의 눈에는 이 상처가 도끼에 당한 상처로 보이는가?"

"그렇지 않단 말입니까?"

"일반적인 도끼라면 그렇겠지. 하나 만추산의 도끼는 어린아이 몸통만 한 대부라네. 그의 도끼질에 격중당했다면 결코 이 정도에서 끝날 리가 없지. 도끼만큼 날카로우면서 좀 더 가벼운 무기에 당한 것이 분명하네."

"그럼 도나 검에 당했단 말입니까?"

"나의 추측은 그렇다네."

"그렇다면 진정한 흉수는 따로 있다는 거군요."

"정확하네. 자네는 확실히 똑똑하군."

서문화의 눈매가 좁아졌다.

"그게 저라는 겁니까?"

"맞네! 나는 자네를 의심하고 있네."

"저의 무기는 봉이지 검이나 도가 아닙니다만."

"자네 수준의 무인이라면 그 정도야 얼마든지 위장할 수 있지. 그렇지 않은가?"

"비약이 심하시군요."

"비약이라…… 흠!"

서문화가 현현소의 시신을 향해 다가갔다. 그가 손으로 현현소의 상처를 헤집었다. 그러자 시뻘건 근육과 뼈가 드러났다.

"자네의 말처럼 봉같이 뭉툭한 무기로는 이런 상처를 낼 수 없지. 하지만 기를 칼날처럼 얇게 응축할 수 있다면 봉으로도 전혀 불가능할 것 없지. 그렇지 않은가?"

"그럴 수도 있겠군요."

"그래! 전혀 불가능한 일이 아니지. 특히 자네같이 무공이 뛰어난 자에게는."

"그렇다고 범인이 저라는 것을 인정하는 것은 아닙니다. 저는 현현소 대협이 돌아가실 때 다른 기재들과 함께 있었습니다."

"그런 말을 할 줄 알고 저들을 불렀네."

서문화가 손짓을 하자 반대쪽 문에서 우태천, 설공, 연소소 등이 들어왔다.

이번엔 진무원의 눈매가 좁아졌다. 그가 우려했던 최악의 상황이 벌어졌음을 직감했기 때문이다.

"저들과 함께 있었다고 했는가?"

"그렇습니다."

"하지만 저들은 자네를 못 봤다고 하는군. 자네가 마지막에 합류하기는 했지만 초반에는 자네가 있는지도 몰랐다고 하는군."

"난전이었습니다. 흑암대에 둘러싸여 있었으니 몰랐을 수도 있지요."

"대단하군. 그렇게까지 말을 번지르르하게 하다니. 확실히 자네도 정말 보통 사람은 아니야."

서문화가 미소를 지었다. 반대로 분위기는 더욱 싸하게 식었다.

이제까지 침묵을 지키던 우태천이 갑자기 삿대질을 하며 소리쳤다.

"놈이 흉수가 분명합니다. 놈이 부현에 들어온 이후 이상한 일들이 연이어 일어났습니다. 밀야의 야주를 암살하려는 계획은 극비였습니다. 하지만 미리 기다렸다는 듯이 놈들은 함정을 파고 기다렸습니다. 내통자가 기밀을 유출한 것이 분명합니다. 저는 놈이 내통자라고 생각합니다."

"자네의 말에 책임을 질 수 있나?"

"물론입니다. 조사해 보면 다 나올 겁니다."

우문천은 당당했다. 그만큼 거리끼는 것이 없다는 뜻이었다.

서문화의 시선이 설공을 향했다.

"자네의 생각은 어떤가?"

"아미타불! 저는 잘 모르겠습니다. 하지만 싸움 초반 그를 보지 못한 것은 사실입니다. 그러나 그렇다고 단 소협이 배신자라는 이야기는 아닙니다. 아까도 이야기했다시피 흑암대에 포위되어 있어 주위의 상황을 파악할 여력이 없었으니까요."

"하지만 의심스러운 것은 사실이지?"

"그건……."

설공이 머뭇거렸다. 하지만 서문화는 그의 말을 더 이상 듣지 않았다. 그는 이미 진무원을 흉수라고 단정 짓고 있었다. 설공 등에게 물어본 것은 어디까지나 요식행위에 지나지 않았다.

상황은 진무원에게 불리하게 돌아가고 있었다. 이미 서문화는 진무원이 흉수라고 확신하고 일을 진행하고 있었다. 진무원이 어떤 말을 하든 간에 그는 절대로 의심을 풀지 않을 것이다.

서문화가 진무원을 노려봤다. 그의 눈에서 광망이 폭사되어 나오고 있었다.

"다시 한 번 묻지. 자네는 누군가?"

"내 이름은 단천운입니다."

"아니, 당신은 단천운이 아니에요."

그때 누군가 그들의 대화에 끼어들었다. 고개를 돌리니 묘령의 여인이 사뿐사뿐 걸어오고 있었다.

"서문…… 혜령."

"당신은 단천운이 아니에요. 진짜 단 소협은 절대로 당신과 같은 무위를 가질 수 없어요."

"무슨?"

"이미 공작문이 있던 곳에 사람을 보내 조사해 봤어요. 그곳 사람들이 말하는 단천운과 소협의 외모는 사뭇 달라요. 이래도 계속해서 본인이 단천운이라고 우기실 건가요?"

서문혜령의 입꼬리가 말려 올라갔다. 승자의 미소였다.

앞에는 서문화, 뒤에는 서문혜령, 그리고 수많은 무인들이 포위하고 있다. 진무원은 독 안에 든 쥐였다. 서문혜령은 그렇게 확신하는 듯했다.

그때 서문화가 앞으로 나섰다.

"내 근래 들어 한 가지 충격적인 소식을 들은 적이 있지."

"……."

"바로 이름도 알려지지 않은 무인이 적엽진인을 죽였다는 거라네. 그러면 마령제 현현소도 충분히 죽일 수 있겠지. 아닌가? 살천랑."

서문화의 목소리가 차갑게 울려 퍼졌다.

*   *   *

우태천 등이 숨을 죽이고 진무원을 바라보았다.

살천랑(殺天郎), 하늘을 죽인 남자.

천하에 수많은 고수들이 존재하지만 그 이름만큼 충격을 주는 존재는 그리 많지 않았다.

아홉 하늘의 일인인 적엽진인을 죽이면서 충격적으로 세상에 등장한 절대의 무인. 그가 왜 적엽진인을 죽였는지는 세상에 알려지지 않았다.

적엽진인을 죽인 후 그는 신비롭게 모습을 감췄다. 남은 것은 살천랑이라는 가공할 별호뿐, 얼굴도 이름도 알려지지 않았다. 그런데 지금 서문화는 단천운이 살천랑이라고 단정하고 있었다.

우태천이나 설공의 입장에서는 그야말로 마른하늘의 날벼락을 맞은 것만큼이나 충격적인 사실이었다.

그러나 정작 진무원은 침묵을 지킨 채 서문화를 바라볼 뿐이었다. 한없이 깊고 유현한 눈빛, 하지만 서문화에겐 무척이나 께름칙하게 느껴졌다.

진무원은 모든 것이 들통났음을 깨달았다. 더 이상 우기는 것은 그 어떤 의미도 없었다.

생각을 정리한 진무원이 마침내 입을 열었다.

"어떻게 알았습니까?"

"나를 너무 우습게 보는군. 난 귀제갈일세. 이 정도로 나의 눈을 속이려 했다는 사실 자체가 나를 우습게 본 거지."

서문화의 목소리에는 은은한 살기가 담겨 있었다.

그때 서문혜령이 진무원을 향해 다가왔다.

"대체 무슨 목적으로 접근해 온 거죠? 적엽진인과 마령제는 왜 죽인 건가요?"

"……."

"아홉 하늘의 둘을 죽일 정도의 무공이라면 정당히 세상에 모습을 드러냈어도 능히 위명을 떨쳤을 터. 그런데도 불구하고 은밀히 그들을 죽였다는 것은 세상에 얼굴을 드러내지 못할 이유가 있다는 뜻. 아닌가요?"

서문혜령의 말은 무척이나 날카로웠다. 뛰어난 두뇌와 날카로운 직관력이 결합되어 진실에 가까운 추리를 했다.

진무원은 그런 서문혜령에게 내심 감탄을 금치 못했다. 문득 무섭다는 생각이 들었다. 서문혜령이란 날개를 단 담수천이 어디까지 올라갈지 쉽게 가늠이 되지 않았기 때문이다.

그때 문득 서문혜령이 고개를 갸웃거렸다.

예전에도 느낀 거지만 진무원의 모습은 무척이나 익숙했다. 단지 외적인 부분이 아니라 그가 지닌 독특한 기질과 분위기를 어디선가 경험해 본 적이 있는 것 같았다.

'분명 나는 저와 같은 자를 본적이 있다. 그는…….'

그 순간 머리를 강타하는 이름 하나.

"설마 진무원?"

추측을 뒷받침할 만한 그 어떤 근거도 없다. 그저 막연한 추측일 뿐이다. 하지만 일단 진무원을 떠올리자 모든 정황이 딱 맞아떨어지며 머릿속을 장악했던 짙은 안개가 싹 걷혔다.

때로는 여자의 직감은 중간 과정을 뛰어넘어 진실에 도달하기도 한다. 그 말도 되지 않는 일이 서문혜령에게 일어났다.

서문혜령의 말을 들은 서문화가 미간을 찌푸렸다. 처음엔 말도 안 된다고 생각했다. 하지만 '진무원'이라는 단어가 이상하게 귀에 맴돌았다.

'진무원은 분명 삼 년 전에 죽었지 않았던가? 그는 만장절벽에서 떨어져 시체도 찾지 못할…….'

순간 그의 머릿속이 번쩍였다.

시신을 찾지 못했다? 그 말은 곧 죽지 않았을 수도 있다는 뜻이다. 하지만 처음에 보고를 받았을 때는 그렇게 생각하지 않았다.

인간은 원래 믿고 싶은 사실만 믿는다. 근거가 부실하면 여러 가지 정황적 증거를 조작하면서까지 스스로 믿고 싶은 사실을 뒷받침한다.

서문화는 그런 경우를 많이 봐왔고, 그래서 서문세가의 제자들에게도 항상 그런 것들을 경계하라고 이야기해 왔다. 하지만 막상 자신 역시 그런 실수를 하고 있었다.

서문화의 눈빛이 변했다.

"정말 진…… 무원인가?"

그의 음성이 덜덜 떨려 나오고 있었다.

만일 서문혜령의 추측이 사실이라면 천하가 격동할 일이다. 진무원이 살아 있는 것만으로도 놀라운데 단천운과 살천랑이 그의 다른 모습이라니.

당금 강호를 쩌렁쩌렁 호령하고 있는 젊은 영웅들이 정말 전부 진무원의 화신이라면 운중천은 그의 손에서 놀아난 꼴이다. 서문화는 차라리 서문혜령의 짐작이 틀리길 빌었다. 정말 단천운이 진무원으로 드러나면 그때 느낄 굴욕감과 비참함을 견딜 자신이 없었기 때문이다.

모두가 숨을 죽인 채 진무원을 바라보고 있었다. 그들의 가슴이 거세게 두근거리고 있었다. 정말 서문혜령의 추측이 사실이라면 그들은 강호 최대의 비밀을 엿보게 되는 건지도 몰랐다.

진무원의 눈빛이 깊이 침잠됐다. 더 이상 정체를 숨긴다고 될 일이 아니라는 것을 깨달았기 때문이다.

'차라리 잘된 일일지도……'

생각을 정리한 진무원이 고개를 들었다.

뚜두둑!

순간 진무원의 얼굴 근육이 이리저리 변하기 시작했다. 사람들은 그런 진무원의 모습을 숨을 죽인 채 바라보았다.

"으음!"

마침내 진무원이 본래의 얼굴을 되찾았을 때 서문혜령은 자신도 모르게 침음을 흘렸다. 설마 했던 추측이 사실로 드러났다. 그야말로 최악의 상황이 벌어진 셈이다.

"진…… 소협."

"진무원."

곳곳에서 경악스러운 탄성이 터져 나왔다.

단지 얼굴이 바뀌었을 뿐인데 모든 것이 변했다.

기도, 분위기, 그리고 일대를 장악하는 가공할 존재감까지.

삼 년 전 북검이라는 별호로 강호를 질타했던 진무원의 진실된 모습에 우태천 등은 그만 숨을 죽이고 말았다.

단순히 자신들보다 조금 더 강한 후기지수일 뿐이라고 생각했었다. 그래서 질시도 했었다. 하지만 상대는 감히 그가 가늠할 수 없는 거물이었다.

살천랑이라는 별호 하나만으로도 놀라 까무러칠 지경인데, 북검이라는 위대한 별호까지 가지고 있다. 한 사람이 어떻게 이렇게 다양한 모습으로 활동하고, 또 극의에 달할 수 있는지 불가사의했다.

"진무원!"

서문화가 이를 악물었다. 그의 볼살이 푸들푸들 떨리고 있었고, 꽉 쥔 주먹에는 굵은 힘줄이 지렁이처럼 불거져 나와 있었다.

진무원은 운중천 최대의 위험 요소였다. 운중천의 정당성을 부정할 수 있는 유일한 존재. 그의 상징성에 비하면 가공할 무력은 두 번째 문제다.

아직도 강호에는 진무원과 북천문을 추억하는 자들이 많았다. 그들은 진무원이 강호의 전면에 나서는 순간 동조할 확률이 높았다.

'반드시 제거해야 한다.'

사안이 커져도 너무 커졌다.

단순히 적엽진인이나 현현소를 죽인 자를 처단하는 정도의 일이 아니었다. 운중천 최대의 적이 부활해서 눈앞에 있다. 지금 반드시 그를 제거해야 했다. 그 어떤 수를 쓰더라도.

"서문세가와 운중천의 무인들은 모두……."

"잠깐!"

서문화가 총공격령을 내리려는 순간 낯익은 음성이 끼어들었다.

나직하지만 거역할 수 없는 힘이 담긴 묵직한 목소리에 모두의 이목이 집중됐다.

월동문을 지나 한 사내가 걸어오고 있었다. 당당한 체구에 사자의 기세를 흩뿌리는 남자는 바로 담수천이었다.

그의 등장에 서문화와 서문혜령의 눈동자가 흔들렸다.

일부러 담수천에게 비밀로 한 일이었다. 그의 성정을 익히 알고 있기 때문이다.

"수천."

서문혜령이 불렀지만 담수천은 무심히 그녀를 지나쳤다. 그런 그의 얼굴에는 한 줄기 옅은 미소가 떠올라 있었다.

"수…… 천."

담수천의 눈을 보는 순간 서문혜령은 뻗었던 손을 거둬들일 수밖에 없었다.

그의 눈은 순수한 열망으로 가득 차 있었다. 그의 눈빛이 향한 곳에 바로 진무원이 서 있었다.

담수천이 진무원의 앞에 섰다. 그가 미소를 지우지 않은 채 입을 열었다.

"역시 진 소협, 아니, 진 형이었구려."

"담 형에겐 죄송합니다. 언제부터 알고 계셨습니까?"

"처음 만난 그 순간부터 그렇지 않을까 추측했지만, 확신할 수 없기에 아는 척을 할 수 없었다오."

"그렇군요."

진무원이 고개를 주억거렸다.

담수천의 몸에서는 패기가 흘러나오고 있었다. 강함에 대한 열망, 정상을 오르기 위한 야망, 그 순수한 감정을 모를 진무원이 아니었다.

담수천은 입장과 신분을 떠나서 진무원과 싸우길 고대하고 있었다. 하지만 진무원은 담수천과 달리 여유롭게 싸울 형편이 아니었다.

정체가 드러난 이상 이곳은 적진이나 마찬가지였다. 보이는 모든 이가 모두 적이라고 할 수 있었다. 한가하게 담수천과 누가 더 강하냐를 놓고 싸울 여유가 없었다. 하지만 담수천을 넘지 않고서는 이곳을 빠져나갈 수 없는 것이 현실이었다.

'아홉 하늘 중 한 명인 서문화, 창룡검제를 이긴 담수천, 그리고 십자혈마공을 익힌 조운경까지……'

거기에 얼마나 더 많은 병력이 자신을 잡기 위해 투입될지 알 수 없었다.

진무원이 담수천을 똑바로 바라보았다.

"나를 막을 겁니까?"

"지금이 아니면 진 형과 싸울 기회가 오지 않을 것 같아서 말입니다."

진무원이 대답 대신 고개를 주억거렸다. 담수천이 절대 물러서지 않을 거란 사실을 확인했기 때문이다.

한편 담수천의 등장에 서문화가 난처한 표정을 지었다 그 때문에 진무원을 합공하는 것이 여의치 않았기 때문이다. 담수천은 반드시 그 혼자만의 힘으로 진무원을 상대하려는 의지를 보이고 있었다.

자신이 비록 아홉 하늘의 일원이라지만, 담수천을 무시할 수는 없었다. 담수천 역시 순수 무력으로 아홉 하늘의 일원인

창룡검제 비사원을 누른 절대 강자. 그가 고집을 부린다면 존중해 줘야 했다.

서문화가 서문혜령에게 전음을 보냈다.

[일단 수천이 놈을 상대하도록 해라. 그사이 우리는 천라파멸진을 준비한다.]

'하나 천라파멸진은…….

[미리 대비하기 위함이다.]

서문화의 강경한 말에 서문혜령은 어쩔 수 없이 고개를 끄덕이는 것으로 대답을 대신했다.

천라파멸진은 서문세가 비전의 진법이다. 거기다 삼중 사중의 포위망이 또 겹쳐져 있다. 결국 진무원이 이곳을 빠져나갈 확률은 없다고 봐야 했다.

그 순간 담수천의 몸에서 새하얀 빛이 흘러나오기 시작했다. 그의 독문 무공인 성광류(聖光流)를 운용하기 시작한 것이다.

진무원은 선택의 여지가 없음을 깨달았다.

담수천은 다른 생각을 하면서 상대할 수 있을 만큼 녹록한 상대가 아니었다. 그와 비슷한 시기에 태어나 이 시대를 지배하고 있는 기린아였다.

그를 상대하려면 자신 역시 최선을 다해야 했다.

진무원은 그림자 내력을 움직였다. 그러자 그의 몸에서도 은은한 기운이 흘러나오기 시작했다.

담수천의 입가에 어린 미소가 짙어졌다.

"드디어……."

그토록 고대하던 순간이다.

진무원은 그가 유일하게 적수로 인정하는 젊은 무인이었다. 그는 항상 진무원과 싸우는 순간을 고대해 왔었다. 오늘은 꿈이 이뤄지는 날이었다.

휘류류!

성광기가 그의 몸을 휘돌았다.

"아!"

"저것이 성광기?"

마치 천신이 강림한 듯 신비로운 모습에 모두가 탄성을 내뱉었다.

먼저 움직인 것은 담수천이었다.

대지를 박찼다 싶은 순간 담수천은 어느새 진무원의 코앞에 도달해 있었다.

후웅!

담수천의 주먹이 진무원의 얼굴을 향해 날아왔다. 순간 진무원이 단봉을 휘둘렀다.

까앙!

쇳소리와 함께 두 사람의 몸이 동시에 흔들렸다. 하지만 그것도 잠시, 이내 두 사람이 격렬하게 움직이기 시작했다.

담수천의 손가락이 허공을 긁는가 싶더니 빛 무리가 진무원의 눈앞에서 터졌다. 강렬한 빛에 진무원의 눈이 잠시 시력을 잃었다. 하지만 진무원은 당황하지 않았다. 그에겐 전방위 감각이 있기 때문이다.

그의 단봉이 담수천의 겨드랑이를 노리고 날아갔다. 담수천은 팔을 접어 겨드랑이를 보호하며 왼발을 축으로 몸을 돌렸다.

그의 몸이 팽이처럼 돌아가더니 오른발이 채찍처럼 튀어나왔다. 원심력에 유연함이 더해져 파괴력이 극대화됐다.

예상치 못한 담수천의 발길질에 진무원은 단봉으로 전신을 보호했다.

콰앙!

엄청난 충격에 진무원의 몸이 뒤로 튕겨 나갔다. 담수천이 그런 진무원을 따라붙었다. 순간 진무원이 신형을 뒤집더니 단봉을 상하로 그었다.

스가악!

담수천의 옷자락이 잘려 나갔다. 멈추는 것이 조금만 늦었으면 옷이 아니라 가슴이 잘려 나갈 뻔했다.

진무원의 검술은 매우 독특했다. 검강은커녕 검기를 쓰지도 않는다. 그런데도 검이 이루 말할 수 없이 날카로웠다. 더군다나 그의 무기는 날카로운 검이 아닌 뭉툭한 단봉이었다. 믿을 수 없는 무위였다.

"좋구나!"

담수천은 자신도 모르게 그렇게 소리치며 진무원을 향해 연이어 십이 권을 내질렀다.

콰르르릉!

엄청난 경력이 담긴 주먹질에 공기가 떨리며 뇌성이 울려 퍼졌다.

진무원은 단봉으로 담수천의 경력을 하나씩 해소해 나갔다. 만일 직접 만든 단봉이 아니었다면 진즉에 부서졌을 만큼 담수천의 일격에 담긴 힘은 엄청났다.

두 사람의 격돌 여파는 방원 오십여 장에까지 미쳤다. 그 때문에 근처에 포위망을 구축하고 있던 무인들은 급히 뒤로 물러나야 했다.

"저, 저게 인간의 싸움?"

"북검과 무제, 저들은 이미 우리가 짐작할 수 있는 수준을 아득히 벗어났구나."

두 사람의 대결은 사람들이 상상할 수 있는 한계를 아득히 벗어나 있었다.

그들은 인간의 육체와 감이 가진 묘리를 최대한 풀어내고 있었다. 그들이 펼치는 단순한 초식이 바로 신공절학이 되었다.

"으하하!"

담수천이 웃었다.

드디어 전력을 다해도 될 상대가 눈앞에 있었다. 몇 번의 손속을 교환함으로써 그 사실을 확실히 알았다. 상대는 그야말로 호적수라고 불러도 될 인물이었다.

그가 본격적으로 성광류를 풀어내기 시작했다.

하늘이 새하얀 빛으로 물들어갔다.

　성광류는 크게 권공(拳功), 퇴법(腿法), 강기공(罡氣功)으로
이뤄져 있었다. 성광기를 바탕으로 하기 때문에 각각의 무공
도 위력이 대단하지만, 진정한 위력은 세 개의 무공을 연계시
킬 때 나온다.

　성광류에서도 가장 강대한 위력을 자랑하는 초식 중 하나인
삼연광륜격(三聯光輪擊)은 권공에 속해 있었다. 담수천은 이제
까지 삼연광륜격 하나만으로도 거의 적수를 찾지 못했다.

　그가 유일하게 최선을 다했던 인물은 바로 창룡검제 비사원
뿐, 그 외 누구도 그에게 진신 실력을 발휘하게 하지 못했다.
하지만 진무원은 달랐다.

　쉬악!

검은 단봉이 허공을 가로질러 일직선으로 날아왔다. 검로가 단순해서 어렵지 않게 피할 수 있을 것 같았지만 현실은 달랐다.

검로를 분쇄시키는 그 순간 다른 파생 검로가 탄생해 요혈을 위협했다. 그 때문에 담수천도 몇 번이나 위기의 순간을 넘어야 했다. 하지만 그는 웃고 있었다.

온몸의 신경이 활시위처럼 팽팽하게 일어서며 감각의 영역이 무섭게 확장됐다. 이런 느낌은 실로 오랜만이었다.

긴장감 없는 비무나 격이 떨어지는 상대와의 싸움으로는 절대 경험할 수 없는 생생하게 살아 있다는 느낌. 그는 항상 이런 순간이 오길 고대했었다.

콰우우!

담수천이 삼연광륜격을 펼쳤다.

통상의 삼연광륜격이 아니다. 무상의 퇴법인 공선퇴(空線腿)에 몸을 실은 삼연광륜격이었다.

진무원이 그에 대응해 멸천마영검 제이식인 북천벽(北天壁)을 펼쳤다.

쩌어엉!

검의 벽과 주먹이 격돌하는 순간 엄청난 폭풍이 몰아쳤다. 그에 휩쓸린 사람들이 가랑잎처럼 사방으로 날려갔다. 두 다리로 멀쩡히 서 있는 자는 서문화를 비롯해 몇 명 되지 않았다.

"허!"

서문화가 기가 막히다는 듯이 고개를 저었다.

두 사람이 강하다는 것은 이미 알고 있었다. 그 무력이 이미 자신을 위협할 정도라는 것도. 하지만 알고 있는 것과 눈으로 보는 것에는 많은 차이가 있었다.

저들은 단순히 이용할 수 있는 수준을 아득히 벗어나 있었다. 도저히 또래의 젊은이라고 생각되지 않는 강력함과 무공에 대한 깊은 이해. 자신과 운중천이 구축한 질서를 무너뜨릴 만한 심각한 위협이었다.

진무원을 놓치면 그 후환이 어디까지 미칠지 감히 짐작조차 할 수 없었다. 지금은 담수천을 배려해 줄 때가 아니었다.

'제거해야 한다. 어떤 수를 써서라도 반드시!'

그가 뒤쪽에 조용히 서 있던 서문중일을 향해 눈짓을 했다. 그러자 서문중일이 알아들었다는 듯이 고개를 끄덕였다.

서문중일이 수하들을 향해 전음을 보냈다. 그러자 주위에 포진하고 있던 서문세가 무인들의 진영에 은밀한 변화가 일어났다.

서문혜령도 그런 사실을 눈치챘다. 그녀는 서문화가 어떤 수를 쓰려고 하는지 이미 알고 있었다. 그 수법이 펼쳐지면 어떤 결과가 닥칠지도.

'어떡하지?'

담수천은 오직 혼자서 진무원과 싸우길 바랐다. 그가 이번 싸움을 얼마나 고대했는지 잘 알기에 서문혜령은 갈등할 수밖에 없었다.

그런 서문화의 마음을 읽었는지 서문화가 입을 열었다.

"냉정해지거라. 너는 수천의 연인이지만, 본 가의 일원이기도 하다. 수천 개인의 명예만 생각할 게 아니라 대국을 읽고 판단해야 한다."

"할아버지?"

"어차피 명예는 수천이 가져갈 거야. 우리는 실리를 챙긴다. 그것이 우리 가문의 임무다."

서문혜령이 입술을 질근 깨물며 진무원과 담수천의 싸움을 지켜봤다.

두 사람의 싸움은 호각이었다. 누가 압도한다고 볼 수 없는 상황이었다. 그녀의 눈에는 싸움의 향방이 어떻게 될지 보이지 않았다.

담수천이 이길 수도 있겠지만, 진무원이 이길 수도 있다. 그 사실이 그녀의 가슴을 못내 무겁게 만들었다.

"알…… 겠어요."

결국 그녀는 서문화의 제안에 응할 수밖에 없었다.

가슴이 무거웠지만 어쩔 수 없었다. 담수천도 결국은 자신을 이해할 거라고 생각했다.

"잘 생각했다."

서문화가 미소를 지었다. 이미 그럴 거라 생각했기 때문이다.

쾅!

그 순간 굉음이 울려 퍼졌다.

진무원과 담수천의 싸움이 절정을 향해 치닫고 있었다.

담수천의 미간에서 빛이 번쩍였다. 성광류를 삼안류라는 이명으로 불리게 만든 제삼의 눈, 심안이었다.

담수천은 진무원이 초식을 펼치기도 전에 그의 의도를 읽고 틈을 공격했다. 하지만 진무원 역시 그의 의도를 눈치채고 방어했다.

숨 한 번 들이쉴 동안 이뤄지는 수십 차례의 공방.

불꽃이 튀고, 공기가 격하게 흔들렸다.

성광류가 빛을 토하고, 멸천마영검의 그림자가 주위를 잠식해 갔다. 빛과 그림자가 섞이거나 밀어내면서 공간을 이지러뜨렸다.

마치 세상의 종말이 온 듯한 모습에 설공이 몸을 떨었다.

"아미타불! 본 승은 그야말로 우물 안의 개구리였구려. 겨우 이런 실력을 가지고 천하가 좁네, 어떠네 했으니……."

우태천이나 연소소 또한 마찬가지 심정이었다.

"제기랄!"

"칠소천…… 이젠 그 별호를 부끄러워서 쓰지 못할 것 같네요. 하늘 위의 하늘이라더니."

연소소가 고개를 흔들면서 밖으로 걸음을 옮겼다.

이 자리에 더 이상 있을 자신도, 싸움을 지켜볼 자신도 없었다. 지독한 자괴감에 서 있을 기력도 없었다. 한시라도 빨리 이 자리를 뜨고 싶었다.

그렇게 연소소는 전장을 빠져나갔다. 그것이 운중천에서의 그녀의 마지막 모습이었다.

연소소가 자리를 빠져나감에도 누구 한 명 그녀에게 신경을 쓰지 않았다. 그들의 신경은 온통 진무원과 담수천에게 꽂혀 있었다.

담수천은 진심으로 진무원에게 감탄을 했다. 자신이 어떤 수법을 펼치더라도 진무원이 무리 없이 막아냈기 때문이다. 하지만 이제는 슬슬 결판을 내야 할 때였다.

담수천이 발산하는 빛이 더욱 강렬해졌다. 성광류의 위력을 가장 극대화할 수 있는 성광승천강기(聖光昇天罡氣)를 펼치려는 것이다.

진무원도 담수천의 조짐이 심상치 않음을 눈치채고 멸천마영검의 마지막 초식인 무영계(無影界)를 준비했다.

"챠핫!"

두 사람이 동시에 움직였다.

푸화학!

빛과 검이 격돌하는 순간 서문화가 외쳤다.

"지금이다. 천라파멸진을 발동하라."

"개진!"

순간 일대를 포위하고 있던 서문세가의 무인들이 일제히 움직였다.

천라파멸진(天羅破滅陣).

서문세가에서 절대고수들을 상대하기 위해 수백 년의 세월을 투자해 만들어낸 절세의 진법이었다. 서문세가의 무인들은 언제라도 천라파멸진을 펼칠 수 있도록 평소에도 연습을 부단히 한다.

대일인 살상용으로는 소림사의 백팔나한진을 능가한다는

천고의 진법이 오직 진무원 한 명을 노리고 펼쳐졌다.

순간 엄청난 압력이 진무원을 짓눌렀다. 무영계를 펼치던 진무원은 갑작스러운 압력에 검을 끝까지 뻗지 못했다.

"크윽!"

엄청난 압력으로 그의 얼굴에 굵은 핏줄이 툭툭 튀어나오고 두 눈의 실핏줄이 온통 터져 세상이 붉게 보였다.

그사이 담수천의 성광승천강기가 진무원의 전신을 강타했다.

쿠와앙!

"커억!"

성광승천강기에 강타당한 진무원이 신음과 함께 무려 이십여 장이나 튕겨져 나갔다.

"이게 무슨 짓입니까?"

진무원의 신형이 밖으로 튕겨 나가는 것을 본 담수천이 사나운 시선으로 서문화와 서문혜령을 노려보았다. 하지만 서문화는 눈썹 하나 깜빡이지 않고 말했다.

"강호의 공적을 제압하는 일일세. 자네에겐 미안하지만 어쩔 수가 없었네."

"그럼 내가 북검에게 질 거라고 생각했단 말입니까?"

"다 자네를 위해서 한 일일세."

담수천이 노기를 드러냈지만, 서문화 또한 만만한 상대가 아니었다. 담수천이 서문화를 향해 다가가려는 순간 서문혜령이 앞을 막아섰다.

"미안해요, 수천. 하지만 우리의 원대한 목표를 생각하세요. 여기서 멈출 시간이 없어요."

"당신마저?"

"원망은 나에게 하세요. 지금은 할아버지와 척을 질 때가 아니에요."

"이익!"

담수천의 얼굴이 험악하게 일그러졌다. 금방이라도 주먹을 휘두를 듯 경련을 하던 그가 다음 순간 힘없이 뒤돌아섰다. 족히 십 년은 늙은 듯한 모습이었다. 그만큼 서문화와 서문혜령에게 큰 실망을 한 것이다.

"수천?"

서문화가 불렀지만 담수천은 대답하지 않고 장내를 빠져나갔다.

그제야 서문화가 소리쳤다.

"무얼 하느냐? 어서 놈을 잡아 오지 않고."

천라파멸진을 펼쳤던 서문세가의 무인들이 진무원이 추락한 곳을 향해 달려갔다.

성광승천강기에 격중당한 진무원은 중상을 입은 듯 꼼짝도 하지 못하고 있었다. 서문세가의 무인들이 피투성이가 된 진무원의 양어깨를 잡아 일으켰다.

서문중일이 진무원의 손에 들려 있던 단봉을 저 멀리 던져 버렸다. 그사이 서문화와 서문혜령이 다가왔다.

서문화의 얼굴에는 승자의 미소가 걸려 있었다. 하지만 그는 한 치의 방심도 하지 않았다.

그가 품속에서 비수를 꺼내 서문중일에게 던져 줬다. 마치 악어의 이빨처럼 톱니가 삐쭉 튀어나온 기형의 비수였다. 손잡이에는 혀를 내밀고 있는 귀신의 형상이 양각되어 있었다.

"이건?"

"마병 귀혈비(鬼血匕)다. 귀혈비로 놈의 단전을 파괴하거라."

귀혈비는 마기를 머금고 있다. 때문에 귀혈비에 상처를 입으면 마기가 침투해 혈도가 완벽하게 파괴된다. 그래서 마병이라 불리는 것이다.

단전은 내공을 담아두는 그릇, 한번 파괴되면 두 번 다시 회복되지 않는 곳이다. 그런 단전을 귀혈비로 파괴하겠다 함은 진무원의 무인으로서의 삶을 완벽하게 끝내겠다는 의지였다.

서문화는 멀찍이 떨어진 채 서문중일을 바라봤다. 진무원의 단전을 파괴하기 전까지는 한 발짝도 더 다가오지 않을 모양이었다. 혹시라도 진무원이 진짜 상처를 입은 것이 아닐지도 모른다 의심하는 것이다.

끝까지 의심을 풀지 않는 그의 모습은 영락없이 여우를 연상케 했다. 돌다리도 두들겨 보고 건너는 그의 치밀함이 지금의 서문세가를 만들었다 해도 과언이 아니었다.

서문중일이 귀혈비를 들고 진무원에게 다가섰다.

푸욱!

귀혈비가 거침없이 진무원의 단전을 파고들었다.

"커억!"

순간 혼절해 있던 진무원이 피를 토하며 눈을 크게 치떴다.

서문중일은 귀혈비로 진무원의 단전을 거침없이 휘저었다.

그극!

잠시 후 그가 꺼내 든 귀혈비에는 뜯겨 나온 살점이 고스란히 묻어 있어 참혹함을 더했다.

그제야 서문화가 만족스러운 미소를 지으며 진무원을 향해 다가왔다.

"단전이 파괴되었으니 너도 이제 보통의 사람이나 다름없구나. 아니, 내공을 잃었으니 보통 사람만도 못한 셈인가?"

진무원이 대답 대신 이를 악물고 서문화를 노려보았다. 하지만 서문화는 아랑곳하지 않고 진무원을 조소했다.

"그렇게 노려본다고 해서 네가 할 수 있는 일은 아무것도 없다. 내공을 모조리 잃었으니 그렇게 가공할 검공도 아무런 소용이 없지."

"크윽! 당…… 신 뜻대로 되었소. 이제 나를 어떡할 셈이오?"

"서문세가로 데려가겠다. 그곳에서 너는 북천문의 모든 절학을 우리에게 털어놓게 될 것이다."

서문화의 눈에 탐욕의 빛이 떠올랐다.

적엽진인에 이어 현현소까지 죽인 진무원이다. 그야말로 가공할 검공의 소유자였다. 그런 진무원의 검공을 얻을 수 있다면 서문세가는 또 한 번 도약할 수 있을 것이다.

"뜻밖이구려. 모용율천에게 데려갈 줄 알았는데."

"그는 나의 훌륭한 친구이자 주군이지. 하지만 그렇다고 그에게 모든 것을 바칠 이유는 없지. 지금 당장은 서문세가가 무적세가에 뒤져 있지만, 이런 것들이 토대가 되어 언젠가는 무적세가를 넘게 될 것이다. 다음 세대, 아니면 그다음 세대에라도 말이다."

"꿈이 원대하군요. 나는 그저 당신이 모용율천의 충복이라고만 생각했는데."

"충복이 맞다. 나는 그가 시키는 그 어떤 것이라도 할 것이다. 하지만 그와 별개로 힘을 쌓는 것은 서문세가의 태상가주로서 당연히 해야 할 의무지. 그때 가서 후대가 어떤 선택을 할 건지는 그들의 몫이다."

서문화가 비릿한 미소를 지었다.

승자는 그였다. 당연히 마음이 느슨하게 풀어졌다.

이제 서문세가로 진무원을 압송해 가 그의 무공에 담긴 비밀을 풀 것이다. 이건 서문세가가 도약하기 위한 천재일우의 기회였다.

서문화가 손을 뻗어 진무원의 턱을 붙잡아 자신과 시선을 맞췄다.

"너의 불행이라면 북천문에서 태어난 것. 그로 인해 이 서문화와 적이 되었다는 것이다. 흐흐! 이렇게 쉽게 제압할 줄 알았다면 굳이 그렇게 많은 준비를 할 필요도 없었을 텐데."

"할아버지."

뒤에서 서문혜령이 불렀지만, 승리의 감정에 취한 서문화는 아랑곳하지 않고 말을 이었다.

"이제 북검이라는 별호도, 북천문도 모두 철저하게 잊어질 것이다. 역사란 결국 승자의 것. 너와 북검문은 그렇게 존재했었단 사실도 지워질 것이다."

서로의 숨결이 느껴질 만큼의 지근거리였다. 평소 다른 사람들을 자신의 곁에 오게 하는 법이 없는 서문화로서는 꽤나 파격적인 행위였다. 그만큼 계략으로 진무원을 제압한 자신에게 고취되어 있었다.

그때 진무원이 힘겹게 입을 열었다.

"그거 알고 있습니까?"

"뭐가 말이냐?"

"내가 익힌 내공은 딱히 단전을 필요로 하지 않다는 것을."

"뭣이?"

서문화가 눈을 치뜨는 순간 이제까지 힘없이 축 늘어져 있던 진무원이 벼락처럼 일어났다. 양팔을 잡고 있던 무인을 떨쳐 버림과 동시에 그의 활짝 펼쳐진 손바닥이 서문화의 가슴을 강타했다.

콰앙!

"크헉!"

벽력탄이 터지는 소리와 함께 서문화의 몸이 훌훌 뒤로 날아갔다. 진무원이 몸을 날려 그런 서문화를 따라붙으며 손을 뻗었다. 그러자 바닥에 나뒹굴던 단봉이 그의 손으로 쑥 빨려 들어왔다.

"할아버지!"

뒤쪽에서 서문혜령의 비명에 가까운 목소리가 들려왔다. 하지만 진무원은 아랑곳하지 않고 단봉을 휘둘렀다.

스가악!

"으악!"

단봉이 서문화의 가슴을 훑고 지나갔다. 살이 베어지고 근육이 갈라졌다. 그 사이로 드러난 뼈와 내부 장기가 단숨에 두 동강이가 났다.

'이 내가…… 이럴 수는 없…….'

서문화의 눈에 믿을 수 없다는 빛이 떠올랐다. 하지만 그 빛은 너무나 빠르게 소멸됐다.

서문화의 몸이 마치 버려진 고깃덩이처럼 바닥을 나뒹굴었다. 흙먼지를 뒤집어쓴 채 꿈쩍도 하지 않는 서문화. 절명한 것이다.

서문화의 죽음을 확인한 진무원은 그의 시신을 박차고 허공으로 몸을 날려 훌훌 사라졌다.

서문화는 강했다. 하지만 그는 직접 싸우는 것보다 계략을 쓰는 것을 즐겨 했다. 또한 구 할 이상의 성공 확신이 없으면 그 어떤 위험도 감수하려 하지 않았다.

그런 조심성이 이제껏 그를 지켰지만, 역설적으로 실전에 대한 감은 떨어지게 만들었다. 진무원은 그래서 서문화가 방심하길 기다렸고, 기꺼이 단전을 내줬다. 그의 그림자 내공은 단전의 이면에 자리를 잡고 있기 때문이다.

성공을 장담할 수 없었지만, 그의 도박은 성공했다.

"할아버지."

뒤늦게 서문혜령이 서문화의 시신을 부여잡고 절규를 했다. 하지만 서문화의 몸은 이미 싸늘하게 식어가고 있었다.

서문혜령이 진무원이 사라진 방향을 노려보며 소리쳤다.

"어서 추적하세요. 서문세가, 운중천의 전 전력을 모조리 동원해서라도 그를 내 앞으로 잡아 와요."

허무하게 혈육을 잃은 그녀의 눈동자 안에는 광기가 소용돌이치고 있었다.

"으아아! 진무원!"

그녀의 처절한 절규가 부현 지부에 메아리쳤다.

*   *   *

"크윽!"

진무원이 잠시 멈춰 섰다.

서문화를 죽이기 위해 목숨을 건 도박을 했다. 결과는 성공이었지만, 그 대가로 그가 얻은 내상은 결코 가볍지 않았다.

다른 사람도 아닌 담수천의 진신 내력이 담긴 강기였다. 그림자 내력으로 최대한 몸을 보호하긴 했지만, 심맥이 흔들리고 주요 대맥들이 망가졌다.

갈비뼈가 부러져 폐를 찌르고 있는지 숨쉬기조차 힘들었고, 얼굴은 파리하게 질려 있었다. 이 상태로 움직이는 것 자체가 신기할 정도였다. 하지만 움직여야 했다.

그는 아직 부현 지부를 빠져나가지 못했다. 아직도 포위망은 견고했다. 일단 포위망을 뚫고 부현 지부를 빠져나가야 했다.

진무원은 이를 악물며 걸음을 옮겼다.

"저기다."

그를 발견한 무인들이 들개 떼처럼 달려왔다.

살기 가득한 얼굴로 달려오는 그들을 향해 진무원이 단봉을 휘둘렀다. 순식간에 십여 명의 무인이 비명을 내지르며 뒤로 나가떨어져 전열이 흐트러졌다.

진무원은 그 틈을 놓치지 않고 몸을 날렸다. 하지만 저들의 대응도 만만치 않았다. 어느새 뒤쪽에 나타난 새로운 전력이 빈자리를 매운 것이다.

진무원은 쉽게 빠져나갈 수 없음을 깨달았다.

서문세가의 무인들이 곳곳에 포진해 지휘를 하고 있었다. 당연히 포위망이 견고해질 수밖에 없었다.

무인들이 포위망을 완성한 채 조금씩 다가오고 있었다. 개중에는 진무원이 얼굴을 알고 있는 현무대의 무인들도 다수 있었다. 현무대의 대주인 윤주천도 보였고, 남중경 등의 얼굴도 보였다.

평소라면 감히 진무원에게 덤빌 엄두도 내지 못했을 터지만, 진무원이 상처를 입는 모습을 보였다. 산중의 대호도 상처를 입고 움직이지 못하면 여우의 밥이 되게 마련이었다.

'놈을 잡으면 불같은 명성을 얻게 된다.'

'북검을 죽인 자, 단숨에 강호의 기린아가 될 것이다.'

그들의 얼굴엔 숨길 수 없는 욕망의 빛이 떠올라 있었다.

"놈은 부상당했다. 겁먹지 말고 공격하라."

"와아아!"

윤주천의 명령에 기회만 노리던 무인들이 일제히 진무원을 향해 달려들었다. 하지만 정작 윤주천은 무인들의 뒤에서 호시탐탐 기회만 노렸다.

진무원이 상처를 입었지만, 당장 쓰러질 거라고는 생각하지 않았다. 그는 진무원이 더 지칠 때까지 기다려 공격할 생각이었다.

'토끼몰이를 하듯 놈을 몰아붙이다 보면 기회가 올 것이다. 그때를 노린다.'

그렇게 윤주천이 계산을 하고 있을 때였다.

갑자기 진무원을 향해 달려들던 무인들의 전열이 크게 출렁였다. 윤주천이 영문을 알지 못해 눈을 크게 치뜨는 순간이었다.

퍼엉!

갑자기 굉음과 함께 십여 명의 무인이 사방으로 튕겨 나갔다. 전열이 붕괴되고 그 사이로 진무원이 모습을 보였다.

타탁!

진무원은 단 두어 번의 도약으로 윤주천의 지척으로 쇄도해 들어왔다.

"무슨?"

윤주천이 기겁을 하며 점창파의 비전 검공인 사일검법(射日劍法)을 펼치려 했다. 하지만 그가 검을 뽑는 것보다 진무원의 단봉이 더 빨랐다.

콰직!

"컥!"

단봉이 윤주천의 목을 강타했다. 목젖이 움푹 함몰되고, 두 눈이 튀어나올 듯 크게 치떠졌다. 순간 진무원의 팔꿈치가 그의 관자놀이를 강타했다.

윤주천은 비명도 지르지 못하고 절명했다.

그 대가로 진무원 역시 다른 무인들에게 가볍지 않은 상처를 입어야 했다. 하지만 원하던 소기의 성과를 얻었다. 윤주천을 죽이면서 지휘 체계를 붕괴시킨 것이다.

윤주천을 잃은 현무대가 일시적으로 혼란에 빠지자 전체적인 움직임이 느슨해졌다. 서문세가의 무인들이 다시 전열을 정비하려 했지만 소용이 없었다. 진무원이 그들보다 빨리 움직였기 때문이다.

"컥!"

진무원은 명령을 내리는 서문세가의 무인들을 중점적으로 공격했다. 그러자 전열이 크게 흐트러졌다. 진무원은 그 틈을 놓치지 않고 밖으로 몸을 놀렸다.

"놈이 일 차 저지선을 뚫었다! 어서 추격하라!"

등 뒤로 무인들의 당혹한 음성이 들려왔다.

진무원은 그들을 뒤로하고 무서운 속도로 내달렸다. 하지만 그의 질주는 얼마 지나지 않아 이 차 저지선에서 다시 막혔다.

그곳에는 일 차 저지선보다 더 많은 무인들이 대기하고 있었다. 더구나 뒤에서는 일 차 저지선을 형성했던 무인들이 달려오고 있었다. 자칫하다가는 앞뒤로 끼여 오도 가도 못하는 신세가 될 수 있었다.

'돌파한다.'

진무원이 이를 악물었다.

이 이상 무리하면 상처가 어디까지 악화될지 짐작조차 할 수 없었다. 하지만 망설이다가 기회를 놓치면 그나마 마지막 남은 탈출 기회를 아예 잡지 못할 수도 있었다.

"챠핫!"

진무원이 멸천마영검 제삼식 단천해를 펼쳤다.

쉬가악!

보이지 않는 무형의 검기가 횡으로 퍼져 나갔다. 선두에서 달려들던 무인들이 이상한 느낌에 잠시 고개를 갸웃거렸다.

순간 그들의 허리에 한 줄기 혈선이 생겨났다.

"무슨?"

"어?"

하지만 의문을 풀기도 전에 그들의 몸이 허리에서부터 잘려 나가며 무너져 내렸다. 그렇게 순식간에 수십 명의 무인이 목숨을 잃었다.

"으으!"

그 광경을 본 다른 무인들이 진저리를 쳤다.

그들이 감히 상상도 할 수 없는 광경이었다. 인간이 이렇게 쉽게 죽을 수도 있다는 사실이 그들에게 큰 충격을 안겨주었다.

스윽!

진무원의 눈이 그들을 훑고 지나가는 순간 손이 덜덜 떨려오고, 발이 땅에 붙은 듯 떨어지지 않았다. 본능적인 공포에 몸이 언 것이다.

진무원이 다시 몸을 날렸다. 너무 큰 공포에 몸이 언 무인들은 감히 그를 막을 생각을 하지 못했다.

털썩!

진무원이 사라지자 눈이 마주쳤던 무인들이 그만 다리에 힘이 풀려 바닥에 주저앉고 말았다. 어떤 이들의 바지춤에서는 노란 액체가 흘러나오고 있었다.

"뭐 하느냐? 놈을 쫓아라."

뒤늦게 정신을 차린 수뇌부들이 길길이 날뛰며 소리쳤다. 하지만 그사이 진무원의 신형은 이미 삼 차 저지선에 도달해 있었다.

진무원은 연이어 멸천마영검의 사초식인 풍우림을 펼쳤다. 검기가 비처럼 쏟아져 내린 자리에는 끔찍한 주검만이 가득했다.

"으으!"

진무원은 목불인견의 참상을 지나쳐 몸을 날렸다. 그렇게 그는 순식간에 삼 차 저지선까지 뚫고 부현 지부 밖으로 탈출했다. 하지만 그의 몸은 이미 만신창이가 되어 있었다.

"크윽!"

자잘한 상처를 몇 개 더 입은 것은 문제가 아니었다. 무리한 내공의 운용으로 담수천에게 입은 내상이 더 악화되었다. 보통의 내상이라면 그림자 내공을 한 바퀴 돌리면 해결되겠지만, 담수천에게 입은 내상은 달랐다.

지금도 그의 몸 안에서 담수천의 성광기와 그림자 내공이 충돌을 일으키고 있었다. 이대로 놔두면 성광기가 그의 몸을 갉아먹을 터였다.

귀혈비에 당한 단전도 문제였다. 비록 내공을 담아두는 것과는 상관이 없다지만 단전은 주요 요혈. 외상을 이대로 방치했다가는 극심한 후유증에 시달릴 것이다.

'안전한 장소와 시간이 필요해.'

하지만 부현 내에서 그런 장소를 구한다는 것은 불가능에 가까웠다. 일단 무리를 해서라도 부현을 빠져나가야 했다.

진무원은 이를 악물고 걸음을 옮겼다.

"놓쳤다고요?"

"그게 워낙 순식간에 일어난 일이라……. 하지만 추적대가 쫓고 있으니 절대 부현을 벗어나지 못할 겁니다."

서문중일이 이를 악물었다.

서문혜령의 앞에는 서문화의 시신이 누워 있었다. 아홉 하늘의 일인이자 서문세가의 태상장로인 서문화의 죽음은 그들에게 큰 충격을 안겨주었다.

하지만 그중에서도 가장 큰 충격을 받은 이는 바로 서문혜령이었다. 서문화를 항상 넘어야 할 벽으로 인식하고 도전했지만, 설마 진무원에게 그를 잃게 될 줄은 몰랐다.

지금 그녀가 느끼는 상실감과 분노는 이루 말로 표현할 수
없었다.

그녀를 지탱하던 하늘이 무너졌다. 그녀의 가슴에서 무한한
분노가 소용돌이치고 있었다.

"어떤 수를 쓰더라도 상관없어요. 서문세가, 운중천의 모든
힘을 동원해서라도 반드시 진무원을 죽여요. 이제 그는 우리
의 불공지대천 원수입니다."

"물론입니다. 놈은 상처를 입었으니 그리 멀리 가지 못했을
겁니다. 반드시 모든 전력을 다해 놈을 죽이겠습니다."

"반드시 그래야 할 거예요."

"알겠습니다. 그럼……."

서문중일이 급히 밖으로 뛰어나갔다.

혼자 남은 서문혜령이 벌게진 눈으로 서문화의 시신을 바라
보았다.

"할아버지, 항상 당신을 넘고 싶었지만, 이런 식은 아니에
요. 이렇게 허무하게 당신을 잃었지만, 당신의 장례식은 그 누
구보다 성대하게 치르겠어요. 진무원과 그를 추종하는 자들의
피로 만든 제단 위에……."

서문화에게 하는 맹세, 자신에게 하는 절규의 맹약이었다.

그녀는 태어나서 가장 강렬한 살의를 느끼고 있었다. 이 살
의는 오직 진무원을 죽여야만 풀릴 것 같았다.

꽉 쥔 조그만 주먹에 실핏줄이 튀어나왔다.

그때 문을 열고 담수천이 들어왔다. 담수천의 얼굴은 붉게

상기되어 있었다.

그가 잠시 서문화의 시신을 바라보았다. 자신이 나가고 난 후 일어난 참사였다. 자신에게도 일말의 책임이 있다고 생각했다.

"혜령."

"위로하지 않으셔도 돼요. 무인의 삶이란 언제나 칼날 위에서 있는 부평초 같은 존재, 균형을 잃는 순간이 끝이라고 할아버지가 말씀하셨어요. 비록 그 자신은 그런 위험과 거리가 멀거라고 생각하셔서 방심하셨지만요."

"내가 어떻게 해주면 되겠소?"

"아무것도……."

"혜령!"

"안 해주셔도 되요. 당신은 이미 할 만큼 했어요. 이제부터는 나의 몫이에요."

담수천의 얼굴이 침중하게 굳었다. 서문혜령의 목소리에서 처음 느껴지는 맹렬한 살의 때문이다. 그녀는 결코 살의를 밖으로 드러내는 사람이 아니었다.

그녀의 내면에서 무언가 변했다. 그 이유가 서문화의 죽음 때문이라는 것을 모를 담수천이 아니었다.

오늘 이후의 서문혜령은 더 이상 이전과 같지 않을 것이다. 어제의 그녀와 오늘의 그녀는 완전히 다른 사람이었다. 그런 느낌이 들었다.

"제가 잘못 생각했어요. 당신을 이 진흙탕 싸움에 끼어 들이는 게 아니었어요. 당신은 저 하늘의 태양처럼 홀로 고고히 빛나야 하는 사람. 나와 함께 오물을 뒤집어쓸 필요는 없어요."

"혜령!"

"당신이 안 도와줘도 그는 결코 이곳을 벗어나지 못할 거예요. 비록 불의의 기습에 목숨을 잃었지만, 그분의 안배는 겨우이 정도로 끝난 것이 아니에요."

"알겠소. 하나 내 도움이 필요하다면 언제든 말하시오. 당신의 생각과 달리 나는 오물에 발을 디딜 각오가 충분히 되어 있으니까."

"도움이 필요하면 언제든 부를게요."

"휴우!"

담수천이 한숨을 내쉬었다.

어렸을 때부터 힘을 가지길 열망했다. 막대한 힘을 가지고 저 하늘 높은 곳에 오르면 무엇이든지 원하는 것을 이룰 수 있을 거라 생각했다.

그렇게 원하던 강대한 힘을 얻게 되었고, 높은 자리에 올랐지만 여전히 마음대로 안 되는 것이 더 많았다.

"잠시 밖에 다녀올 테니 할아버님의 시신을 지켜주세요. 그분을 혼자 있게 하고 싶지 않아요."

"알겠소."

담수천이 고개를 끄덕였다.

서문화가 밖으로 걸음을 옮겼다. 그런 그녀의 양 뺨으로 뜨거운 눈물이 흘러내리고 있었다.

'진무원, 절대 용서하지 않을 거야. 악마와 손을 잡아서라도……'

*　　　*　　　*

가경의의 두 눈은 벌겋게 충혈되어 있었다.

만추산의 장례를 치르고, 흐트러진 전열을 재정비하느라 며칠을 꼬박 새웠더니 정신이 다 혼미했다.

만추산의 죽음은 너무나 큰 타격이었다. 밀야의 사기는 바닥으로 곤두박질쳤고, 많은 무인이 의욕을 잃어버렸다.

"반전의 계기가 필요한데……."

문제는 딱히 뾰족한 수가 없다는 것이다.

가경의가 나직히 한숨을 내쉬었다. 밀야의 군사직에 오른 후 이렇게 무기력하게 느껴지기는 처음이었다. 비록 무공 일초 반 식도 익히지 못했지만, 자신의 두뇌라면 충분히 세상을 경영할 수 있을 줄 알았는데, 요즘 들어 뜻대로 되지 않는 일이 더욱 많았다.

가경의가 의자에 기대 눈을 감았다. 잠시 휴식을 취하려는 것이다.

그때 누군가 그의 방문을 두들겼다.

"군사님, 저 궁상화입니다. 보고할 것이 있어 왔습니다."

궁상화는 천무대(天武隊)의 대주였다. 결코 이 야심한 시각에 직접 보고를 하러 올 신분이 아니었다.

가경의가 눈을 번쩍 떴다.

"무슨 일인가요?"

"손님이 왔습니다."

"손님? 누군가요, 이 야심한 시각에……."

"그게……."

궁상화가 말을 더듬었다.

심상치 않은 분위기를 느낀 가경의가 몸을 일으키며 말했다.

"모시고 들어오세요."

"알겠습니다."

잠시 후 문이 열리고 궁상화와 천무대의 무인들이 두 명의 여인을 포위한 채 들어왔다.

여인의 얼굴을 보는 순간 가경의의 동공이 크게 확장됐다.

"당신은?"

그녀는 절대 이곳에 있어서는 안 되는 사람이었다. 밀야의 무인들이 그녀가 이곳에 들어왔다는 사실을 알았다면 단숨에 능지처참을 하려 할 정도로 증오스러운 존재였다.

여인이 가경의에게 고개를 숙였다.

"밀야의 군사인 가경의 대협이시죠? 처음 뵙겠습니다. 아실지 모르겠지만 저는 서문세가의 서문혜령이라고 해요."

"당신이 어떻게 여기에?"

가경의의 눈가가 파르르 떨렸다. 그만큼 서문혜령의 등장은 그에게도 충격적이었다.

"서문 소저가 저희에게 먼저 접근해 왔습니다."

대답을 한 이는 궁상화였다.

서문혜령이 감천 외곽에 포진해 있는 밀야 무인들에게 접근해 온 것이 불과 이각 전이다. 채화영 한 명만을 대동한 채 자신의 신분을 밝힌 서문혜령 때문에 비상이 걸렸고, 결국 궁상화가 천무대를 이끌고 진실 확인에 나섰다.

확인 결과 서문혜령은 진짜였다. 서문혜령은 궁상화에게 가경의를 은밀히 만나러 왔음을 알렸다.

가경의의 눈매가 좁아졌다.

"서문 소저가 찾아오다니 뜻밖이군요. 이곳에 있는 사람들은 서문 소저에게 그다지 좋은 감정을 갖고 있지 않습니다."

"저도 알고 있어요."

"그런데도 찾아왔다? 목숨이 위험한 줄 알면서도."

"그래요."

"흠!"

"내가 당신을 찾아온 것은 한 가지 제안을 하기 위해서예요."

가경의가 서문혜령의 눈을 똑바로 바라보았다. 그녀의 진의를 파악하기 위해서다. 서문혜령은 그런 가경의의 눈빛을 피하지 않고 마주 바라보았다.

가경의는 서문혜령의 눈에 어린 분노를 엿보았다. 이유는 알 수 없지만 서문혜령은 광기와 분노에 사로잡혀 있었다.

'무슨 일이 있었군.'

그가 파악한 서문혜령은 절대 흥분을 하지 않는 냉철한 모사꾼이었다. 그런 그녀가 이 정도의 광기를 머금었다는 것은 그만큼 큰 정신적인 충격을 입었음을 의미했다.

가경의가 미소를 머금었다. 경쟁자의 추락은 그에게는 비상의 기회이기 때문이다.

"중요한 이야기 같은데 일단 자리에 앉으시지요."

"고마워요. 그 전에 이곳에 있는 사람들을 모두 물려줬으면 좋겠는데요."

"흠! 그건 곤란할 것 같군요. 보다시피 제가 무공을 익히지 않아 스스로를 보호하지 못합니다."

"설마 제가 두려우신 건 아니겠죠?"

"두렵습니다. 서문 소저는 칠소천의 일원이라 불릴 정도의 무공을 익혔으니까요."

"저는 목숨을 걸고 왔어요. 어차피 협상에 실패하면 제 목숨은 여러분 거예요. 그래도 제가 두렵단 말인가요?"

"목숨은 하나뿐이니까요."

"원하신다면 산공독이라도 복용하겠어요."

서문혜령이 가경의를 빤히 바라봤다. 그녀의 눈에 담긴 독기가 생생하게 느껴졌다.

"그런 각오라면……."

가경의가 궁상화를 바라보았다. 수하들과 함께 나가달라는 의미였다.

"하지만 군사……."

"괜찮을 겁니다. 밖에서 대기해 주십시오."

"알겠습니다."

궁상화가 마지못해 수하들을 이끌고 밖으로 나갔다. 그러자 서문혜령이 채화영에게 말했다.

"언니도 나가서 대기해 주세요."

"알겠습니다."

채화영이 굳은 표정으로 대답했다. 그녀 역시 내키지는 않았지만 천무대를 따라 밖으로 나갔다.

모두가 나가고 단둘만 남게 되자 가경의가 물었다.

"그래, 이곳까지 직접 찾아오셔서 하실 말씀이 무엇입니까?"

"한 가지 제안을 할 것이 있어서 왔어요."

"무슨?"

"공통의 적을 제거하기 위해 손을 잡았으면 해요."

"공통의 적?"

가경의의 미간에 골이 파였다. 그러자 서문혜령이 섬뜩한 미소를 지었다.

"진무원. 우리 공통의 적이에요."

"진무원? 그자는 오래전에 죽었는데……."

"살아 있어요."

"그건 의외이구려. 하지만 그렇다고 해서 내가 그자를 죽이기 위해 당신과 손을 잡을 이유는 없는데."

"그의 또 다른 이름이 단천운이라면요? 그리고 살천랑으로 활동하고 있다면요?"

"음!"

가경의의 입술을 비집고 침음이 흘러나왔다.

단천운과 협약을 맺은 사실이 떠올랐기 때문이다.

'그가 진무원이었다고?'

순간 전신에 소름이 다 올라왔다.

"그게 진짜입니까?"

"물론이에요."

"증명할 수 있습니까?"

"그가 내 할아버지를 죽였어요."

"서문화가…… 죽었단 말입니까?"

자신도 모르게 가경의의 목소리가 떨려 나왔다. 아직 밀야에서는 부현 지부에서 일어난 변고를 까마득하게 모르고 있었다.

"내가 모략과 암계를 즐겨 사용하지만 할아버지의 죽음을 가지고 계략을 꾸밀 만큼 냉혹한 년은 아니에요."

"으음!"

"만추산 대협의 시신은 잘 받으셨나요?"

예상치 못한 서문혜령의 말에 가경의의 눈썹이 꿈틀거렸다.

"잘 받았소."

"만 대협의 죽음이 오롯이 저희의 탓이라고 생각하나요?"

"……."

"야주를 암살하려던 저희의 작전은 오직 소수만 알고 있어요. 그런데도 가경의 대협께서는 미리 대비를 하고 만추산 대협을 배치했지요. 전 진무원이 그 사실을 당신에게 은밀히 알려줬다고 생각해요. 아닌가요?"

가경의는 아무런 말도 할 수 없었다. 그녀의 짐작이 사실이었기 때문이다. 평소라면 그런 속내를 전혀 드러내지 않았겠지만, 지금 그의 머릿속은 무척이나 복잡해서 생각하는 바가 그대로 드러났다.

'단천운이 진무원이었다고? 게다가 살천랑까지……. 그야말로 천하를 완전히 농락했구나.'

문득 사천성으로 파견 보냈던 청풍마영 남천명이 생각났다. 사대마장의 일인인 그는 신비롭게 실종되었고, 결국은 돌아오지 못했다. 어쩌면 그의 실종 역시 진무원이 직접 손을 쓴 것일지도 모른다는 생각이 들었다. 아니, 그것은 확신에 가까웠다.

가경의가 주먹을 꽉 쥐었다.

"우리의 행적을 당신에게 알려주고, 그 결과 만 대협이 현현소 대협에게 죽었어요. 그리고 현현소 대협은 다시 진무원에게 죽었어요. 완벽한 차도살인지계로 밀야와 운중천을 동시에 농락한 거죠."

"그래서 하고 싶은 말이 무엇입니까? 단순히 진무원의 정체를 알려주기 위해서는 아닌 것 같고?"

"아까 말씀드렸잖아요. 공통의 적을 상대하자고."

"공통의 적이라……. 글쎄요. 지금의 나로서는 굳이 그를 상대할 이유가 없는 것 같은데요. 운중천이라는 생사대적을 눈앞에 두고 다른 곳에 신경을 쏠 여유가 없어요."

"운중천은 당분간 밀야를 향해 그 어떤 도발도 하지 않을 거예요. 제 이름을 걸고 장담하겠어요."

"음! 그 정도만으로는 부족한데."

"가 대협과 제가 직접 연결되는 비선을 만드는 건 어때요? 우리가 비록 적이긴 하지만 늘 적대적인 것은 아니잖아요."

"흐음! 영원한 아군도, 적군도 없다는 말이오?"

"잘 알고 계시네요."

가경의의 눈에 이채가 떠올랐다.

확실히 구미가 당기는 제안이다. 하지만 설마 서문혜령이 이런 제안을 할 줄은 몰랐다.

가경의는 면밀히 득실을 따졌다. 그리고 서문혜령의 제안을 받아들이는 것이 이득이라는 판단을 내렸다.

무엇보다 가경의의 마음을 움직인 가장 큰 요인은 바로 진무원 그 자체였다.

'그는 분명 사천성에 제이의 북천문을 만들고 힘을 키우고 있다.'

진무원의 무력이 두려운 것이 아니다.

그가 가진 상징성과 교활한 두뇌가 더 무섭게 느껴졌다. 그는 이제까지 철저하게 자신을 숨기고 운중천과 밀야를 오가면서 양측을 상잔하게 만들었다. 그런 독심과 비상한 두뇌는 쉽게 볼 수 있는 것이 아니었다.

그나마 싹을 자르려면 지금이 제격이었다. 이 이상 그를 방치하면 어떤 위험으로 다가올지 알 수 없었다. 어쩌면 운중천보다 그가 더 큰 적으로 성장할 수도 있는 일이다.

가경의의 입가에 서문혜령과 비슷한 미소가 걸렸다.

"그것참 구미가 당기는군요."

"그럴 거라 생각했어요, 가 대협."

"그럼 구체적인 이야기를 나눠봅시다."

그들의 밀담은 그 후로도 오래도록 이어졌다.

*　　　*　　　*

"좋지 않군!"

진무원이 고개를 저었다.

부현 전체가 살의를 머금은 듯 그를 바싹 조여오고 있었다. 그 때문에 부현을 아직까지 빠져나가지 못했다.

그때였다.

"여기 있었구나. 챠핫!"

쉬악!

날카로운 음성과 파공음이 동시에 울려 퍼졌다.

진무원은 거의 본능적으로 몸을 젖혔다. 순간 붉은 기운이 그의 머리카락을 스치고 지나갔다.

콰앙!

붉은 기운이 격중한 담벼락이 산산이 무너졌다. 잠시만 반응이 늦었어도 진무원의 머리가 저렇게 부서졌을 것이다.

진무원의 눈이 붉은 기운이 날아온 방향을 향했다. 그곳에 낯익은 얼굴들이 있었다.

진무원의 눈빛이 칙칙하게 가라앉았다.

"심원의, 척마대."

"진…… 무원. 잘도 속였겠다."

늘대처럼 으르렁거리는 남자는 바로 심원의였다. 그가 척마대와 함께 나타난 것이다.

심원의의 얼굴은 분노로 붉게 물들어 있었다.

이제까지 그의 인생에서 가장 큰 걸림돌이 되었던 인물이 바로 진무원이었다. 그 때문에 칠소천이 저평가를 받았고, 심원의 자신도 큰 피해를 입었다.

죽었다고 생각한 그가 단천운으로 분해 자신을 감쪽같이 속였다고 생각하니 걷잡을 수 없는 분노가 치밀어 올랐다. 더군다나 진무원은 자신이 하늘같이 생각하는 서문화를 죽였다.

"네놈을 반드시 갈기갈기 찢어 죽이겠다, 진무원."

"심원의."

"오늘 저 자리가 너의 무덤이 될 것이다. 내가 그렇게 만들겠다."

심원의가 이빨을 뿌득 갈았다.

척마대가 어느새 진무원을 에워쌌다. 그들의 몸에서는 찐득한 살기가 흘러나오고 있었다. 그들은 만일을 대비해 진무원의 퇴로까지 완벽하게 점했다.

저들을 쓰러뜨리지 않고서는 이곳을 빠져나갈 수 없었다. 문제는 저들과 싸우는 동안 새로운 전력이 이곳으로 달려올 거란 사실이다. 하지만 그에겐 선택의 여지가 없었다.

"어쩔 수 없나?"

진무원이 단봉을 꽉 쥐었다.

단봉을 따라 붉은 선혈이 뚝뚝 흘러내렸다. 하지만 아직도 더 많은 피를 묻혀야 할 것 같았다.

"죽여랏! 놈을 죽여야 우리가 산다."

심원의의 외침과 함께 척마대가 진무원을 향해 일제히 달려들었다.

부현의 새벽하늘이 피로 물들고 있었다.

*　　　*　　　*

핑그르!

진무원의 단봉이 허공에서 방향을 바꿨다. 전혀 예상치 못한 궤적으로 날아오는 단봉에 목표가 된 무인이 급히 검을 들었다.

쩌엉!

"컥!"

하지만 진무원의 단봉은 검과 그의 어깨를 송두리째 박살냈다. 무인은 그대로 의식을 잃고 쓰러졌다.

진무원은 마치 늑대 무리에 뛰어든 사자 같았다. 그가 이리 날뛰고, 저리 날뛸 때마다 척마대의 무인들이 피를 뿌리며 쓰러졌다. 하지만 척마대의 누구도 물러나지 않았다.

그들도 알고 있었다. 진무원과 자신들이 양립할 수 없는 사이라는 것을. 진무원이 살아 있는 땅에서는 자신들이 살 수 없다는 것을.

지난 삼 년 동안 심원의를 필두로 밀야와의 최전선에서 활약한 척마대였다. 비록 개개인의 무공은 진무원보다 약할지 모르지만, 그 독기만큼은 절대 뒤지지 않았다.

그들은 마치 찰거머리처럼 진무원을 붙잡고 늘어졌다. 누구한 명 뒤로 물러서지 않았기에 싸움은 더욱 치열해질 수밖에 없었다. 척마대의 상당수가 상처를 입거나 죽었고, 진무원의 전신에도 상처가 늘어났다.

진무원은 피를 너무 많이 흘렸는지 정신이 다 아득해졌다. 하지만 이를 악물고 단봉을 휘둘렀다.

"죽어랏! 네놈만 죽으면 모든 것이 끝난다."

"여러 사람 힘들게 하지 말고 죽으란 말이다."

척마대의 무인들이 독기 어린 외침을 내뱉었다.

그들은 진무원을 이해할 수 없었다. 운중천과 이렇게 대립 각을 세우는 것도 그랬고, 망령이나 다름없는 북천문의 기치를 지키는 것도 그랬다.

진무원의 존재 때문에 자신들의 존재가 부정당하는 그 더러운 기분은 직접 경험하지 못하면 알 수 없다.

그들을 상대하면서 진무원은 깨달았다. 척마대에 제대로 된 인간은 존재하지 않는단 사실을.

오랜 기간 밀야와의 전쟁을 수행하면서 그들은 알게 모르게 전쟁의 광기에 침식당해 있었다. 이제까지는 잘 억누르고 있었지만, 진무원과의 싸움을 계기로 마성(魔性)이 폭발하고 말았다.

지금 그들의 눈빛은 누가 봐도 정상이 아니었다. 그것은 직접 싸우고 있는 진무원이 가장 잘 알 수 있었다.

진무원이 단봉을 잡은 손에 힘을 주었다. 이제 돌아올 수 없는 강을 건넜다. 돌아갈 다리는 무너져, 보이지 않았다. 그에게 남은 선택지는 하나였다.

진무원이 내공을 끌어 올렸다. 순간 그의 안색이 변했다. 무리하게 내공을 끌어 올렸더니 심맥에서 지독한 고통이 느껴졌기 때문이다. 하지만 그는 애써 고통을 참으며 멸천마영검의 제삼식인 단천해(斷天海)를 펼쳤다.

슈아앙!

부챗살 같은 무형의 검기가 전방으로 퍼져 나갔다. 몇몇 이는 본능적으로 위기를 느끼고 몸을 피했지만, 많은 이가 검기에 휩쓸렸다.

"컥!"

"크악!"

곳곳에서 비명이 터져 나왔다. 무기가 두 동강이 나고, 허리가 잘려 나갔다. 피와 내장 조각이 후두둑 떨어졌다.

"으아아! 살려줘."

차라리 죽은 자는 나았다. 극심한 상처에도 죽지 않은 자의 절규가 거리를 가득 채웠다. 그야말로 목불인견의 참상이 연출되었다.

"후욱!"

거리를 지옥도로 만든 당사자인 진무원이 거친 숨을 몰아쉬었다. 평상시라면 무리 없이 펼쳤을 단천해였다. 하지만 지금은 단천해를 펼친 것만으로도 심맥이 찢어질 듯한 고통이 느껴지고 내공이 불순해졌다. 좋지 않은 신호였다. 하지만 쉴 수도, 운공을 할 수도 없었다. 아직 심원의가 남아 있었기 때문이다.

"놈!"

심원의가 무서운 눈으로 진무원을 노려봤다.

지난 삼 년 동안 심혈을 기울여 키운 척마대였다. 척마대는 단순한 조직이 아니었다. 그와 담수천, 서문혜령의 꿈을 이루기 위한 소중한 발판이었다.

그런 척마대가 진무원 단 한 명에 의해 거의 전멸당했다. 이제까지 품어온 꿈이 산산조각 나는 느낌이었다.

"진무원! 도대체 네놈이 뭐라고 내 앞길을 번번이 가로막는 것이냐?"

심원의가 노성을 터뜨리며 진무원을 향해 진신 절기인 홍옥마수(紅玉魔手)를 펼쳤다. 붉은빛 수강이 노을처럼 주변을 주황색으로 물들였다.

홍월중압천(紅月重壓天), 홍옥마수 최후의 초식이다. 가히 파천황의 위력을 가졌지만, 고도의 깨달음을 요하기 때문에 제대로 익힌 이가 거의 없는 초식이었다. 심원의도 삼 년을 전장에서 구르다가 최근에야 깨달았다. 실전에서 펼치는 것은 이번이 처음이었다.

쿠오오!

진무원은 노을빛 하늘이 무너지는 듯한 엄청난 압력을 느꼈다. 어깨를 짓누르는 가공할 압력에 허리가 끊어질 듯 아파왔고, 두 다리의 관절이 삐걱거리며 고통을 호소했다.

그래도 진무원은 물러나지 않았다. 지금은 물러날 때가 아니었다. 앞으로 나아가야 할 때였다.

진무원이 단봉을 앞으로 쭉 뻗으며 눈을 감았다.

파다다닥!

막대한 압력에 단봉이 제멋대로 떨렸다. 하지만 진무원은 단봉을 놓지 않고 전방위 감각을 극성으로 끌어 올렸다.

온통 주황빛으로 물든 세상, 진무원은 그 속에서 한 줄기 빛을 보았다. 그는 빛이 느껴지는 곳을 향해 단봉을 찔러 넣었다.

쑤욱!

단봉이 두부처럼 주황빛 기운 사이로 파고들었다.

심원의가 눈을 크게 치떴다.

마치 연어가 강을 거슬러 올라가듯 진무원의 검이 그의 기운을 가르며 다가오고 있었다. 홍월중압천의 결(決)을 파고든 것이다.

"제기랄!"

푸욱!

그 순간 진무원의 단봉이 그의 미간으로 파고들었다. 동전만 한 구멍이 뚫리며 심원의가 뒤로 나가떨어졌다. 뚫린 구멍 사이로 피와 회백색 뇌수가 터져 나왔다.

심원의가 벽에 기댄 채 진무원을 노려봤다.

"끄으으! 너…… 진무원 너는 아, 악마……."

그의 고개가 모로 떨어졌다. 그것이 심원의의 최후였다.

"대주!"

심원의의 숨이 끊어지는 순간 살아남아 있던 척마대의 무인들이 일제히 달려들었다.

"후우!"

진무원이 억지로 내공을 끌어 올리며 그들을 바라보았다. 다리가 후들거렸다. 하지만 진무원은 이를 악물고 움직이려 했다.

"이 악마 같은 놈! 도대체 얼마나 죽여야 직성이 풀리느냐?"

그들의 절규에 가까운 음성에 진무원의 귓전을 파고들었다.

진무원이라고 마음이 편한 것은 아니었다. 최대한 살상을 자제하고 있지만, 그럼에도 불구하고 수많은 이의 피를 묻혔다. 아마 이 업보는 죽어서도 사라지지 않을 것이다.

'죽으면 분명 나는 지옥에 떨어질 것이다. 하지만 지금은 아니야.'

아직 해야 할 일이 남았고, 움직일 여력이 있었다. 그렇다면 움직여야 했다.

진무원이 이를 악물며 다시 멸천마영검을 펼치려 할 때였다.

쉬악!

"으아악!"

"컥!"

갑자기 척마대의 무인들이 비명을 내지르며 쓰러졌다. 그들이 쓰러진 자리에 두 명의 무인이 나타났다.

"주군!"

"형, 괜찮아요?"

그들은 바로 청인과 곽문정이었다. 곽문정이 급히 달려와 진무원의 어깨를 부축했고, 청인은 나머지 무인들을 상대했다.

진무원의 입가에 미소가 어렸다.

"조금 늦었구나."

"죄송해요. 수련 누나의 전언을 듣자마자 준비를 했는데 너무 늦었네요."

"괜찮다. 이렇게 다시 만났으니 상관없다."

"괜찮으세요? 상처가 심한 것 같은데."

"운공할 시간이 필요하다."

"일단 이곳을 빠져나가면 시간을 만들어 드릴게요."

"고맙구나."

곽문정의 확신 어린 말이 진무원을 미소 짓게 만들었다.

"주군! 괜찮으십니까?"

상처 입은 무인들을 모두 처리한 청인이 뒤늦게 달려와 진무원의 반대쪽 팔을 부축했다.

"고맙습니다. 달려와 줘서."

"수하로서 당연히 해야 할 일입니다. 퇴로를 준비해 놨습니다."

"고생하셨습니다."

"어서 가시지요."

청인과 곽문정이 진무원을 부축한 채 서둘러 자리를 빠져나갔다. 그들이 사라진 자리에는 척마대의 시신이 을씨년스럽게 나뒹굴고 있었다.

시간이 얼마나 지났을까?

문득 거리에 낯선 인영이 유령처럼 홀연히 나타났다.

"흐음!"

오랫동안 햇빛을 보지 못한 듯 눈처럼 새하얀 피부에 유난히 붉은 입술이 인상적인 남자는 바로 조운경이었다.

조운경이 사이한 기운이 넘실거리는 눈으로 주위의 풍경을 바라보았다. 그의 시선이 멈춘 곳은 바로 벽에 기댄 채 숨이 끊어진 심원의의 시신이었다.

그의 입꼬리가 뒤틀렸다.

"큭! 그렇게 잘난 척을 하더니 결국 여기서 죽었군."

그다지 친한 사이는 아니다. 하지만 운중천에 있다 보니 삼년 전에는 몇 번 만났었다. 그때마다 심원의가 얼마나 거들먹거리던지 아직도 좋지 않은 기억으로 남아 있었다. 그래서 그는 심원의의 죽음에도 별다른 감흥을 느끼지 못했다.

조운경은 죽은 척마대 무인들 사이를 거닐며 시신을 뒤적거렸다. 시신에 난 상흔을 자세히 살피기 위해서였다.

"이것 봐라. 예전보다 더 날카로워졌잖아. 상처를 입은 놈이 이 정도 무위를 보이다니."

상처의 단면만 보아도 진무원의 수준을 가늠해 볼 수 있었다.

갑자기 전신이 욱씬거렸다. 예전의 기억을 떠올렸기 때문이다. 진무원에게 고기처럼 다져졌던 그 비참한 기억을.

"크큭! 크크큭!"

그가 갑자기 미친 사람처럼 웃었다. 그렇게 한참을 웃던 조
운경이 갑자기 입을 꾹 다물었다.

"좋아, 아주 좋아. 네가 이 형을 도와주는구나, 무원아."

진무원이 죽인 서문화는 그를 가장 잘 이용하는 사람 중 한
명이었다. 그 때문에 피곤했던 적이 한두 번이 아니다. 하지만
그의 명령을 들을 수밖에 없는 것이 조운경의 입장이었다.

이제 서문화가 죽었으니 앞으로의 행보가 한결 편해질 것이
다. 조운경은 그렇게 생각했다.

"그런데 어떡하냐? 이 형이 줄 수 있는 것은 죽음밖에 없는
데."

담수천을 상대하고, 서문화를 죽였다. 상처를 입지 않은 것
이 이상한 상황이다.

그는 진무원이 척마대와 싸운 현장을 보고 더 확신했다. 평
소의 진무원이었다면 겨우 척마대 정도에 이 정도로 고전을
하지 않았을 것이다. 운신이 힘들 만큼 내상을 입은 것이 확실
했다.

지금이 진무원을 제거할 절호의 기회였다. 진무원을 확실히
죽여야만 가슴속 깊은 곳에 웅크리고 있는 두려움을 확실히
없애 버릴 수 있었다.

"크하하! 조금만 더 기다리거라, 무원아. 이 형이 너의 숨통
을 끊어줄 테니까."

조운경이 앙천광소를 터뜨리다가 이내 자리를 떴다.

＊　　　＊　　　＊

"여기는?"

진무원이 어두컴컴한 지하 공간을 둘러보며 중얼거렸다.

"자연적으로 형성된 지하 수로입니다. 부현에서 배출된 오물들이 모두 흘러들어 오는 곳입니다. 악취 때문에 누구도 얼씬 거리지 않는 곳이지요."

"그런 것 같군요."

청인의 대답에 진무원이 살짝 인상을 썼다. 그만큼 후각을 자극하는 악취는 강렬했다. 이제 겨우 초입에 발을 디뎠을 뿐인데도 악취에 머리가 깨질 듯 아파왔다.

"조금만 참으십시오, 주군. 이 통로를 이용하면 일단은 부현 밖으로 몸을 뺄 수 있습니다. 부현 외부에 마차를 대기시켜 두었으니, 타고 가시면서 운공을 하시면 될 겁니다."

"수고 많으셨습니다."

"급히 준비하느라 아직 흑월에 연락을 하지 못했습니다. 그들의 도움을 받았으면 흔적을 좀 더 쉽게 지울 수 있었을 텐데 그게 좀 아쉽군요."

"이 정도 준비한 것만으로도 충분합니다. 어서 나가죠."

"알겠습니다. 저를 따라오십시오."

청인이 앞장서 걸어갔다. 그 뒤를 곽문정이 진무원을 부축한 채 걸어갔다.

                    *   *   *

  같은 시각 밀야를 나서는 일단의 무인들이 있었다.

  말을 타고 달리는 십여 명의 무인.

  그 선두에 푸른 기가 감도는 검은 머리칼을 바람에 흩날리
는 삼십 대의 여인이 있었다.

  여인이 입은 새하얀 무복이 마치 나비의 날개처럼 바람에
가볍게 펄럭이고 있었다. 그녀는 인세의 사람이 아닌 것처럼
눈이 부시게 아름다웠다. 하지만 그녀를 따르는 십여 명의 무
인 중 누구도 감히 음심(淫心)을 품는 자는 없었다.

  그녀의 이름은 소금향.

  아군에게는 백야선자(白夜仙子)라고 불리지만, 적에게는 백
야마녀(白夜魔女)라고 불리는 절대의 무인이었다.

  밀야의 살아 있는 재앙 중 남은 이는 두 명. 그중의 한 명이
진무원의 추적에 나섰다. 그녀의 몸에서는 서릿발 같은 냉기
가 발산되고 있었다.

                              『북검전기』 14권에 계속…

초대형 24시 만화방

신간 100%, 샤워실, 흡연실, 수면실(침대석), 커플석, 세탁기 완비

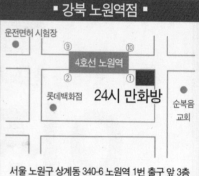
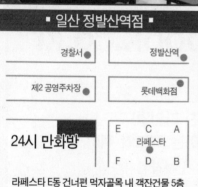

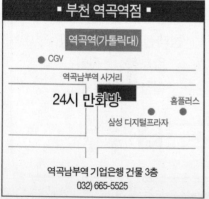
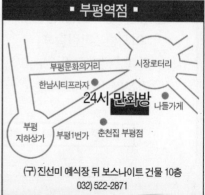

FUSION FANTASTIC STORY

말리브해적 장편소설

MLB
메이저리그

유료독자 누적 1200만!

행복해지고 싶은 이들을 위한 동화 같은 소설.

『MLB-메이저리그』

100마일의 강속구를 던지는
메이저리그의 전설적인 괴짜 투수 강삼열.
그가 펼치는 뜨거운 도전과 아름다운 이야기!
승리를 위해 외치는 소리―

"파워업!"

그라운드에 파워업이 울려 퍼질 때,

전설이 시작된다!

Book Publishing CHUNGEORAM

용기에 더 나은 자유추구―
WWW.chungeoram.com

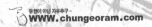

인기영 장편소설

리턴 레이드 헌터

Return Raid Hunter

하늘에 출현한 거대한 여인의 형상……
그것은 멸망의 전조였다.

『리턴 레이드 헌터』

창공을 메운 초거대 외계인들과
세상의 초인들이 격돌하는 그 순간.

인류의 패배와 함께 11년 전으로 회귀한 전율!

과연 그는, 세계의 멸망을 막을 수 있을 것인가.

**세계 멸망을 향한 카운트다운 속에서 피어나는
그의 전율스러운 이야기!**